Diamante
y mal karma

TAMARA BALLIANA

Diamante y mal karma

Traducción de Beatriz Villena Sánchez

 AMAZON **CROSSING**

Título original: *Diamant & Mauvais Karma*
Publicado originalmente por Montlake Romance, Luxemburgo, 2018

Edición en español publicada por:
Amazon Crossing, Amazon Media EU Sàrl
38, avenue John F. Kennedy, L-1855 Luxembourg
Junio, 2020

Impreso por: Ver última página

Primera edición digital 2020

ISBN: 9782496700718

www.apub.com

Sobre la autora

Tras el éxito de su primera novela, *The Wedding Girl*, autopublicada, Tamara Balliana ha continuado escribiendo comedias románticas, ligeras y contemporáneas, que seducen a todas sus lectoras. Con *I love you, mon amour* (2018) compartió su pasión por el sur de Francia, donde vive con su marido y sus tres hijas. Para más información sobre ella, puede consultarse: http://www.tamaraballiana.com y http://www.facebook.com/tamaraballiana.

Primera Parte

Capítulo 1

JULIA

Llego tarde.

Rectificación: llego muy tarde.

Sí, porque para ser honesta, rara vez soy puntual, pero digamos que, esta vez, llego más tarde de lo habitual.

Me pongo mi abrigo de lana verde botella a toda prisa. No queda nada bien con mis vaqueros desgastados, mi jersey fucsia y mis Dr. Martens, pero me da igual. No es que mis actividades de las próximas horas necesiten un código de vestimenta impecable. De hecho, diría que un *look* un poco extravagante jugará a mi favor porque las dos personas a las que debo seducir tienen cuatro y siete años.

Me toca hacer de niñera. ¡Desde luego es una forma bastante extraña de pasar el sábado por la tarde!

¿Cómo alguien como yo, una treintañera a la que le asusta la simple idea de relacionarse con un ser humano de menos de un metro cuarenta, a la que le aterroriza la simple visión de un carrito o un columpio, ha acabado ofreciéndose a su amiga Libby para cuidar de sus retoños? Todavía me lo estoy preguntando.

Sí, porque he sido yo quien le ha propuesto hacerse cargo de sus «terrores», como le gusta llamarlos mi otra amiga Zoey. Libby no me lo había pedido; he sido yo la que le ha ofrecido espontáneamente mi tiempo libre, de forma amistosa y totalmente gratuita.

Es fácil. He sido víctima de una ecuación despiadada: el aspecto de agotamiento de Libby, más el número de veces que ella me ha ayudado a mí, junto con el hecho de que su marido está demasiado ocupado como para darse cuenta de que su mujer ya no puede más entre los dos terrores que tiene que cuidar y su trabajo, y todo ello multiplicado por el sentimiento de culpa porque recurro a ella cada vez que tengo el frigorífico vacío para que me invite a comer. En resumen, una vez comenté en voz alta que yo podría, hipotéticamente, quedarme con sus hijos una tarde para que ella pudiera descansar un poco.

Mi fallo fue pensar que una madre de familia al borde de un ataque de nervios sería capaz de captar la sutilidad del condicional. En cuanto lo sugerí, fijó una fecha y se preguntaba si tendría tiempo suficiente para ir a la peluquería y al salón de estética y luego irse un rato de compras en una sola tarde. ¿Cómo podía echar marcha atrás después de semejante espectáculo? Ni siquiera fui capaz de dejar caer la idea de que, quizá, no sería la persona más adecuada para confiarle los niños de sus ojos.

Después de todo, apenas soy capaz de cuidar de mí misma.

A mis casi treinta años, no tengo un trabajo estable ni apartamento propio, aunque sí algo parecido a un novio. Todo está en el aire.

Dejadme que os explique.

Soy artista, bueno, más concretamente, pintora. De ahí que mi trabajo no sea del todo estable. No es que yo no esté bien considerada en mi trabajo, sino que, por el momento, el resto del mundo no muestra un reconocimiento a mi talento que esté a la altura de mis expectativas. Mi club de fans se reduce más o menos a mis amigos más allegados, algunos antiguos profesores de la facultad y un viejo galerista que ha aceptado exponer mis obras. Hace unos meses, vendió mi último cuadro, que creo que es el mejor que he pintado hasta ahora. Al parecer, el comprador se mostró muy entusiasta y pregunta con regularidad si he producido alguna otra cosa en la misma línea. El problema es que, después de varias semanas, soy incapaz de pintar algo mínimamente digno. Lo he intentado, pero nada. Me paso horas mirando fijamente el lienzo en blanco sin tener ni una sola inspiración que considere digna de plasmarla. Una especie de síndrome de la página en blanco, versión pintor. La visión del saldo de mi cuenta bancaria debería ser motivación suficiente para ponerme a trabajar, pero soy incapaz. Por eso estoy un poco inquieta en cuanto a mi capacidad para vivir de mi arte en los próximos meses... incluso en las próximas semanas.

En lo que respecta al apartamento, tengo la sensación de que mis constantes retrasos en el pago del alquiler están poniendo de los nervios a mi casera. No creo que tarde mucho en encontrarme un aviso de desahucio en la puerta. Tampoco puedo reprochárselo. El piso está en pleno barrio de Bay Village, en Boston, en un lugar envidiable. Seguro que no tendría problemas para encontrar un inquilino serio, así que... ¿para qué quedarse conmigo?

En cuanto al tema del novio, digamos que no es que tenga pareja, pero tampoco estoy soltera... Si tuviera que decirlo de forma educada, diría que, desde hace unas semanas, mantengo una especie de colaboración sexual exclusiva con un hombre, pero como no soy de las que se andan con rodeos, lo diré claramente: tengo follamigo. Se llama Dimitri y forma parte de la pirámide humana del Cirque des Étoiles. En la fila de abajo, soporta sobre sus enormes espaldas varios cientos de kilos. Así que está bien macizo, como un atleta de alto nivel, con unos abdominales que podrían poner celosa a una tableta de chocolate. Y os confirmo que todo en él está igual de duro. Eso sí, su fuerte no es la cultura general, pero como no es por este atributo por el que le pido que me haga compañía, me abstraigo de ello.

Y este es, en pocas líneas, mi currículo y lo menos que se puede decir es que ni yo misma me contrataría como niñera, lo que demuestra que Libby me aprecia mucho o carece por completo de buen juicio.

Después de sobrevivir al metro y recorrer a toda prisa el kilómetro que separa la casa de Libby de la estación más cercana, por fin llego. Siento que el moño que me he hecho a toda velocidad se me cae, que me falta el aire, pero me animo diciéndome que si, al menos, tengo aspecto de haberme dado prisa, quizá mi amiga no se enfade demasiado conmigo.

Me abre la puerta y me recibe con una sonrisa de oreja a oreja. Tengo una duda: he entendido mal la hora y he llegado a tiempo —poco probable—, está bajo los efectos de sustancias alucinógenas —todavía menos probable— o está tan contenta por tener una tarde libre que está dispuesta a perdonarme todo.

—Siento llegar tarde —me disculpo ante la duda.

—No te preocupes, como sabía que llegarías tarde, te dije que vinieras antes.

¡En el nombre de una tostada quemada! ¡Esta chica me conoce demasiado bien! Me molesta un poco que haya recurrido a semejante subterfugio para hacerme llegar a tiempo, pero ¿acaso puedo culparla? En realidad, no.

Siempre llego tarde.

Siempre.

Le respondo con un pequeño rictus de enfado que no parece captar y me hace señas para que la siga al interior.

Su casa es como la de cualquier familia normal. Al menos como yo me imagino que tiene que ser una, es decir, justo lo contrario de la casa en la que yo me crie. Aquí las habitaciones son acogedoras. Hay fotos de los niños —y también juguetes tirados— por todas partes. Se ha cuidado la decoración, pero no por ello parece un apartamento piloto. Te das cuenta de que allí vive una familia que se quiere y eso te hace sentir bien.

—¡Kyle! ¡Keira! ¡Julia ya está aquí!

Oigo carreras en el piso de arriba y, unos minutos después, dos pequeños cohetes rubios bajan por las escaleras. Keira se lanza sobre mí y se aferra a mis piernas en lo que supongo que es un intento de abrazo. Kyle se hace el duro y me saluda con un gesto de cabeza, pero veo en su mirada, brillante, que está igual de emocionado que su hermana ante la idea de pasar la tarde conmigo. No sé si eso es algo bueno.

—Voy a buscar mi abrigo —anuncia el pequeño.

—Cariño, suelta a Julia y ve a buscar el tuyo —le pide Libby a su hija, que casi me está cortando la circulación de las piernas, antes de dirigirse a mí—. Vais a tener suerte, hoy hace un tiempo estupendo.

—Eh... Sí —balbuceo.

¿Cómo decirlo? No tenía intención de salir con los niños. Creía que nos limitaríamos a jugar juntos con los Playmobil, las Barbies o a algún juego de mesa. En un espacio cerrado, donde tenga pocas posibilidades de perderlos... Incluso habría podido enseñarles a jugar a las cartas. Pero, al parecer, ellos han hecho otros planes sin mí.

—Deberíais ir al parque y aprovechar. De aquí a unas semanas, hará demasiado frío.

—Sí, al parque, muy buena idea —respondo como un robot.

—Kyle querrá llevarse un balón de baloncesto: recuérdale que no puede jugar con él hasta que lleguéis al parque, que es peligroso hacerlo en la acera. Keira se lleva siempre su monopatín: insístele para que se ponga el casco. He preparado la merienda: está en la encimera de la cocina. Keira te pedirá un helado: no cedas o no querrá cenar...

Prosigue con la lista de recomendaciones y me pregunto si no habría sido mejor ponerlo todo por escrito y enviármelo antes por correo, más que nada para que me diera tiempo a memorizarlo. No estoy segura de ser capaz de recordar ni la mitad. Y cuanto más se alarga la lista, más se apodera de mí la angustia. Estoy a punto de anunciarle a Libby que, pensándolo bien, no me veo capaz de cuidar a sus dos hijos toda una tarde.

—¡No te puedes hacer una idea de hasta qué punto el hecho de que te hayas ofrecido a cuidarlos me alivia! De verdad que necesito esta tarde para respirar. ¡Te debo la vida!

No, no voy a decirle que tengo demasiado miedo de perder a sus hijos por Boston y que renuncio. Voy a intentar comportarme como una adulta responsable y devolverle a su prole de una sola pieza. Después de todo, hay muchos irresponsables por ahí que son padres y que consiguen criar a sus bestias pardas sin echarlos a perder demasiado. Si ellos lo consiguen durante dieciocho años, debería poder aguantar durante... ¿Qué? ¿Cuatro horas como máximo?

Rechazo la voz que se insinúa en mi cabeza: *También los hay que no se las arreglan tan bien.*

—De nada. Me alegra poder ayudarte —respondo a Libby con otra de mis sonrisas nerviosas.

Ahora soy yo la que necesita relajarse.

Libby se va a darles un beso a sus hijos y, con miedo a que la secuestren si no se va de inmediato o a que yo cambie de opinión, se abalanza sobre la puerta de salida. Vuelve un instante sobre sus pasos para pedirme que me asegure de que Keira se abrocha bien el abrigo y desaparece en el exterior.

Me giro hacia los dos monstruitos que no parecen para nada afectados por la partida de su madre. Tiemblan de impaciencia y, como estaba previsto, con el balón y el monopatín en la mano.

—¡Kyle! ¡No le tires arena a tu hermana!

¡En el nombre de un café hirviendo! ¡Estos dos van a acabar conmigo antes de que termine la tarde! No tenía ni idea de que fuera humanamente posible conseguir una tasa de travesuras tan alta a la hora. Pero sí, al parecer, Kyle es un campeón en esa disciplina. A aquellos que buscan un agotamiento tanto físico como mental, no les recomendaría una sesión deportiva, sino una tarde con ese niño. Estoy muerta. ¡Y solo son las cuatro! Si llego a saberlo, habría hecho una cura de *ginseng* antes de venir.

Bueno, ahora está cavando en la arena. ¡Esperemos que eso lo mantenga entretenido un rato! Parece que ya ha olvidado la pelea con su hermana porque ahora la ayuda con mucho empeño. Recuerdo con nostalgia las horas, muchísimas, que yo misma me pasé jugando en la arena con mi hermano. Nuestro montón no estaba en un bonito parque infantil con árboles recién plantados, sino más bien en un descampado cerca de nuestra autocaravana, pero creo que allí viví las horas más felices y despreocupadas de mi infancia. También fue el primer lugar donde pude dar rienda suelta a mi creatividad. Me veo dibujando paisajes efímeros en la gravilla con ayuda de una rama y luego llorando porque Grant venía a destruirlos caminando por encima.

Perdida en mis recuerdos, no me he dado cuenta de que Kyle y Keira han hecho un enorme agujero. Unos cuantos niños más se han unido a ellos para echarles una mano y animarlos. A juzgar por sus gritos, están intentando encontrar un tesoro. Lo más probable es que sea una piedra más brillante que las demás. Con todo ese alboroto, no voy a tardar demasiado en acabar con dolor de cabeza. Está claro que los niños son demasiado ruidosos para mí. Y todo ese escándalo es totalmente incompatible con mi necesidad de concentración para trabajar. De repente, me siento firmemente decidida a no tener hijos hasta dentro de mucho tiempo. No digo que no quiera tenerlos nunca, quizá algún día tenga una vida tranquila, con un trabajo estable, un apartamento al que no llegue el olor a ajo de mi vecina y, sobre todo, con un hombre que haga que me apetezca concebir un hijo carne de nuestra carne, pero, por el momento, prefiero «practicar», es decir... ¡Pasármelo bien! Y hablando de eso, creo que para que se me pase mi futuro dolor de cabeza, lo mejor sería hacer unas cuantas volteretas con mi semental de turno. Saco el móvil y le mando un mensaje a Dimitri, el hombre pirámide, para preguntarle si está libre esta noche. Apenas me da tiempo a meterme el teléfono en el bolsillo del abrigo cuando gritos diferentes a los emitidos hasta ese momento atraen mi atención. No se parecen a las voces y disputas habituales en los juegos, sino que significan: *¡Problema grave!*

Salto del banco en el que me había sentado hacía unos minutos y corro hacia los niños. Kyle está tumbado en la arena, con el brazo todavía dentro del agujero, y se contorsiona como un gusano. Aparto a uno o dos niños para poder acercarme a la escena y, tras unos segundos de confusión, comprendo que se le ha quedado el brazo encajado.

—¡No te muevas, hombre! ¡Ya te ayudo!

Me arrodillo junto a él e intento no entrar en pánico. No es el momento de asustarlo; tanto él como su hermana están a punto de echarse a llorar. Intento comprender la situación. ¿Qué habrá hecho para encajar el brazo?

—Quería coger el tesoro —me dice, seguramente con la esperanza de justificar cómo ha podido terminar en semejante posición.

Esbozo una pequeña sonrisa de aliento. Ya sé qué ha pasado. Kyle y Keira han cavado un buen agujero, tipo túnel, y al no poder progresar por culpa de lo que parece hormigón o una canalización, han conseguido la proeza técnica de hacer una curva —creedme, no es nada fácil sin que los muros de arena se derrumben—, así que tengo que agrandar el agujero para que pueda sacar la mano. Meto las dos manos en la arena para empezar a cavar. Por suerte, no soy de las que llevan siempre una manicura impecable porque eso la habría arruinado en menos de dos segundos. Siento que se me meten los granitos en las uñas, sensación familiar que ya había olvidado. Cuando considero que ya he sacado suficiente material para que Kyle pueda intentar sacar el brazo, le pido que lo intente con suavidad. El niño sigue mis consejos y observo con alivio cómo sale su mano de su prisión de gravilla. En ese momento me doy cuenta de que debo de llevar un rato aguantando la respiración. Keira parece también feliz de ver a su hermano libre.

Por desgracia, mi tranquilidad dura poco porque, al mirar el brazo del hijo de mi amiga, veo caer un hilo rojo.

Sangre.

El pánico se apodera de mí y cojo su extremidad para examinarla más de cerca. Descubro una herida en el antebrazo, que ni él mismo parece haber visto.

—¿Qué es eso? —grazno.

Siento que un escalofrío me recorre la médula espinal. Tengo las manos mojadas y el cerebro me grita: *¡Julia, reacciona! ¡Haz algo!*

¿Alguna vez os habéis visto totalmente paralizados mientras vuestra mente disfruta haciéndoos visualizar el infierno en el que se podría convertir vuestra vida? Pues yo lo estoy viviendo en estos momentos. Ya me imagino en el hospital, con los médicos anunciándome que no pueden hacer nada para salvarle el brazo, mientras Libby rompe a llorar al descubrir a su hijo lisiado. Tanto ella como su marido inician un proceso judicial contra mí por no haber cuidado bien de Kyle. Mi encarcelación, la obligación de llevar un horrible atuendo naranja, pero, sobre todo, mi lucha para sobrevivir entre mis compañeras de celda. Algunos de mis familiares están acostumbrados a pasar tiempo detrás de los barrotes, ¡pero yo no!

—¡Julia! —me interpela Kyle, sacándome de repente de mis pensamientos.

—¿Sí?

—¿Tendrías un pañuelo para que pueda limpiarme? No quiero que mamá me riña por mancharme la chaqueta.

Asiento con la cabeza y meto la mano en el bolsillo de mi abrigo. Por fin encuentro el objeto buscado y le limpio el brazo. La sangre sigue brotando porque la herida no parece ser tan superficial. No puedo contentarme con una leve presión en la piel. ¡Tengo que llevarlo a un médico ahora mismo!

—¡Niños, no os asustéis! No es nada grave, pero, de todas formas, vamos a ir al médico para que le eche un vistazo.

Se me quedan mirando con expresión dubitativa. Veo que los pequeños ojos de Keira se humedecen y, de repente, empieza a sollozar.

El «no os asustéis» sobraba. A menos que el detonante haya sido mi actitud de intranquilidad. O quizá el hecho de que estoy recogiendo todas nuestras cosas a la velocidad del rayo.

Kyle no llora, pero yo diría que le falta poco.

—Solo quería coger el tesoro —dice con un pequeño hilo de voz.

Me agacho frente a él para mirarlo a los ojos e inspiro profundamente para tranquilizarme. Acabo de darme cuenta de que soy yo la fuente de su estrés, no la herida en sí misma.

—Lo sé, cariño, sé que no te has hecho daño a propósito. Solo vamos a asegurarnos de que tu pupa no es demasiado grave.

—¿Podrías guardarme el tesoro mientras me cura el médico?

—Por supuesto. ¿Quieres que lo guarde ahora mismo en mi bolso?

Asiente con la cabeza y abre el puño que tenía bien cerrado desde el principio.

Y entonces me quedo sin aliento.

Es verdad que hay un tesoro en la mano de Kyle. En forma de anillo.

No, de hecho, es más que un anillo.

¡Es un diamante de un tamaño que no había visto en mi vida!

Capítulo 2

Por suerte para mí, sé que hay un hospital con servicio de urgencias a poca distancia del parque.

Por desgracia para mí, recorrer esa distancia con dos niños muertos de miedo, un monopatín, un balón de baloncesto y la impresión de que Libby me va a matar de forma lenta y dolorosa cuando descubra el pastel no es nada fácil.

Llegar a urgencias me provoca el mismo efecto que llegar a un oasis después de una travesía por el desierto con una cantimplora vacía. En cuanto se abre la doble puerta, me abalanzo al interior con los dos enanos pisándome los talones. A la izquierda está el mostrador de recepción y, detrás, una recepcionista con un teléfono pegado a la oreja. Me planto delante de ella. No está hablando al auricular, así que deduzco que puede atenderme.

—¿Buenas tardes? —intento para atraer su atención.

Levanta un dedo para indicarme que tengo que esperar. A continuación, pronuncia un «Mmm». Y luego algunos segundos de largo silencio. Vuelvo a probar suerte.

—Disculpe.

El hombre que se encuentra junto a mí se gira, pero por desgracia no la persona a la que estoy interpelando.

Espero unos cuantos minutos y vuelvo a intentarlo con un tono algo más firme:

—Disculpe, pero tengo una urgencia.

Esta vez, tapa el receptor con la mano para evitar que la escuche su interlocutor y me responde:

—Aquí solo hay urgencias.

Con el mentón me señala el espacio que hay detrás de mí. Echo un vistazo y me quedo consternada al descubrir que casi todas las sillas están ocupadas. La sala de espera está hasta arriba. No obstante, esa no es razón para negarse a atenderme, teniendo en cuenta que claramente está manteniendo una conversación telefónica que no tiene nada que ver con su trabajo.

El hombre que se había girado antes se acerca a ella y se inclina sobre el mostrador. No sé muy bien qué le dice, pero, unos segundos después, la recepcionista le entrega varios papeles con una amable sonrisa. Si no estuviera estresada por el brazo de Kyle, montaría un escándalo. ¡No tiene tiempo para mí, pero sí para él!

—Debe rellenar este formulario.

El hombre me saca de mis pensamientos al entregarme los documentos que la auxiliar administrativa le acaba de dar.

—Gracias —respondo, algo aturdida por el hecho de que se haya tomado la molestia de hacer eso por mí, antes de añadir para justificarme—. Lo siento mucho, pero es que el niño se ha hecho daño y estoy de los nervios.

¿Justificarme por qué? Ni idea.

—Ningún problema.

Sus labios dibujan una pequeña sonrisa y comprendo que la recepcionista lo encuentre mucho más interesante que a mí.

Sus ojos son de un azul profundo, un poco como esos bloques que se cuelgan en la taza del váter. Vale, quizá la comparación no sea la más acertada, sobre todo para alguien que suele trabajar con los colores como yo, pero entendedme, ahora mismo no tengo cabeza para nada. Y bueno, al menos así sabéis exactamente de qué color estoy hablando. Si hubiera dicho: *Sus ojos son del azul de un monocromo de Yves Klein* u os hubiera dado la referencia Pantone, seguramente no os habría quedado tan claro.

Tiene una densa melena cuidadosamente peinada, digna de un modelo de campaña publicitaria de champú anticaspa. ¿Quizá esa sea su profesión? Lleva la mano envuelta en pañuelos, así que supongo que se ha hecho una herida. ¿Qué puede haberle pasado? ¿Se habrá quemado con su plancha del pelo? ¿O puede que le haya atacado su peluquero?

Tiene un golpe de tos y me doy cuenta de que sigo observándolo de tal manera que corro el riesgo de hacerlo sentir incómodo.

En resumen: tengo un montón de documentos que rellenar y será mejor que me ponga a ello en vez de seguir especulando sobre su profesión. En vista de que hay más gente en esa sala de espera que en el último concierto al que fui —también hay que reconocer que las percusiones japonesas ejecutadas por un grupo de peruanos no es algo que mueva masas—, mejor no perder el tiempo.

Me apoyo un poco más lejos en el mostrador y empiezo a leer el papel.

¿Apellidos y nombre del paciente? Fácil.

Fecha de nacimiento. Hasta ahí llego. Sé que el niño nació en verano porque hacemos una barbacoa todos los años para celebrar su cumpleaños. En cualquier caso, verifico el día exacto con él. Hago un pequeño cálculo mental para averiguar el año y lo escribo en la hoja.

En las líneas siguientes, se complica el asunto.

¿Altura? Deduzco la altura comparándola con la de los bastidores de mis cuadros. Para eso, tengo la medida cogida. ¿El *peso*? ¿Cuánto puede pesar un niño de su tamaño?

¿Alergias? A ver, personalmente, no le conozco ninguna, pero digamos que no apostaría mi vida en ello...

—¿Eres alérgico a algo, Kyle?

—¿Qué significa «alérgico»?

Vale, supongo que eso significa que no es alérgico a nada. De serlo, sabría lo que significa, ¿no? Pero supongamos que no sabe que es alérgico, por ejemplo, a la aspirina. ¿Se lo habrían dicho sus padres? ¿A qué edad los niños son suficientemente maduros como para explicarles ese tipo de cosas? Se lo preguntaría a la recepcionista, pero está al teléfono hablando con alguien que hace que sea mucho más parlanchina. Huelga decir que las posibilidades de captar su atención son prácticamente nulas.

Mi amiga Maddie me ha contado cosas horribles sobre la gente que sufre alergias. Que se hinchan como bocas de rana. Que hay que llevarlos directamente al hospital. ¡La buena noticia es que ya estamos en el hospital!

Siento que me tiran del bajo del abrigo.

—Julia, ¿podemos volver a casa? —pregunta Kyle.

—Ahora no podemos, cariño. Primero el amable doctor tiene que ver la herida.

—¿Y cómo sabes que es amable? ¡Ni siquiera lo conoces! —objeta él.

—Todos los médicos que cuidan a los niños son amables.

—¡Ezo no ez verdad! —interviene Keira—. ¡El médico de laz inyezionez no ez amable!

—Sí, pero en este hospital todos son muy amables.

—¿Y por qué no podemos volver a casa? Ya ni siquiera me sangra la herida. Y, además, mamá tiene todo lo que hace falta en el armario del cuarto de baño.

—No, no podemos volver a casa sin haber visto al médico —contesto con una voz que espero que sea suficientemente firme como para poner fin a la discusión.

—¡Zulia! Tengo pipí.

¡En el nombre de un corte de luz! ¡Lo que faltaba!

—Aguanta diez minutos, que ya casi he terminado de rellenar el formulario.

—¡No puedo, me lo voy a hacer en laz bragaz!

—Kyle, ¿te importaría acompañar a tu hermana al baño?

Los aseos están al otro lado de la sala de espera, pero, desde donde estoy, puedo ver muy bien la entrada, así que no hay riesgo de que se pierdan en el pasillo. Estoy segura de que habréis pensado por un momento que soy una total irresponsable, ¿verdad?

De todas formas, mi propuesta tampoco parece haberles entusiasmado, porque los dos empiezan a hacer muecas.

—¡Kyle no puede entrar conmigo al baño! ¡Es un niño!

—¡No pienso entrar en el baño de las chicas! —se ofusca su hermano al mismo tiempo.

Keira patalea con las piernas bien juntas, una pequeña danza que anuncia una catástrofe inminente si no alivia su vejiga.

—Puedo vigilar sus papeles y guardarle el sitio mientras la acompaña —propone el hombre que me había ayudado antes.

Frunzo el ceño. ¿Por qué es tan amable? Quizá sea un loco o un pedófilo. Puede que finja sus heridas para poder ir al hospital y acercarse a sus presas en la sala de espera.

—No me supone una molestia. De todas formas, no creo que le lleve más de unos minutos.

Tiene razón y, al ver que los movimientos de Keira se amplifican, no es que tenga muchas más opciones. Así que decido aceptar que solo es una persona amable y le dejaré mis papeles. Las almas caritativas existen, ¿verdad?

Cuando salimos del baño y veo que ha estado esperando nuestro turno junto al mostrador, no puedo más que dedicarle una pequeña sonrisa de agradecimiento. De inmediato, vuelvo a la contemplación del formulario.

¿*Antecedentes familiares*? ¡Y qué se yo! ¿De verdad es necesario que sepan si su abuela era miope o si su tío tiene sífilis para curarle una herida en el brazo?

Suspiro.

—¿Algún problema? —me pregunta el hombre del mostrador.

¿Por qué no se preocupa de su propia herida? A pesar de mi leve enfado, le respondo.

—Las preguntas son el problema. Desconozco la respuesta de la mitad de ellas.

—¿Y no puede llamar a alguien? ¿A sus padres, por ejemplo, que seguramente le podrán ayudar?

¡No, claro, eso es algo que jamás se me habría ocurrido a mí solita!

Evito su mirada, porque soy consciente de que eso es justo lo que voy a tener que hacer.

—Todavía no le he dicho a sus padres que estamos en el hospital —acabo admitiendo.

Tampoco es algo que le incumba.

—¿Tiene miedo de que la despidan?

Necesito unos segundos para comprender lo que me quiere decir.

—¡No soy su niñera! Bueno, vale, sí, pero solo por hoy. Soy una amiga de su madre. Me ofrecí a cuidar de sus hijos para que pudiera tener una tarde tranquila y, al final, lo mismo acabo devolviéndole uno en trocitos.

Libby va a matarme.

—Pues parece bastante en forma para alguien que está en trocitos. Los niños tienen accidentes todo el tiempo, seguro que lo comprenden.

—¿Usted cree?

¡Pero qué sabrá él! No conoce a Libby y su instinto de mamá gallina. Mataría a cualquiera que arañara a sus retoños.

Siento que va a decir algo, pero yo centro mi atención en la escena que se está desarrollando a sus espaldas. Keira, que ha debido aprovechar mi conversación con el desconocido, viene a toda velocidad montada en su monopatín.

Antes de que pueda ordenarle que se detenga, golpea por detrás al hombre, que sale despedido y pierde el equilibrio. Por desgracia, se le ocurre la maravillosa idea de agarrarse a mí y arrastrarme con él en la caída. No entiendo demasiado bien qué ha pasado, pero me veo tumbada sobre él en menos que canta un gallo. Para colmo de males, le entra un violento ataque de tos y recibo todos los microbios en plena cara.

—¡Oh, Dios mío! ¡Lo siento mucho!

—¡Madre mía! ¡Lo siento mucho!

Exclamamos los dos a la vez. En teoría, es él el que se ha caído y el que ha proyectado sustancias en las que no quiero ni pensar a mi cara, pero me disculpo de todas formas. Después de todo, Keira es responsabilidad mía.

Y hablando de eso, una vez de pie, me giro de inmediato hacia la pequeña diablesa.

—¡Keira! ¡Te he dicho que no usaras el monopatín aquí!

La niña me mira con expresión culpable, pero no por ello se disculpa.

—¿Pero qué haces? ¡No se juega así en un hospital!

—¡Pero ez que me aburro! ¡Tarda mucho! —protesta.

—Sí, lo sé. Pero en cuanto el médico vea a Kyle, nos iremos a hacer algo divertido, ¿vale?

—¿Noz comeremoz un helado?

—Si me prometes que no vas a hacer más tonterías, iremos a tomarnos un helado, sí.

Sé que lo que he hecho no está bien. Que todos los manuales de educación dicen que está totalmente prohibido ofrecer un helado a cambio de que se porte bien, sobre todo cuando acaba de hacer una trastada hace menos de dos minutos, pero es que no se me ocurre nada mejor.

La pequeña dibuja una sonrisa de oreja a oreja. Será mejor que luego le comente que no debe contar este episodio a su madre, que me ha prohibido expresamente que se acerquen a un cucurucho de helado.

Vuelve despacio adonde se encuentra su hermano y, cuando elevo la mirada, me doy cuenta de que el desconocido del mostrador ya no está.

Decido seguir su consejo y, una vez sentada en la sala de espera, llamo a Libby. Está en la peluquería y solo le han cortado la parte izquierda del pelo, lo que da un resultado bastante sorprendente cuando aparece, sin aliento, en el hospital. Ya había tenido tiempo de hacerse el masaje, pero, por lo visto, el efecto de la relajación ha desaparecido deprisa, a juzgar por la bronca que me cae. La próxima vez, en vez de ofrecerme para cuidar de sus hijos, me limitaré a hacerle una infusión de hojas de naranja amarga. Eso será mucho menos estresante para las dos.

Capítulo 3

Por fin estoy en casa. Me siento como si hubiera corrido un maratón. O eso supongo, porque ni siquiera tengo zapatillas de deporte. Me da la impresión de que estoy incubando algo porque parece que tengo la cabeza metida en un torno. Recojo el correo: algunos avisos de factura y publicidad, nada interesante. De todas formas, ¿qué esperaba? Ya nadie manda cartas, empezando por mí. Y mientras no vuelva al trabajo como es debido, dudo que vea un extracto bancario que me haga sonreír.

A pesar de todo, dedico algo de tiempo a leer mi horóscopo en el periódico gratuito del barrio.

Piscis: la Luna en Venus le traerá muchos problemas este mes, ¡pero es por su bien!

¡Lo que faltaba! ¡Como si no hubiera tenido suficientes problemas hoy! De todos modos, los horóscopos de las revistas gratuitas no sirven para nada. Sé perfectamente que usan los mismos de un año para otro. Nada que ver con las predicciones de la señora Chang. Si consigo ahorrar unos dólares, quizá vaya a verla para que me tire las cartas.

Abro la puerta de mi apartamento. Imagino que mi vecina de rellano ha vuelto a preparar comida mexicana, porque un fuerte olor a especias inunda el lugar. Cuelgo el abrigo en la entrada. Warhol, mi gato, viene a frotarse. Lo cojo en brazos y me tumbo en el sofá. No llevo sentada ni un minuto cuando mi móvil empieza a sonar al fondo de mi bolso. No me apetece responder, seguro que quieren venderme algo. ¡Tampoco hace falta que os ensañéis! No tengo dinero para comprar nada.

Tras unos segundos, deja de sonar, pero luego vuelve a empezar.

—¡Pero es que no hay forma de estar tranquila! —gruño.

Me levanto con mucho esfuerzo y Warhol salta sobre la alfombra desgastada. Sea quien sea quien me esté llamando, se va a llevar una buena bronca. ¡No se llama a la gente a estas horas! Sobre todo después de un día horrible.

—¿Qué? —ladro al teléfono sin ni siquiera mirar quién llama.

—¿Julia? —pregunta una voz familiar.

Grant. Mi hermano.

Me recompongo y respondo con más calma:

—Grant, lo siento mucho, pero es que he tenido un mal día y acabo de llegar.

Me vuelvo a tumbar en el sofá.

—¿Qué quieres? ¿Todo va bien?

Lo siento dudar. Me da un vuelco el corazón. Grant y yo solo nos llevamos un año, pero para mí sigue siendo ese niño enfermizo de cinco años, de ahí que siga teniendo la necesidad de protegerlo en cuanto le pasa algo a pesar de que me saque ya como veinte centímetros.

No puedo decir que mi hermano tenga una vida llena de éxitos, más bien justo lo contrario, así que su silencio no hace más que aumentar mi preocupación.

—¿Grant?

—Me... me han detenido, Julia.

Cierro los ojos y me pellizco el puente de la nariz. ¿Por qué no estoy gritando? Pues porque no es la primera vez que escucho esas palabras. De hecho, las he escuchado más de una vez. Mi madre también las ha pronunciado varias veces. Digamos que pasar la noche en la cárcel de vez en cuando es una especie de tradición familiar. Algunos hacen barbacoas los domingos y, en casa de los

Moore, hacemos que nos detengan. ¡A cada cual lo suyo! Yo soy la única cuyo trasero, a día de hoy, todavía no ha conocido los bancos de las celdas. De hecho, soy a la que todos llaman para que los saque. ¿Ya sabéis quién soy? La ingenua que les obliga a prometer que no lo volverán a hacer... Hasta la próxima vez.

—¿Y qué ha sido esta vez? ¿Te has metido en una pelea? ¿Estabas borracho? ¿Le has robado dinero a alguien?

Estoy decepcionada. ¡Es que esto no va a parar nunca!

—¡Nada de eso! ¡Esta vez no he hecho nada! ¡Te lo juro!

—¡Sí, claro! Las cárceles están llenas de inocentes, Grant. *¡En el nombre de una patilla de gafas rota!* ¡Búscate otra excusa!

—¡Te lo prometo, Lia! No he hecho nada...

Se le rompe la voz y el hecho de que haya usado mi nombre de cuando era pequeña me toca algo dentro. Soy consciente de que estoy volviendo a ser blanda una vez más. No creo para nada que esté libre de toda sospecha, pero una parte de mí querría creerlo.

—¿Dónde estás? —termino preguntando.

Me da toda la información y entonces cuelgo. A regañadientes, me vuelvo a poner mi abrigo verde y le digo a mi gato:

—¡Desde luego está siendo un día asqueroso!

Warhol me responde con un bostezo. Ingrato.

Meto la mano en el bolsillo para buscar las llaves, pero, en su lugar, encuentro otra cosa: el anillo. ¡Lo había olvidado! ¿Qué voy a hacer con él? Será mejor que lo deje aquí para no perderlo. Es posible que no sea más que una baratija, pero nunca se sabe. Me acerco a la estantería en la que suelo guardar las cosas de valor, con Warhol detrás, y lo dejo allí. Por un instante, veo cómo refleja la luz y lo más seguro es que sea falso porque un anillo así de grande no se deja olvidado en un parque infantil. Si yo tuviera uno así —y eso solo sería en el caso hipotético, bastante loco, de que me hubiera tocado la lotería—, removería cielo y tierra para encontrarlo. Y como no he visto ninguna histérica tamizando la arena del área de juego, supongo que es falso.

La comisaría en la que se encuentra Grant no está en mi barrio, así que necesito unos cuarenta minutos para ir en metro y luego a pie. El vestíbulo es oscuro y lúgubre. Me acerco al mostrador. ¡Espero que la policía que hay detrás sea más simpática que la recepcionista del hospital!

Le digo quién soy y a qué vengo. Me cuenta que están interrogando a mi hermano en esos precisos momentos. Me señala las sillas alineadas a lo largo de un muro mugriento, así que deduzco que será mejor que me siente hasta que venga alguien a buscarme. Debería estar contenta: al menos aquí hay asientos. He visto suficientes lugares de este tipo como para saber que no siempre es ese el caso.

Los minutos son interminables. Repaso mentalmente la corta conversación que he tenido con mi hermano, intentando adivinar qué habrá podido hacer esta vez.

Grant no es un mal chico. Y lo dice alguien que, por enésima vez, está aquí, esperándolo en el vestíbulo de una comisaría de policía. Una vez más, seguro que me pide que le pague la fianza.

No, en el fondo, no es un mal chico, pero la vida le ha ayudado a que se convierta en uno. Para empezar, nuestro padre nos abandonó poco después de su nacimiento. Al parecer, eso de ser el típico padre de familia que trabaja fuera todo el día y que vuelve por la noche junto a los suyos era más de lo que podía soportar. Se fue un día a comprar tabaco y jamás volvió. Bueno, eso es lo que se suele decir en esto casos, pero en realidad no fumaba, que es una de las pocas cosas buenas que tenía.

Tras eso, nuestra madre se hundió en una depresión durante un tiempo. Yo la entiendo: verse de un día para otro con dos niños pequeños y un sueldo diminuto de camarera, normal que lo pasara mal. Pasado un tiempo, se repuso y empezó a salir con los clientes del bar, pero estas amistades no eran las mejores y acabó viéndose envuelta sin parar en historias turbias de droga y violencia. Por ese motivo, mi hermano y yo terminamos acostumbrándonos más a ir y venir con la asistente social de familia de acogida en familia de acogida que a ir a jugar al parque.

Cuando cumplí los dieciocho, me las arreglé para que me concedieran una beca para ir a la universidad. Por fin pude dejar atrás la autocaravana en la que vivíamos, a mi madre y a sus problemas, pero también a mi hermano. Trabajé como una loca para pagarme los estudios, acumulando pequeños trabajos de acá para allá para poder comer. No siento ninguno de los sacrificios que tuve que hacer, excepto haber dejado a Grant solo con la irresponsable que solo tenía de madre el nombre.

Mi hermano jamás había sido un santo, pero después de que yo me fuera, las cosas se aceleraron. Sus supuestos amigos lo metieron en tejemanejes no demasiado legales y entonces también empezaron para él los encontronazos con la policía. Siempre era yo la que tenía que sacarlo del embrollo y siempre me prometía que sería la última vez. Quise creerlo, convencerme de que podía cambiar, pero el hecho de que esté sentada aquí, en una comisaría, cuando debería estar tranquilamente en mi casa viendo la televisión o leyendo un libro, me demuestra que me he equivocado. Ya ni siquiera estoy enfadada. Gracias a mi madre, he aprendido que la gente nos decepciona siempre. Ahora solo estoy desencantada. ¡Pero sí que sé que podría haber hecho algo mejor con su vida!

No me considero una triunfadora, como vosotros podréis comprender, porque estoy lejos de serlo, pero al menos me mantengo en el lado correcto de la línea roja. Puede que me cueste arreglármelas, pero mi orgullo y mi integridad siguen intactos. Y, sobre todo, me las arreglo sola.

—¿Señorita Moore?

La agente de la recepción ha salido de detrás del mostrador sin que me dé cuenta y se ha plantado frente a mí.

—¿Sí?

—Sígame. Vamos a ver a su hermano.

Sé perfectamente que no vamos directamente a visitar a Grant. Primero deberé ver al oficial que lo ha arrestado y que, espero, me dirá si van a soltarlo. Seguro que aprovechará para interrogarme, como si nada, en función de los cargos que le imputen a mi hermano.

Entramos en una estancia que parece una sala de interrogatorios. De repente, un escalofrío me recorre la espalda. Intento calmarme repitiéndome que, de todas formas, yo no he hecho nada, que no es a mí a la que han acusado de cometer algún delito.

—Siéntese. Mi colega vendrá ahora.

Escudriño el rostro de la agente, que me sonríe, lo que supongo que es una buena señal, ¿no? Debería haberle preguntado su signo del zodiaco. Espero que sea más acuario que escorpio.

Sale de la habitación justo cuando un hombre entra. Todavía no ha tenido ni tiempo para sentarse cuando exclamo:

—¡Yo le conozco!

El policía me observa, sorprendido, sin dejar de parpadear y escrutándome de arriba abajo. En su mirada puedo ver cómo, por fin, me recuerda.

—Es una de las amigas de Amy[1] —dice con una sonrisa encantadora.

—Y usted es el sex... mmm, mmm... el teniente que se ocupa de la investigación del robo en la cafetería —rectifico.

¡En el nombre de una bicicleta con la rueda torcida! Por poco lo llamo teniente sexi, apodo que le hemos puesto mis amigas y yo, en secreto, por supuesto.

Asiente con la cabeza.

—Teniente Tom McGarrett —precisa.

Entonces se aclara la garganta.

—Señorita Moore, ¿sabe que hemos arrestado a su hermano?

---

1   ¿Pero cómo? ¿No sabes quién es Amy? Para satisfacer tu curiosidad, puedes leer *Flechazo y malentendido*, donde esta pequeña pelirroja que prepara el mejor café de Boston vive algunas aventuras rocambolescas.

—Eh, sí, por supuesto.

Me dan ganas de responderle que no tengo por costumbre pasar los sábados por la noche en comisaría por placer, pero dudo que mi sarcasmo le divierta. De hecho, hablando de noches, ¡me había olvidado por completo de Dimitri! Se suponía que iba a venir a casa: tengo que enviarle un mensaje antes de que se plante frente a mi puerta cerrada. Bueno, tampoco es plan de sacar el móvil ahora mismo, lo haré más tarde.

—Lo que no sé es por qué.

—Seguro que se lo explica él mismo. Los hechos que se le imputan a su hermano son bastante graves y las primeras pesquisas no juegan a su favor, lo que me impide dejarlo en libertad esta noche y más teniendo en cuenta sus antecedentes judiciales.

Grant, ¿pero qué has hecho esta vez?

No hace falta que me explique lo que va a pasar después, que ya me lo sé, y esa perspectiva me da dolor de estómago.

—Su hermano deberá presentarse ante el juez mañana por la mañana para que fije la fianza.

Suspiro. McGarrett me mira sin pestañear y continúa con voz compasiva.

—Si cree que no podrá pagar la fianza, puede pedirle a mi colega de la entrada que le dé la lista de fiadores.

No necesito la lista, los conozco a todos. Ya sé que ninguno va a aceptar prestarme el dinero, porque mi hermano no tiene nada para garantizar que podrá devolverlo. Y yo tampoco.

—¿Cuándo podré ver a mi hermano? —pregunto para cambiar de tema.

—Ahora mismo me encargo de eso.

Se levanta, da un paso hacia la puerta y se gira.

—Julia, en su lugar, yo intentaría buscarle un buen abogado. Lo va a necesitar.

Capítulo 4

Después de que saliera el teniente McGarrett, un policía de uniforme vino a informarme de que iba a poder ver a mi hermano. Unos minutos después, volvió acompañado de Grant. Verlo esposado me revuelve el estómago. Si no fuera porque la imagen es tan familiar... A juzgar por las medidas que han tomado con Grant, no deben de haberlo detenido por un delito leve.

El policía le quita los grilletes y le lanza una mirada con la intención de dejarle claro que, a la más mínima tontería, se acabó su aparente libertad.

Grant se sienta en la silla frente a la mía, mientras que el representante de las fuerzas del orden se aposta junto a la puerta. La mirada de mi hermano todavía no se ha cruzado con la mía. Sé que se siente avergonzado por haberme vuelto a poner en esta situación, pero me dan ganas de gritarle que solo él puede poner fin a todo esto.

—Hola —empiezo.

—Hola —me responde con tono plano.

Está claro que, como reunión familiar, las he visto mejores.

—Bueno, ¿qué ha sido esta vez?

Me cuesta ocultar mi exasperación. Grant por fin me mira.

—No he hecho nada, Julia, te lo juro.

Para una novata, sus palabras podrían parecer completamente sinceras, pero yo ya he aprendido a no dejarme engañar por sus ojos de cocker y sus declaraciones de inocencia.

Suspiro.

—Antes de que sigas insistiendo en eso de que no has hecho nada, ¿te importaría explicarme de qué te acusan? Algo me dice que no ha sido precisamente porque le hayas robado diez dólares a una ancianita distraída.

Su mirada esquiva confirma mis sospechas.

—Tráfico de drogas —suelta.

El anuncio me provoca el mismo efecto que un puñetazo. Mi hermano ha hecho muchas tonterías en la vida: robo de coches, tirones, apuestas ilegales... Pero acaba de pasar a un nivel superior. Durante unos segundos, soy incapaz de pronunciar una sola palabra. De hecho, Grant no hace nada para poner fin a ese silencio; sin duda, me está dejando procesar la información.

—«Tráfico de drogas» —repito, aturdida, al cabo de un tiempo. Nada más y nada menos...

—Es un complot, Julia. No he hecho absolutamente nada.

Su tono es tajante y seco. Sus palabras me devuelven a la realidad de la situación.

—Grant, ¿en qué mierda te has metido esta vez? ¡Por el amor de Dios! ¿No has aprendido nada de todos los líos en los que se ha metido mamá? ¡De verdad, te creía más inteligente!

—¡No me estás escuchando! —se enfada—. Te digo que no he hecho nada.

—Sí, claro, por supuesto, como todas las demás veces —ironizo.

Se echa hacia atrás en la silla y se cruza de brazos.

—No sé ni por qué te he llamado. Tendría que haber supuesto que no me creerías.

—Grant, me gustaría creerte, pero ¡tendrías que reconocerme que tu pasado no juega a tu favor!

29

—¿Acaso crees que no lo sé?

Eleva el tono y pega un puñetazo en el borde de la mesa. El poli le hace señas para que se calme o tendrá que acortar la visita. Mi hermano se apoya en los codos, se me acerca y continúa con más calma:

—Y, en mi opinión, los que me han puesto la trampa lo sabían muy bien cuando me escogieron para cargarme con el muerto.

Tras mi entrevista con Grant, hice el camino de vuelta a mi apartamento totalmente confusa. He ido encadenando líneas de metro de forma mecánica, sin prestar atención a lo que me rodeaba ni a la gente con la que me cruzaba.

No sé qué pensar en cuanto a sus revelaciones. Una vez más, me gustaría creerlo, pero ¿acaso estoy preparada para asumir las consecuencias? Esta vez no estamos hablando de un pequeño hurto en un supermercado. Si lo que me ha explicado mi hermano es verdad, va a tener que enfrentarse a peces gordos. Y temo que, al enfrentarse a ellos, se deje algunos pelos en la gatera... o algo más.

Decido que es mejor hacer cada cosa a su tiempo. Lo primero es pagar la fianza. El juez la fijará mañana por la mañana, así que tengo que buscar una forma de ayudarlo. Hago un cálculo mental de mi penosa economía. No es que me lleve demasiado tiempo, porque no hay gran cosa que sumar. Esta vez, es oficial: mi casera me va a elegir la peor inquilina del año. Por desgracia, aunque todavía no conozca el montante de la fianza, sé que los pocos cientos de dólares que tengo no serán suficientes. Voy a tener que encontrar el dinero en otra parte.

Se me ocurre la idea de vender un cuadro, pero la descarto. No es una opción viable. Entre el tiempo que necesitaría para pintar algo medianamente potable, algo que, en estos momentos, es más que improbable, y el tiempo para venderlo —esta parte sería, desde luego, la más delicada—, mi hermano habría tenido tiempo ya para convertirse en el rey de la prisión federal en la que lo van a encerrar.

Hay que buscar otra solución. Por supuesto, por razones evidentes, queda descartada toda tentativa que implique infringir la ley. El problema es que ninguna de las ideas que se me ocurren me permitiría reunir fondos antes de mañana. La última que me viene a la cabeza no me gusta en absoluto: pedir dinero prestado a una o varias amigas. La rechazo de inmediato. Siempre me las he arreglado yo sola y volveré a hacerlo. Al menos, cuando no le debes nada a nadie, puedes actuar como te da la gana. Y, además, no se lo puedo pedir a Libby. Desde luego no el día en que he terminado con su hijo en el hospital.

¿Amy? Ella ya tiene bastantes problemas. Le robaron hace unos días. Todas las amigas del grupo acabamos en un bar de moteros bastante turbio para intentar recopilar información sobre la desaparición de una de sus empleadas. Y, para colmo de males, se la acabó llevando un tipo bastante aterrador, que no desentonaría nada como compañero de celda de mi hermano. No, no pienso llamar a Amy.

En cuanto a las otras cuatro, no me veo pidiéndoselo. Bien es cierto que Zoey podría ayudarme, dado que solo en zapatos se gasta mi presupuesto anual, pero prefiero arreglármelas sola. Imagina que se lo pido y me responde que no: yo no sabría dónde meterme y nuestra amistad podría verse afectada.

Al día siguiente por la mañana, una serie de golpes reiterados me sacan de mi sueño. Abro un ojo y observo los números rojos luminiscentes de mi despertador. La información sube hasta mi cerebro, que a su vez se ve sobrecargado por una avalancha de recuerdos: Grant, prisión preventiva, fianza fijada por el juez esta mañana... Y, entonces, llego a una conclusión: ¡llego tarde!

Me siento con dificultad en la cama y los golpes en la puerta continúan. Me cuesta levantarme. Tengo la cabeza como un bombo, la nariz atascada y me pica la garganta. *¡En el nombre de un calcetín mojado! ¡Tengo un resfriado importante!*

Ayer pasé la noche dando vueltas por el apartamento, bebiendo infusiones de laurel y esperando que la noche hiciera su función. *¡Pues ya ves!* Tengo la impresión de estar al borde de la agonía.

Siguen golpeando la puerta y gritan mi nombre. Dudo dos segundos si debería vestirme antes de ir a abrir o no, pero si no quiero que me estalle la cabeza, tengo que hacer que pare ese alboroto de inmediato. Arrastro mi cuerpo anquilosado hasta la puerta (por suerte, el apartamento es tan grande como una caja de cerillas). Echo un vistazo por la mirilla y abro con un suspiro.

Dimitri. Lo había olvidado por completo. Ayer intentó hablar conmigo varias veces mientras estaba en la comisaría. Supongo que toparse con mi puerta cerrada después de haberle propuesto que se pasara un rato antes ha debido enfadarlo bastante. Bueno, no estoy del todo segura porque, a pesar de ser todo un coloso, el chico hace gala de una absoluta indolencia la mayor parte del tiempo. Y digo la mayor parte del tiempo porque no he pasado suficiente tiempo con él como para estar segura.

—¿Julia?

Su marcado acento hace que mi nombre parezca algo más serio y que suene como una acusación.

Le hago señas para que entre.

—¿Dónde estabas? Te he esperado durante horas y no me cogías el teléfono.

En su voz no hay ningún reproche, sino más bien inquietud sincera y eso me hace sentir todavía más culpable por haber olvidado avisarlo. Sus ojos me escrutan con seriedad, sin ni siquiera reparar en un atuendo más bien ligero (solo llevo una camiseta grande que apenas me cubre los muslos).

—Me surgió algo urgente —le grazno.

Tengo la impresión de que estas pocas palabras me raspan la garganta como papel de lija. Podría disculparme y explicarle por qué no lo pude avisar, pero estoy demasiado cansada y llego demasiado tarde como para eso.

Dimitri se me acerca de un paso y apoya sus manos en mis hombros.

—¿Todo bien? Pareces enferma.

—Sí, sí —miento—. Escucha, Dimitri, te propondría que te quedaras a tomar un café, pero tengo una cita muy importante y ya llego tarde.

Estas pocas palabras me exigen un esfuerzo casi sobrehumano.

Consigo liberarme de su abrazo y me afano en buscar mi ropa dispersa entre el salón, el dormitorio y el cuarto de baño. También tengo que encontrar algún medicamento que tomarme, y rápido. El laurel da asco. Dimitri me mira, contrariado.

—¿Estás segura de que todo va bien? ¿Quieres que te prepare un té? ¿Unos huevos revueltos o tortitas quizá?

Jamás ha desayunado aquí; si no, sabría que el contenido de mis armarios y de mi frigorífico no permite semejante hazaña culinaria.

En condiciones normales, su forma de pronunciar las eses me parecería que le aporta cierto encanto exótico, pero, esta mañana, su preocupación por mí tiene el don de exasperarme. No tenemos ese tipo de relación. Y en vista de la locura en la que se está convirtiendo mi vida, lo último que necesito es más ataduras. Me siento culpable por haberlo dejado plantado, pero si pudiéramos dejar esta conversación para más tarde, se lo agradecería.

Mientras rebusco en el cajón de los calcetines, le respondo:

—Sí, todo va muy bien. Si quieres, podemos quedar mañana por la noche.

Mi propuesta carece de convicción, pero me digo que, para entonces, quizá habré cambiado de opinión, puede que esté mejor.

—No puedo, tengo espectáculo.

Sí, el problema de Dimitri es que rara vez está disponible por la noche. Es una suerte que mis horarios sean más flexibles —bueno, no tanto como su cuerpo—, porque si no, jamás podríamos pasar tiempo juntos.

—Ah.

Eso es todo lo que se me ocurre responder y yo misma soy consciente de que es un poco patético. Tengo prisa y, como no sé qué me van a deparar los próximos días, no me apetece llenar la agenda por el momento.

Veo cómo Dimitri frunce el ceño. Mi falta de entusiasmo debe de haberlo ofendido. No quiero hacerle daño, es un buen tío. Pienso una buena excusa para explicarle que no voy a estar disponible, sin tener que contarle toda la historia de mi hermano, acusado de tráfico de drogas, pero antes de que pueda empezar, me interpela:

—¿Estás casada?

Abro los ojos de par en par, preguntándome a qué se debe semejante pregunta.

—¡No! —me apresuro a desmentir.

Su expresión se vuelve sospechosa. Sigo su mirada y comprendo que acaba de ver el anillo sobre la estantería.

—¡Estás prometida!

No me deja responder y se da la vuelta entre gruñidos.

—¡Espera!

Lo persigo, pero mientras él solo necesita tres zancadas para atravesar el apartamento, yo necesito algunas más. Ni siquiera mira atrás antes de cruzar la puerta.

—¡Dimitri!

Mi grito resuena en el rellano de la escalera y me provoca un violento ataque de tos. Dimitri ya está lejos. No sé si debería seguirlo o no, pero mis ojos se posan en el reloj de la cocina y la razón se impone: si quiero asistir a la vista de esta mañana, será mejor que termine de prepararme.

Capítulo 5

La sala del tribunal está hasta arriba mientras intento abrirme paso entre los bancos para encontrar un asiento libre. Esta mañana se van a juzgar varios casos uno detrás de otro y, por suerte, todavía no le ha llegado el turno a mi hermano.

En cuanto a él, se levanta y echa un breve vistazo a la muchedumbre. Me doy cuenta de que me está buscando, quiere saber si estoy allí para apoyarlo. Cuando me encuentra, esboza una pequeña sonrisa triste.

Durante los minutos siguientes, se exponen los hechos que se le imputan. El juez pregunta a Grant cómo ha decidido declararse y mi hermano responde:

—No culpable.

Después de todos los formulismos jurídicos, el magistrado anuncia la cantidad fijada para la fianza.

Me da un vuelco el corazón. Es más de lo que esperaba. Jamás conseguiré reunirla y mucho menos teniendo que añadir después los honorarios del abogado. Tengo la impresión de haber estado nadando con la cabeza apenas por encima del nivel del agua y ahora acabar de recibir una horrible aguadilla.

Mi mirada se cruza con la de Grant. Sabe que soy su único salvavidas. Esbozo una pequeña sonrisa de aliento, aunque, en el fondo, estoy totalmente desesperada.

Salgo de la sala y no me paro a dar vueltas por los pasillos. Ando a toda prisa hacia el exterior. Siento que me asfixio entre esos muros. Fuera, la brisa de octubre me produce un escalofrío. Empieza a caer una lluvia fina y, por supuesto, no tengo paraguas. Es como si la tierra entera estuviera en mi contra. Además, tengo mucha hambre. ¡Esto es lo que te pasa cuando terminas en la sala de espera atestada de gente enferma de un hospital!

O cuando charlas con un hombre sexi pero resfriado que te tose encima.

Ya en casa, estoy hecha polvo, en todos los sentidos. No ha dejado de llover durante todo el camino de vuelta y, como no tenía ganas de esperar el autobús varias horas, me he resignado a volver a pie.

Las elementales comodidades de mi apartamento jamás me habían parecido tan atractivas. Me arrastro hasta el sofá, sobre el que me derrumbo.

Creo que voy a quedarme aquí un rato. Quizá el resto de mi vida. Si no me muevo y cierro los ojos, ¿desaparecerán todos mis problemas por sí solos? No estaría mal...

Toc, toc, toc.

Algo me golpea la cabeza como un martillo.

Toc, toc, toc.

¡Y además no para!

¡En el nombre de un charco seco! ¡Que pare ese escándalo!

—¡Julia, soy Zoey! ¡Abre!

Me he dormido y ese ruido insoportable es Zoey, que llama a mi puerta.

—¡Voy! —digo.

Bueno, intento decirlo, pero, en realidad, más bien se parece a... No tengo ni idea de a qué se parece, pero es claramente inaudible.

Abro a mi amiga, que está en el rellano, impecable. Por supuesto, a ella la lluvia no la despeina. Ella siempre está perfecta. Si tuviera que describir el aspecto de Zoey en una sola palabra sería: sofisticada. Todo en ella transpira perfección. Desde su melena larga y castaña de aspecto sedoso y sus ondas sabiamente colocadas, a su ropa a la vez profesional y sexi. Ha recibido la mejor educación, entre internados privados y universidades reservadas a la élite. Y, por algún motivo que muchos no alcanzan a comprender, es amiga mía.

¿Y qué es lo que tenemos en común? El amor por los libros. Por lo visto, se puede venir de mundos diametralmente opuestos y, con todo, tener pasiones en común. Nos conocimos en un club de lectura que, al principio, se reunía en una biblioteca a la que solía ir. Al poco tiempo, seis de nosotras decidimos organizar un grupo aparte y vernos en nuestras casas. La ausencia cruel de margaritas fue un argumento adicional al hecho de que algunas de las participantes nos aburrieran. Poco a poco, nuestro grupo se fue haciendo cada vez más estrecho y ahora nos hemos convertido en auténticas amigas. Durante nuestros encuentros, los libros siguen presentes de forma ocasional, junto con los margaritas, aunque estos son menos ocasionales. Aparte de Zoey y yo, están Libby, la madre de los dos terrores a la que, espero, se le pase pronto el enfado; Amy, la propietaria de la cafetería que últimamente se relaciona con gente muy turbia; Maddie, nuestra enciclopedia con patas, y Maura, la benjamina del grupo y auténtico genio de la informática.

Este grupo heterogéneo de mujeres se ha convertido, en tan solo unos años, en las personas más cercanas a mí porque, aunque quiero mucho a mi hermano, nuestras elecciones vitales nos han ido separando poco a poco.

—Tienes un aspecto horrible. ¿Estás enferma?

—Gracias. Creo que tengo un pequeño resfriado.

Zoey se me acerca y me pone la mano en la cara.

—¿Un pequeño resfriado? ¡Tienes tanta fiebre que podría freír un huevo en tu frente! ¡Madre mía, Julia! Estás agonizando en el sofá y ni siquiera se te ha ocurrido llamar para pedir ayuda.

—No estoy agonizando —replico, elevando la mirada al cielo—. Ahora mismo iba a prepararme una tisana.

—¿Una tisana? Y, ya que estamos, ¿por qué no un conjuro al dios de la sanación? Si lo hubiera sabido, me habría traído un pollo para sacrificarlo. ¿No podrías tomar medicamentos de verdad como todo el mundo?

—No necesito medicamentos. Solo son microbios que desaparecerán en veinticuatro horas.

—¿Por qué no quieres medicamentos? ¿Estás embarazada?

—¡¿Embarazada?!

Me viene a la mente la imagen de mi tarde desastrosa con los hijos de Libby.

—*¡En el nombre de una pierna rota!* ¿Acaso me ves con un niño? —exclamo con pavor.

—No mucho, pero nunca se sabe, es algo que puede pasar y, a juzgar por nuestras últimas conversaciones, no te lo estabas tomando precisamente con calma con tu malabarista rumano...

—Es acróbata y búlgaro. Y, para tu información, no creo que vuelva a verlo.

Sobre todo teniendo en cuenta que cree que me he estado acostando con él estando prometida con otro.

Solo lo veía durante el día, jamás ha pasado la noche conmigo y siempre me he negado a hacer cosas en público que pudieran parecer una cita. Desde luego, tiene todos los motivos del mundo para sospechar.

—Entonces, en vista de que no vas a empezar a oler a leche regurgitada de aquí a nueve meses, propongo que vayamos a comprar una caja de paracetamol y que luego me cuentes cómo te ha ido en el tribunal.

—No hace falta que vayamos a la farmacia, tengo en el cuarto de baño.

Zoey va a buscar los medicamentos a mi armario, llena un vaso de agua y lo deja, junto a la pastilla, en la mesa baja. Luego, se sienta junto a mí en el sofá.

—¿A qué hueles? —me pregunta con una mueca.

—Tiene que ser a cataplasma de col y puerros.

Sé que Zoey no cree en absoluto en los remedios naturales, así que no me sorprende verla sacudir la cabeza.

—Bueno, el juzgado, cuenta. Por la cara que gastas, diría que no ha ido demasiado bien.

Me trago el comprimido y me tomo mi tiempo para beber, retrasando así al máximo las explicaciones. Cuando por fin respondo, tengo la sensación de que verbalizarlo hace que resulte todavía más insostenible.

—El juez ha fijado la fianza y es mucho más elevada de lo que esperaba. No tengo dinero para pagarla.

—¿Cuánto?

Le digo la cantidad y veo a Zoey inclinándose sobre su bolso y sacando la chequera.

—¿Qué haces?

Parpadea y me mira como si mi pregunta fuera completamente estúpida.

—Me acabas de decir que necesitas dinero y yo voy a extenderte un cheque.

—¡Pero no puedes hacerlo!

Salto del sofá. Mi indignación me ha devuelto las fuerzas.

—Sí, sí que puedo —responde como si fuera la cosa más evidente del mundo.

—¡No, no puedes! ¡No quiero tu dinero! Encontraré otra forma, ya lo veré con Grant...

—Dime, Julia, tú y yo somos amigas, ¿verdad?

Confusa por su pregunta, espero un segundo antes de responder:

—Por supuesto.

—Estupendo. Está bien ser amigas y salir a beber algo juntas para criticar a todas las demás tías que no son amigas nuestras, pero ¿de qué sirve si no nos echamos una mano cuando una de nosotras lo necesita? Tú necesitas dinero y yo lo tengo. Te lo presto.

—¿Así de simple? —pregunto, un poco conmocionada por lo que está pasando.

Me vuelvo a tumbar en el sofá.

—Julia, te conozco lo suficiente como para saber que preferirías vender un riñón antes que deberle algo a alguien, pero, a veces, hay que aceptar las manos tendidas.

Resulta desconcertante ver que te conocen tan bien.

—No puedo aceptarlo, Zoey. Ni siquiera sé cuándo voy a poder devolvértelo.

Me fulmina con una mirada que disuadiría a cualquiera de llevarle la contraria.

—Facilítame la tarea aceptando este cheque o tendré que ir yo misma a los juzgados a pagar la fianza de tu hermano. Voy a estar muy ocupada los próximos días y te agradecería que no me hicieras perder el tiempo.

Se suele decir que es en la adversidad cuando se conoce a los auténticos amigos y Zoey me está demostrando ser mi amiga. Si no fuera porque sé que es algo que detestaría, le daría un abrazo.

Se da cuenta de que sus palabras me han emocionado y de que estoy a punto de romper a llorar. De repente, para rebajar la tensión, me dice:

—Prométeme que no te vas a gastar todo este dinero en ropa de premamá.

Y lo consigue, porque me hace reír.

—No. Además, ¡es demasiado dinero como para gastármelo solo en pantalones de chándal con cintura elástica!

—No te creas —anuncia, señalándome con el dedo—. En cuanto le ponen las palabras «maternidad», «bebé» o «matrimonio», los precios se multiplican por diez.

—Te prometo que utilizaré este dinero para una causa mucho menos divertida.

—¿Divertida? ¿Te das cuenta de que la certeza de tener estrías no es para nada divertida? Está claro que tú y yo no nos divertimos de la misma forma.

—No te preocupes, antes de pensar en tener hijos, debo ocuparme del gran inmaduro que tengo por hermano.

—Cuando veo todos los problemas que tienes con Grant, ¡me alegro de ser hija única!

Su comentario me ofende. No considero que mi hermano sea una carga, aunque a veces me gustaría que fuera un poco más normal, si es que eso existe.

—Es mi única familia, no voy a dejarlo tirado.

Zoey sabe que, desde hace tiempo, no tengo contacto con ninguno de mis progenitores.

Posa su mano sobre la mía.

—Perdóname, no quería herir tus sentimientos. Ya me conoces, a veces me olvido la compasión en el cuarto de baño.

Zoey se ha forjado reputación de dura en el trabajo, pero a mí no me engaña, sé que detrás de su armadura hay un gran corazón. Ni siquiera se da cuenta de que me lo acaba de demostrar hace tan solo unos minutos.

Me entrega el cheque.

—De verdad, por un momento he creído que me ibas a anunciar que estabas embarazada —declara al cabo de un tiempo.

—¿En serio?

—Sí, no me sorprendería que, de aquí a poco, alguna de nosotras se pusiera a traer bebés al mundo. Todas hemos cumplido ya los treinta o nos falta poco. Es pura estadística, querida. Habrá retoños de aquí a poco.

—Pues no cuentes conmigo para cumplir las estadísticas.

Hago una mueca que hace reír a Zoey, pero, en cuanto se echa a reír, un pensamiento me viene a la mente: de hecho, ¿cuánto tiempo hace que no me viene la regla?

Capítulo 6

Tengo un retraso.

Me estoy preparando y, cuanto más tiempo pasa, más me angustia esta idea. La visita que recibo cada mes siempre ha tenido la puntualidad de un reloj suizo. Es una de las pocas cosas en mí que jamás se ha descontrolado. Si fuera creyente, rezaría por que no se debiera a una cosa que tiene tendencia a trazar dos líneas azules en un test de embarazo, pero no creo en Dios y, además, me parece que rezar para no estar embarazada va en contra de los principios de la mayoría de religiones monoteístas. Maddie podría confirmarme ese hecho. Así que solo me queda esperar que mi retraso se deba a una mala alineación de los planetas, un fenómeno excepcional, un poco como las grandes mareas. Después de todo, ¿no había algo por ahí relacionado con la Luna y veintiocho días?

Pero bueno, en resumen: llega tarde y llego tarde.

En cuanto Zoey me dio el dinero ayer, fui a pagar la fianza de Grant. En tan solo unas horas, mi hermano había perdido su trabajo y su casa, pero no parecía nada preocupado. Como no tiene donde dormir, se ha instalado conmigo. Espero que sea algo temporal. Dos en un apartamento como el mío, que solo tiene una habitación, ya os podéis imaginar.

He acumulado periódicos de anuncios para buscar trabajo, por eso de no estar endeudada con Zoey hasta el día del juicio final.

Le doy unos días a Grant para que se reponga de la experiencia traumática que acaba de vivir, pero espero que despegue su culo de delante de la tele en breve. La ausencia de cadenas de deportes —y de cadenas por cable en general— debería ayudarme en esa tarea.

Al final, en toda esta historia, he tenido suerte. He llamado esta tarde a una empresa de *catering* para pedir trabajo, en caso de que buscaran alguna camarera extra, y, solo unas horas después, me han llamado para decirme que me necesitaban esa misma noche. Imagino que una de sus camareras les habrá dejado tirados en el último minuto.

Así que aquí estoy, intentando recogerme el pelo en un moño conservador. La persona con la que he hablado por teléfono ha insistido en que se trata de una fiesta privada con gente importante. Aunque no me lo hubiera dicho, la dirección en Beacon Hill que me ha pasado me habría dado algunas pistas sobre el tipo de clientela de alta gama para la que iba a trabajar. Se trata de una fiesta de disfraces. Nada raro, teniendo en cuenta que esta noche es Halloween.

Observo mi reflejo en el espejo y, con mi camisa y mi pantalón negros, tengo la impresión de ir yo misma disfrazada. Por lo general, prefiero los colores, tanto en la ropa como en los lienzos. La vida ya es de por sí lo bastante triste como para, además, rodearnos de tonos apagados. Me quito mis habituales pulseras que resuenan al entrechocar cuando gesticulo. Las mangas de la camisa ocultan los tatuajes que recubren mi brazo derecho. Me quito los anillos de plata que decoran mis dedos, no sé si mi jefe apreciará que me los deje puestos. Los dejo en una pequeña caja, en la que todavía está el anillo que Kyle encontró en el parque infantil. He decidido no dejarlo más a simple vista después de lo que pasó con Dimitri. Lo cojo y lo inspecciono más de cerca. ¿Y si fuera un diamante de verdad? En ese caso, sería tan caro que solo tendría que venderlo para devolverle el dinero a Zoey e incluso me sobraría para pagar los honorarios de un buen abogado para que defendiera a Grant...

Agito la cabeza. Uno no se encuentra anillos de ese valor en un cajón de arena. Solo en los cuentos infantiles encuentran tesoros en lugares inverosímiles.

Será mejor que me dé prisa si no quiero que me despidan antes incluso de empezar.

El metre nos está poniendo al día sobre la organización del servicio para la fiesta. Los dos minutos que he llegado tarde son suficientes para tenerme en el punto de mira. Ya me ha dedicado unos cuantos comentarios displicentes durante la preparación y algo me dice que tengo muchas opciones de tenerlo pegado a la espalda una buena parte de la velada. Como nueva que soy, me han asignado la tarea de ir recogiendo. No me parece mal porque eso me evita tener que memorizar los ingredientes de la veintena de cócteles que vamos a servir por si algún cliente me pregunta. Me habría encantado que me mandaran al bar, pero solo los camareros más experimentados tienen el privilegio de trabajar allí. Es una pena. Me habría recordado mis años universitarios, cuando servía cerveza barata a estudiantes con frecuencia demasiado ebrios como para sospechar de la calidad de sus bebidas. Aquí, el bar está lleno de botellas que cuestan, como mínimo, diez veces lo que me pagan por hora.

La casa en la que estamos es la del fiscal general de Massachusetts. Todos los peces gordos del sistema judicial del estado estarán aquí esta noche. Mi amiga Amy lleva años hablándome de esta fiesta. Al parecer, es de lo mejor entre la alta sociedad bostoniana. Ella misma va todos los años con sus padres (su padre es el jefe de la policía). Yo, que me alegraba de trabajar esta noche para olvidar todos mis problemas, ahora resulta que me toca pasar las próximas horas rodeada de abogados, jueces, altos cargos policiales y otros representantes de la élite judicial local. Veré si disfrazados parecen más aptos para ir de fiesta que en la vida real...

Una hora después ya lo tengo claro: los ricos no saben pasárselo bien. Solo fingen que lo hacen.

Han llegado todos con sus disfraces salidos de las mejores *boutiques* o traídos de destinos exóticos. He escuchado cómo una mujer le explicaba a una de sus congéneres que se había comprado el sari en su último viaje a Bali. Su amiga replicó precisando que su caftán procedía del mercado de Marrakech. A nadie se le había ocurrido venir disfrazado con mal gusto, tipo botella de cerveza Budweiser o prostituta.

El alcohol corre a raudales, pero todo el mundo parece mantener la compostura. Al menos en apariencia. Ya he sentido alguna que otra mano larga en mi trasero. Puedo entender que tanta gente acabe creando algún incidente... ¡Pero aun así!

Hay tantas personas que apenas he podido ver a Amy en la lejanía. Estaba bailando con un tipo disfrazado de Sherlock Holmes que la devoraba con la mirada. Me ha parecido, de lejos, que se parecía al teniente de la policía que había detenido a mi hermano y que se ocupa del robo de su cafetería. Tampoco me sorprendería, teniendo en cuenta que todo está lleno de polis y que ella nos ha confesado hace unos días que le había propuesto salir juntos. Me pierdo con su vida amorosa, tendré que pedirle algunas explicaciones.

Me cuelo entre los invitados con mi bandeja, recogiendo los vasos vacíos y abandonados en las mesas altas. Jamás había escuchado tantas risas forzadas como esta noche. Ni tantos chistes simplones. O puede que el problema sea yo, que no soy suficientemente culta como para entenderlos.

De hecho, sería incapaz de sobrevivir a una fiesta así. Me imagino hablando con un hombre agradable con pequeñas gafas redondas.

—*¿A qué se dedica?*

—*Oh, estoy jubilado. Ahora trabajo en una fundación humanitaria.*

Yo, risueña con una copa de champán en la mano:

—*¡Qué altruista de su parte! Una vez participé en una venta de galletas organizada por la parroquia a la que pertenece la abuela de mi amiga Amy. Fui un poco a regañadientes, pero ¡me sentí tan bien después! Resulta tan gratificante poder sentirse útil para la comunidad. Por cierto, me llamo Julia. ¿Y usted?*

—*Encantado. Bill Gates.*

Estoy perdida en mis pensamientos, así que no presto atención a la pareja que discute. El resto de invitados les ha dejado algo de distancia alrededor, así que aprovecho ese espacio para pasar con la bandeja. Por una vez, no necesito abrirme paso.

Los hechos que se producen a continuación se desarrollan sin que yo tenga tiempo para comprender lo que pasa. De repente, un proyectil duro, frío y lleno de líquido me golpea la cara. Como respuesta a ese reflejo primario que hace que te protejas con las manos en este tipo de situaciones, hago un movimiento involuntario y vuelco la bandeja casi llena. Copas y vasos de todo tipo se estampan contra el suelo con gran estruendo. Siento que mi camisa está mojada, pero estoy todavía demasiado conmocionada por el golpe.

—¿Pero qué ha hecho esta vez?

La voz crispada del metre me devuelve a la realidad. El silencio que me rodea es ensordecedor. Echo un vistazo a mi alrededor y me doy cuenta de que todos los ojos están clavados en mí o van y vienen de mí a una mujer disfrazada de lo que creo que es un personaje de Star Wars. Entonces comprendo que me ha lanzado su copa de champán a la cara.

¿Por qué? Un breve vistazo hacia la izquierda me hace pensar que yo no era el objetivo, que lo era más bien una especie de Elvis en su etapa *rockabilly*.

Consciente de que el metre, que me había dicho expresamente que no causara revuelo, me va a matar, me pongo en cuclillas y empiezo a recoger los cristales rotos.

Me doy cuenta de que Elvis está intentando echarme una mano. Aunque sea en parte responsable de lo que me ha sucedido, prefiero gestionar el problema yo sola. No es el momento de que se corte y que luego vengan a reprochármelo.

—Deje, que se va a cortar —digo, sin levantar la cabeza.

—Lo siento mucho, señorita, ha sido culpa mía —balbucea, incómodo.

Su tono indica que está sinceramente avergonzado, motivo por el cual lo tranquilizo:

—Usted no es responsable de nada, ha sido ella la que ha lanzado el vaso.

Puede que mereciera que lo humillaran delante de todo el mundo, pero lo del vaso no era necesario, de eso ya se había encargado el disfraz tan ridículo que lleva puesto.

—Bueno, no sé qué le habrá dicho para que haga eso. Seguramente, algo no demasiado amable.

Acompaño la frase con una pequeña sonrisa para demostrarle que no estoy enfadada con él, pero cuando mis ojos se cruzan con los suyos, tengo una fuerte sensación de *déjà vu*. Son tan azules como el líquido para limpiar los cristales. ¡Yo ya he visto esos ojos en alguna parte hace poco!

¡Por supuesto! ¡Con ese peinado tan ridículo no lo había reconocido! El tipo del hospital, el que me ayudó en la sala de espera.

—Julia, termine de recoger los vasos y venga a verme a la oficina.

La voz del metre me llama al orden y me incorporo para seguirlo. Bajo la cabeza para evitar cruzar las miradas de compasión o desprecio de los invitados. Ya sé qué me espera.

Una vez en la oficina, mi jefe no pierde el tiempo.

—¿Qué es lo que no ha comprendido cuando le dije que no debía hacerse notar?

—Lo siento mucho, señor, una invitada me ha lanzado un vaso y eso me ha hecho perder el equilibrio —intento defenderme.

—¡Cómo no! Sí, claro, todo ha sido culpa de una invitada que se ha crecido jugando a los bolos. ¿De verdad cree que me lo voy a tragar? Tiene suerte de que estemos en plena vorágine y que todavía la necesite, pero en una hora quiero que coja sus cosas y se vuelva a casa. Mientras tanto, intente no provocar más problemas. ¿Cree que será capaz?

—Sí, señor.

Aunque me muero de ganas de defenderme y protestar, prefiero asentir sin rechistar. Rebelarme solo me serviría para perder mi mísero salario. Y necesito demasiado ese dinero para pagar la defensa de Grant como para dejar que mi indignación asuma el control.

«Y no solo la defensa de Grant… si no acaba de venirte la regla», me dice la vocecita de mi cabeza.

—Bien. Pase por la oficina este fin de semana a buscar su paga. Dicho de otra forma, jamás volveré a trabajar para ellos…

Capítulo 7

—¡Grant! ¡Te lo digo en serio! ¡Tenemos que buscar una solución! ¡No puedes seguir pasando los días plantado delante de la televisión esperando la fecha de tu juicio!

Estoy en la cocina, delante de los fuegos, mientras frío huevos para el desayuno. Sé que todavía es pronto, pero he decidido que tengo que darle una patada a mi hermano en el trasero. Los días pasan y veo cómo se está mimetizando con el sofá un poco más cada día. Dentro de poco, ya no podré distinguirlos.

—¿Acaso crees que no lo sé? Pero no paro de darle vueltas al asunto y no veo cómo puedo salir de esta.

Apoyo una mano en la cadera y, con la otra, le doy vueltas en el aire a la espátula de madera.

—¿Y entonces qué? ¿Vas a resignarte a pudrirte en la cárcel en lugar de otro? ¿Quieres fugarte a México? ¿Qué quieres hacer? ¿No crees que deberías empezar por mover el culo y buscarte un abogado? Él podría ayudarte a establecer una estrategia de defensa. Estoy segura de que si contratamos a alguien competente, sabría qué hacer para probar tu inocencia.

Apunto con la espátula en dirección a Grant, que parece disgustado. Elevo las manos al cielo.

—¿Pero en qué planeta vives tú, Julia? —suspira—. Ambos sabemos que no cuento con los medios para pagarme un buen abogado.

Me voy a tener que conformar con un abogado de oficio y rezar para que no sea demasiado malo. Ya me sabe bastante mal que tengas que coger un segundo trabajo para devolver mi fianza. Deberías estar aquí, pintando, no allí, todo el día escaneando latas de conservas.

—No te preocupes. Hace semanas que no tocaba un pincel —le informo.

—¿En serio?

Me encojo de hombros y fijo mi atención en la sartén.

—Sí, no consigo pintar nada. Por mucho que intente concentrarme, cada vez que me pongo delante de un lienzo, me siento angustiada. Incluso he llegado a preguntarme si de verdad tengo talento. La prueba es que, a día de hoy, me he ganado más la vida con pequeños trabajos que con mi arte. Quizá debería considerar la posibilidad de reconvertirme.

Evito añadir que ser dos en un apartamento apenas más grande que una caja de zapatos tampoco ayuda mucho. Para trabajar, necesito espacio, calma y, sobre todo, estar sola.

—¡Estás loca! Eres la artista con más talento que conozco. ¡Te prohíbo que digas eso!

—Claro, como conoces tantos artistas...

Entrecierra los ojos.

—Sé reconocer a alguien con talento cuando lo veo.

—¿Para abrir cajas fuertes? —me burlo.

Cuando esa frase sale de mi boca, me digo que puede que haya ido demasiado lejos. Solo intenta ser amable y yo, una vez más, lo he echado a perder.

De hecho, Grant sale de la cocina y me deja sola con los huevos revueltos. Bueno, mejor debería decir: *le da la vuelta a la barra*, porque la cocina es tan pequeña que no se puede considerar una habitación por sí sola. De todas formas, está abierta al salón.

—¡Grant, espera!

Solo se ha ido al sofá, pero se niega a mirarme.

—Lo siento mucho, no quería decir eso. No quería ofenderte. Estoy un poco cansada ahora mismo y no puedo pensar. He intentado ser graciosa, pero ha sido penoso. Perdóname.

—Deberías dejar de trabajar en el supermercado —responde—. Puedo buscar algo y no necesito ese abogado caro que quieres que contrate.

No debería haber dicho que estoy cansada; ahora se va a sentir todavía más culpable. No me sorprende que Grant haya perdido su trabajo desde que lo detuvieron, porque sospecha que ha sido precisamente su jefe quien le ha tendido la trampa para que caiga en su lugar.

Me apresuro a responder que le interesa buscar a ese famoso abogado hoy mismo, pero un olor a quemado se apodera de mis fosas nasales.

—*¡En el nombre de una...!* ¡Los huevos!

Un humo negro y acre se escapa de la sartén. La cojo por el mango y la meto en el fregadero. El olor me provoca náuseas.

¡En el nombre de un tobillo torcido! ¡Ahora resulta que tengo náuseas matinales! La idea me paraliza. Llevo varios días de retraso y todavía no hay ningún cambio en la situación.

—¿Todo bien, Julia? Solo son huevos, no hace falta poner esa cara. Podemos hacer más.

—Sí, sí —balbuceo—. Ya no tengo hambre. Será mejor que me prepare para irme a trabajar.

Desaparezco en el cuarto de baño y empiezo a vestirme. Después del fiasco de la fiesta de Halloween, conseguí un puesto en un «supermercado» de Bay Village. Bueno, el apelativo de «supermercado» es un poco presuntuoso. Es más bien una tienda de comestibles grande, pero no se lo digas a la señora López, la propietaria, porque no le gustaría nada.

Me pongo mis pulseras en el brazo tatuado. Uno de los aspectos positivos de mi trabajo en comparación con el anterior es que mis jefes me dejan vestirme como quiera. Rebuscando en mi joyero, me encuentro con el famoso anillo hallado en el parque infantil. ¡Si de verdad fuera un diamante! ¡Lo vendería y todas mis preocupaciones económicas desaparecerían!

En el fondo, sé que eso no es así, porque si fuera auténtico, no podría venderlo sabiendo que alguien, en alguna parte, lo anda buscando. Y con la suerte que tengo en este momento, me acabarían arrestando por receptación o algo así.

Lo observo un instante y me lo pongo en el dedo anular. Es un poco grande para mí y, aunque fuera de mi talla, no me veo paseándome por ahí con ese tipo de joya. Es demasiado llamativo para mi gusto. Y demasiado visible, por eso de tanto brillo. No es que yo tenga un estilo demasiado discreto, pero desde luego no me pega en absoluto. Y, además, ¡pesa mucho!

¡Tengo una idea! ¡Podría pedirle a mi amiga Zoey que se lo enseñe a su padre! Es propietario de varias joyerías en Boston y seguro que no le importaría decirme si es auténtico o no.

Cojo el teléfono y le envío un mensaje a mi mejor amiga para proponerle que se tome algo conmigo esta noche.

Al salir del trabajo, me doy cuenta de que todavía es demasiado pronto para reunirme con Zoey. Podría volver a casa, pero, para cuando llegue, ya sería hora de volver a salir.

Paso por delante del minúsculo local de la señora Chang, la vidente. Reduzco la marcha y dudo un instante. Hace mucho tiempo que no voy a verla. He intentado convencerme a mí misma de que el gasto es inútil. Pero, al mismo tiempo, todo lo que me ha predicho se ha cumplido sistemáticamente. ¿Acaso hoy, que estoy en la más absoluta incertidumbre en cuanto a mi futuro y el de mi hermano, no sería el día más adecuado para ir a consultarle?

Tras unos segundos de duda, decido hacerle una pequeña visita. Empujo la puerta de cristal que no ha visto una bayeta desde hace lustros y entro en la tienda. Flota un olor a aceites esenciales e incienso bastante relajante. Unas cuantas velas difunden una luz tenue que enfatiza las pesadas cortinas rojas que protegen la tienda de la luz exterior. En las estanterías se alinean pociones y preparados de hierbas con supuestas virtudes extraordinarias. Del cedé instalado en el mostrador sale una melodía agradable. Diría que lo que se oye es una siringa. Todo crea un ambiente muy heterogéneo, como a mí me gusta. Si un día yo tuviera mi propia tienda —o como en mis sueños más locos, una galería de arte—, me gustaría que se pareciera a este lugar. Bueno, sin el cráneo que hay en la estantería ni la serpiente de la pecera junto a la caja. Sueño con un lugar que sea tanto un entorno maravilloso para las obras expuestas como una curiosidad por sí solo. Nada de un lugar aséptico de muros blancos, con suelo de mármol e iluminación insípida. Eso es justo lo que más me gustó de la galería del señor Shepperd, quien expuso y vendió mi último lienzo: no se parece en nada a esos lugares estirados del centro de la ciudad. Tiene un encanto propio.

La señora Chang aparece tras apartar una cortina de colores dorados, poniendo así fin a mis pensamientos.

—¡Julia! ¡Qué alegría verte! —exclama con fuerte acento asiático.

Jamás he comprendido por qué se empeña en expresarse así. Lo único que hay de asiático en la señora Chang es el nombre. Bostoniana de pura cepa, bisnieta de inmigrantes italianos, se casó con el señor Chang hace ya como cuarenta años. Seguramente ha decidido que, con semejante patronímico, podía beneficiarse de todos los clichés asociados a su apellido. Por eso, solo la he visto llevando ropa de inspiración china. Intenta hacer que sus ojos parezcan rasgados usando una gran cantidad de maquillaje y ha decidido hablar con ese acento ridículo. No sé si considerar esa actitud un homenaje a la cultura del Reino del Medio o un insulto. Sea como sea, a pesar de su excentricidad, la señora Chang es una vidente muy buena.

Me pide que me siente en su pequeño consultorio de la trastienda y se instala frente a mí. Sobre la mesa, entre las dos, hay una enorme bola de cristal. La señora Chang me coge las manos y comienza sus hechizos misteriosos. La primera vez que la vi hacerlo, confieso que esta parte me hizo sentir realmente escéptica. Tiene los ojos cerrados, con el rostro apuntando al techo. Al cabo de unos minutos, me suelta las manos y apoya las palmas sobre la bola de cristal. Sigue con su galimatías incomprensible hasta que vuelve a abrir los ojos. Entonces observa la esfera y empieza a describir sus visiones:

—Veo un objeto de gran valor.

Estoy bastante sorprendida por esa afirmación y, entonces, me viene una idea a la mente: *¿Estará hablando del anillo? ¿Querrá eso decir que es auténtico?*

—Veo una sucesión de desgracias.

Vale, es cierto que la vida no me sonríe últimamente: Kyle se hizo daño en el parque infantil, me cogí un buen resfriado, han arrestado a mi hermano, me despidieron del trabajo de camarera...

—Veo un hombre.

Esto se vuelve interesante...

—Ese hombre va a hacer crecer la vida en tu interior. Esa vida va a alterar tu existencia y cambiar tu día a día en los próximos meses.

¡En el nombre de un accidente de coche! ¿Acaso está confirmando lo que creo? ¿Está diciendo que estoy embarazada? La vida... aportada por un hombre... cambios en los próximos meses... ¿Ese hombre será Dimitri? ¡No es posible! ¡No quiero ningún bebé! ¡Soy demasiado inmadura para eso!

Siento que se me acelera el corazón y el sudor rueda por mi espalda. Estoy al borde del desmayo. Y, entonces, la señora Chang apuntilla:

—Veo una vida a tres.

¡Tengo que ir a comprar una prueba de embarazo!

Capítulo 8

Todavía alterada por las revelaciones de la señora Chang, llego al lugar en el que había quedado con Zoey.

Llego tarde. ¿Pero acaso tengo aún que precisarlo?

Zoey me espera sentada en una pequeña mesa encajada entre dos banquetas de cuero gastado color burdeos. Está tecleando en su teléfono último modelo.

—¿Por qué nos vemos en un *pub*? —pregunto mientras me siento frente a ella, todavía un poco jadeante por haber tenido que acelerar el paso desde el metro.

No me quejo. El ambiente me parece bastante acogedor, pero no es el tipo de lugar que Zoey suele frecuentar. A ella le van más los bares hípsteres de ambiente vanguardista de las azoteas del centro de la ciudad.

—Mi ginecólogo viene aquí.

—¿Y?

—Está muy, muy bueno.

Tenía que haberme imaginado que tendría algo que ver con algún tío. Con Zoey, todo siempre tiene que ver con algún tío.

—Y crees que, al venir a dar una vuelta por su bar favorito, cabe la posibilidad de que te lo encuentres para poder interpretarle tu numerito, ¿no?

Me lo confirma con una sonrisa.

—¿Puedo decirte que resulta un poco extraño querer acostarte con tu ginecólogo?

—¿Y eso por qué?

—Eh, bueno...

Intento buscar una comparación para ilustrar mis afirmaciones.

—¡Sería como dejar que tu mecánico condujera tu coche!

—No veo dónde está el problema —responde mi amiga con los ojos como platos—. Seguro que, al menos, cuidaría bien de mi coche.

—Sí, pero ¿no crees que perdería un poco el interés al saber que hay defectos bajo el capó?

Zoey me mira como si estuviera loca. La camarera, que viene a tomar nota, nos interrumpe.

Para mi gran sorpresa, Zoey pide una cerveza.

—¿Pero tú bebes cerveza?

Por lo general, mi amiga es adicta a los cócteles sofisticados. De hecho, creo que es la primera vez que la veo beber cerveza.

—Si viene aquí, seguro que le gusta la cerveza. Mejor poner todas las posibilidades de mi lado.

—¿Y si detesta a las mujeres que beben cerveza? —argumento—. ¿Y dónde ha quedado tu bonito discurso sobre el hecho de que las mujeres deben demostrar que son refinadas incluso en el cóctel que escogen? Yo creo que beber un cóctel en un *pub* te hace destacar. Al menos, demuestras tu originalidad. O, mejor, beber cerveza en un bar de moda. Eso es el colmo de la *coolitude*.

Zoey eleva la mirada al cielo para indicar que la idea le parece estúpida.

—*Coolitude* es una palabra que ni siquiera existe.

Levanto los brazos en señal de rendición.

—Vale, es tu ginecólogo, no el mío.

De hecho, ni siquiera tengo ginecólogo. *¡En el nombre de una cerilla mojada! ¿Y si estoy embarazada?*

Percibo que la camarera empieza a ponerse nerviosa mientras espera mi comanda, así que mascullo:

—Un zumo de naranja, por favor.

La camarera se aleja y Zoey exclama:

—¡Y tú te burlas de mi cerveza! ¡Vas y pides un zumo de naranja! ¿Es que estás embarazada o qué?

Aunque no puedo ver mi cara, siento que estoy palideciendo. Zoey se da cuenta y redondea la boca como un pececito de colores.

—¡No! ¡Me habías prometido que no estabas embarazada!

—¡No estoy embarazada! —me defiendo con la misma expresión de horror de alguien a quien hubieran acusado falsamente de padecer la lepra.

—Entonces, ¿por qué te has pedido un zumo de naranja?

—Porque tiene mucha vitamina C y antioxidantes.

—¡Oh, Dios mío! ¡Le estás prestando atención a tu salud! ¡Estás embarazada!

Le hago señas para que hable más bajo. Nos inclinamos sobre la mesa, como dos conspiradoras.

—Puede que esté embarazada —susurro.

—¿Has hecho la prueba? —se inquieta.

—¿De embarazo?

—No, ¡de matemáticas! ¡Por supuesto que la prueba de embarazo!

—No.

—Y, entonces, ¿cómo puedes saber que estás embarazada?

—No he dicho que esté embarazada. He dicho que podría estar embarazada.

—¡Oh, Dios mío! ¿El padre es el domador serbio?

—¡Es acróbata y búlgaro! *¡En el nombre de unas medias con carrera!*

—Sea lo que sea, has dejado que te meta su bebé en la barriga.

—¡Deja de decir tonterías! ¡Ni siquiera estoy segura de estar embarazada!

—Si no te has hecho la prueba, ¿qué te hace creer que esperas un bebé?

—Un retraso.

—¡Bah! Eso no es nada nuevo. Es un poco la historia de tu vida.

—¡¿Te digo que podría estar embarazada y tú te burlas?! —frunzo el ceño.

—¡Bah! Venga, no te lo tomes a mal. ¿Ves? Ya estás de mal humor. Tienen que ser las hormonas. Bueno, ¿y qué piensas hacer?

—No sé. Por el momento, pienso ir al baño.

Me levanto de un salto sin dejarle tiempo para decir nada más. En realidad, no tengo ganas de ir y eso, de alguna manera, me tranquiliza. Las mujeres embarazadas hacen pipí todo el tiempo, ¿no?

Me tomo mi tiempo, diciéndome que, de esta forma, Zoey quizá olvide la conversación. Me lavo las manos y me recompongo la ropa. Saco de debajo de mi jersey la cadena de oro que heredé de mi abuela —el único recuerdo que me queda de ella— de la que cuelga el famoso anillo del parque infantil. Había olvidado que quería pedirle a Zoey que se lo enseñe a su padre. Lo saco de la cadena y me lo pongo en el dedo. Lo admiro un instante. Los neones del aseo, a pesar de su iluminación insípida, hacen que brille como un sol. Me imagino cómo será la vida de la mujer que hubiera podido recibir un diamante de semejante tamaño. O cómo sería la mía si estuviera en su lugar.

¿Jamás habéis tenido la impresión de vivir una vida que no es la que os corresponde, que estabais destinados a otra cosa? A mí, a veces me pasa. Podría haber tenido la vida de, por ejemplo, Natalie Portman: guapa, con talento, inteligente y vegetariana. Pero por culpa del aleteo de una mariposa en el sudeste asiático, me veo atrapada en Julia Moore, pintora fracasada con problemas para llegar a fin de mes, cuyos allegados tienen una lamentable tendencia a pasar tiempo en prisión, e incapaz de pasar de una buena hamburguesa.

Con estos pensamientos, salgo del baño para unirme a Zoey. Sin mirar demasiado por donde piso, empujo sin querer a un hombre que va en dirección contraria. Me disculpo de inmediato con un «Perdón» sin ni siquiera girarme. Hace ya un rato que me espera mi amiga y no quiero que tenga que hacerlo mucho más.

Busco a Zoey en la penumbra. No ha cambiado de sitio, pero está hablando con un hombre que está de pie, de espaldas a mí. Es alto, castaño diría, pero no veo bien quién podría ser. Me acerco y oigo la risa de mi amiga. Vale, está claramente flirteando con él. Dudo en si darme la vuelta o no, pero entonces grita:

—¡Julia, ya estás aquí!

A continuación, se dirige al hombre que no le quita los ojos de encima.

—Doctor Miller, le presento a mi amiga, Julia Moore.

—Por favor, llámeme Noah —replica con una sonrisa.

No sé si se dirige a mí o a ella. Zoey me guiña el ojo y me hace una serie de gestos no demasiado discretos para decirme algo. Al ver que la miro con ojos de pescadilla frita, declara:

—Noah es ginecólogo.

¡Ah! El ginecólogo. ¿Debería dejarlos solos? Sería lo mejor, ¿no?

—Bueno, eh, se me hace tarde. Os voy a tener que dejar.

Levanto la mano para despedirme. Las sonrisas de los dos se borran al instante para transformarse en una expresión de desconcierto. ¡Qué monos! Ya se copian las expresiones como una auténtica pareja. Salvo que comprendo deprisa que soy yo la causa de su reacción.

Ambos se quedan mirando a mi mano.

La mano en la que todavía sigue el anillo.

Zoey es la primera en salir del estupor y, de un salto, se pone a mi lado. Me coge la mano que, de repente, se me ha olvidado bajar y suelta:

—Noah, ha sido un placer, pero yo también me tengo que ir. ¡Nos vemos pronto!

Apenas lo escucho despedirse porque Zoey ya me ha sacado fuera a rastras. Una vez en la acera, le pregunto:

—¿Pero qué te pasa? ¡Creía que querías llamar la atención del señor ginecólogo y ahora vas y te sales corriendo!

—¡Julia! ¿Qué es ese anillo que llevas en el dedo? Además de estar embarazada, ¿estás prometida?

Pronuncia estas palabras como si fuera algún tipo de palabrota.

—¡Para nada! Es un anillo que me encontré hace unos días. Bueno, para ser sincera, fueron Kyle y Keira quienes se lo encontraron en la arena mientras jugaban el día que cuidé de ellos. De hecho, me lo he traído para enseñártelo.

Zoey me mira dubitativa y entonces, sin previo aviso, me agarra la mano y me arrastra hasta la farola más cercana.

—¡Eh! ¿Pero qué haces?

—¡Intento verlo mejor!

—¿Ver qué, Zoey? Tampoco tienes que retorcerme el brazo por algo que, seguramente, es falso. Te lo doy si quieres.

—Oh, no, cariño, no creo que sea falso. Déjame que lo mire bien.

Obedezco. Suerte que no hay demasiada gente en la calle, porque debemos parecer ridículas: yo con el brazo en alto y Zoey, con el ceño fruncido, manipulando mi mano para intentar ver algo bajo la endeble luz del alumbrado público.

—¿Julia?

—¿Ejem?

—¿Sabes? Estoy casi segura de que es un diamante auténtico. Como bien sabes, me he criado rodeada de ellos.

Me lo quita del dedo y lo examina más de cerca.

—¿Ves este pequeño grabado aquí?

Me inclino, pero mi pelo y la poca luminosidad no me ayudan demasiado.

—Es el punzón de platino —continúa—. Teniendo en cuenta el tamaño, ya vale su peso en oro. En cuanto al diamante, a mí me cuesta a simple vista, pero te puedo garantizar que es raro ponerle una circonita a semejante montura, así que, lo más seguro es que sea auténtico.

—¿«Auténtico»? —repito.

Solo había considerado esa hipótesis en mis sueños más locos. Aunque había tenido la idea de mostrarle la joya a mi amiga, estimaba que la probabilidad de que tuviera algún valor era mínima.

—Podemos ir a examinarlo a la joyería mañana y pedir su opinión a mi padre o a alguno de sus empleados, pero puedo afirmar que tienes una pequeña fortuna en el dedo.

Soy incapaz de emitir un solo sonido. No me lo esperaba. Al ver que estoy totalmente noqueada, Zoey me interroga:

—¿Julia?

Dejo pasar unos cuantos segundos más y le pregunto:

—¿Y qué puedo hacer con él?

Capítulo 9

He pasado una noche horrible. Desde que Zoey me ha dicho que el anillo probablemente sea auténtico, se me pasan miles de ideas por la cabeza. Sobre todo, tengo un enorme dilema moral. ¿Debería quedármelo? ¿Debería devolverlo? ¿A quién? ¿Cómo? ¿Podrían detenerme por quedarme con una joya que no es mía? ¡¿Y si la verdadera propietaria del anillo me pillara con él?!

Al mismo tiempo, tampoco parece que lo esté buscando demasiado activamente... ¿Pero qué sabrás tú, Julia? Tampoco va a pegar carteles en las marquesinas con la foto del pedrusco y su número de teléfono. Aunque puede que haya puesto una denuncia en la comisaría. Entonces, ¿qué debería hacer? ¿Debería llevar el anillo a objetos perdidos? Por otra parte, resulta muy tentador quedármelo. Si lo vendiera, conseguiría mucho dinero. ¡Todos mis problemas económicos desaparecerían! Pero no sería demasiado honesto, estoy segura de que, al hacer algo así, tendría un pésimo karma.

Sin embargo, hablando de karma... No se puede decir que esté siendo demasiado amable conmigo últimamente. Entre la herida de Kyle, el resfriado del que me costó más de una semana deshacerme, el arresto de Grant, Dimitri que se va enfadado, mi hipotético embarazo y la pérdida de mi trabajo de camarera, los desastres se han ido encadenando.

Y eso que todavía no os he contado el último: camino de vuelta a casa, supe que ayer por la noche detuvieron a Amy por culpa de un malentendido también relacionado con un asunto de drogas. Ya sabía que Boston no era la ciudad más segura de Norteamérica, pero jamás me habría imaginado que un día acabaría rodeada por tantos problemas de ese tipo.

Al parecer, la predicción de la señora Chang está siendo más que verídica.

Y sus palabras me dan que pensar. Primero me ha hablado del anillo y, luego, de la serie de malas noticias. Y, coincidencia o no, todas esas tragedias han tenido lugar después de que ese diamante entrara en mi vida. Algunos creen que hay objetos que tienen mal karma. ¿Podría ser el caso de esta joya?

No se me había ocurrido antes, pero ahora que he relacionado los hechos, cada vez me parece más evidente. O quizá es que, algo que me ocurre cada vez con más frecuencia, no tengo las ideas demasiado claras.

Pero, al mismo tiempo, ¿puedo asumir el riesgo de guardar este objeto ahora que sé que podría ser la fuente de todos mis problemas? No creo, no. Una nueva idea se hace cada vez más clara en mi mente: tengo que encontrar a la propietaria del anillo.

—Julia, tengo una muy mala noticia para ti.

¿Cómo decirlo? Con semejante entrada en materia, no me espero nada bueno e, incluso, algo peor.

El señor y la señora López intercambian miradas incómodas y el propietario de la tienda continúa:

—¿Recuerdas que te contratamos para sustituir a uno de nuestros empleados que estaba enfermo?

—Sí —respondo con dificultades para tragar.

No hace falta ser un lince para saber qué viene a continuación.

—Eh, bueno, ya está mejor y se reincorpora mañana.

Mensaje implícito: termino hoy.

—¿Ya? ¿No necesita algunos días más de reposo?

A ver si así me da un poco de tiempo para recuperarme...

—No, está en plena forma y deseando volver al trabajo.

Me dan ganas de contestar que tengo serias dudas en cuanto a esa última afirmación porque dudo sinceramente que alguien esté impaciente por volver a apilar verduras o escanear latas de conservas. Está claro que la suerte no me sonríe últimamente. ¿No podría tener algo un poco más grave? ¿Tipo cólera, tuberculosis o la peste? De esa forma, no volvería en una buena temporada. No, tenía que ser un simple esguince de tobillo...

Suspiro y balbuceo algo para decir que lo comprendo. Les dedico una pequeña sonrisa porque me doy cuenta de que están muy apenados. No quiero que el señor y la señora López se sientan culpables porque son buena gente.

Termino mi turno sin demasiado entusiasmo. La idea de tener que volverme a pasar horas examinando ofertas de empleo para escuchar en cada llamada que no tengo el perfil adecuado es algo que me deprime.

A última hora de la tarde, me despido de mis jefes. El señor López me regala una botella de tequila en señal de agradecimiento. Finjo alegrarme cuando, en realidad, en mi interior, creo que tengo muchas posibilidades de no poder bebérmela para ahogar mis penas hasta, por lo menos, dentro de nueve meses.

Como ya os podréis imaginar, se van sumando los días de retraso. Todavía no me he hecho la prueba, pero cada día que pasa hace que la hipótesis parezca cada vez más plausible. Dimitri el acróbata me ha convertido en la propietaria de uno de sus retoños antes de pillar la puerta.

Me doy cuenta de que es la primera vez que pienso en él de verdad desde la última vez que nos vimos. Y también es la primera vez que soy consciente de que él sería el padre de mi hipotético hijo.

Si se confirma mi embarazo —que espero sinceramente que no sea el caso—, ¿debería contárselo? Imagino que es lo que se suele hacer en estos casos. Bueno, en la mayoría de los casos. ¿Cómo se lo tomaría? ¿Se alegraría? ¿Se alarmaría? ¿Querría formar parte de la vida de ese hijo? O, por el contrario, ¿desaparecería para no volver jamás? ¿Y yo? ¿Acaso quiero tener que cruzarme con ese hombre hasta el final de mis días con el pretexto de que hemos compartido algunas sesiones de sexo —algunas tórridas— y que, por desgracia, hemos sido víctimas de ese ínfimo porcentaje de preservativos defectuosos?

El rugido de mi estómago me recuerda que no he comido nada desde el desayuno. Otra costumbre que voy a tener que olvidar durante los próximos meses. Aunque sea una irresponsable, si voy a ser madre, será mejor que empiece por no matar de hambre al feto de mi útero.

Mis pasos me llevan al restaurante de comida rápida más cercano. Vale, quizá no sea la opción más sensata, pero estoy segura de que son muchas las mujeres embarazadas que no se resisten a la llamada de una buena hamburguesa bien jugosa. ¿Acaso, en el patio de una guardería, habría alguna diferencia entre los hijos de una madre que solo ha comido verduras ecológicas durante el embarazo y los de una que se ha alimentado a base de patatas fritas crujientes? ¿Acaso la maestra haría comentarios del tipo: «El pequeño Kevin no es demasiado listo, pero, claro, teniendo en cuenta que su madre se alimentó exclusivamente de pollo frito, tampoco se puede pedir más»? Estoy segura de que no. Así que, si hay de verdad un bebé en mi abdomen, se va a dar un festín en los próximos minutos, igual que yo. Si estoy realmente embarazada, ¡por fin tengo la excusa perfecta para no contar las calorías! Y, además, en el punto en el que estoy, de verdad que necesito ingerir algo grasiento y reconfortante. Estoy casi segura de que, para que el bebé crezca sano, su mamá tiene que estar feliz.

Mientras mastico, aprovecho para reflexionar sobre lo que voy a hacer los próximos días.

Primero, tengo que encontrar trabajo.

Segundo, tengo que ayudar a Grant a encontrar un buen abogado, algo que depende en gran medida del punto número uno.

Tercero, tengo que comprarme una prueba de embarazo. Y después, será mejor que rece para que sea negativa o tendré que ampliar mi lista unos diez puntos más.

Cuatro, tengo que volver a pintar. El viejo galerista me ha vuelto a llamar. Al parecer, el comprador de mi último cuadro lo ha llamado para preguntarle si había producido algo más. Me pone enferma tener un comprador potencial y no tener nada que venderle porque, de tenerlo, eso aliviaría el estado de mis cuentas.

Cinco, tengo que deshacerme del anillo. Es cierto que hoy se ha añadido un nuevo problema: vuelvo a estar sin empleo. Las coincidencias son inquietantes. Tengo que encontrar a su dueña. ¿Pero cómo?

Podría recurrir a la vía oficial. Voy a la comisaría más cercana, les explico las circunstancias en las que encontré el objeto y se lo dejo con la esperanza de que encuentren el dedo en el que debería estar. Pero tengo la impresión de que, con la mala suerte que tengo últimamente, no saldrá nada como está previsto. De hecho, para empezar, tendrían que creer mi historia. Y, sinceramente, ¿quién podría aceptar la idea de que me he encontrado un diamante en un cajón de arena de un jardín municipal? Además, pueden pensar que estoy intentado deshacerme de un objeto robado. Imaginemos —y otra cosa no, pero imaginación tengo mucha— que sustrajeron la piedra durante un robo. ¿Voy yo y me planto sonriendo en una comisaría, diciendo que me lo he encontrado? Si el poli tiene un mínimo de sentido común y lo relaciona con el pasado criminal de los miembros de mi familia, ¿realmente creéis que me va a dar las gracias y va a dejar que me vaya sin más? Lo más probable es que piense que he tenido problemas para venderlo y que prefiero deshacerme de él antes de que me atrapen.

No, definitivamente necesito encontrar otra solución. ¿Pero cuál? ¡Si al menos supiera, por ejemplo, de qué tienda procede el anillo!

Decido que tengo que hablar con mis amigas esta noche. Hemos quedado en casa de Zoey y estoy segura de que alguna de ellas encontrará una forma de ayudarme. Se ha acabado ya lo de seguir envenenándome la vida por culpa de una piedra montada en un trozo de metal, por muy valioso que sea. Encontraré a la propietaria del anillo y me sentiré orgullosa de mí misma. Así podré dormir bien por las noches y con la sensación del deber cumplido. Ya me imagino a la mujer rompiendo a llorar al ver la joya que le entregó su amado. Se lo hayan robado o lo haya perdido, debe de haberse vuelto loca por no tenerlo. Aparte de lo que pueda valer, tiene toda la pinta de ser un anillo de compromiso. Por lo tanto, representa todo el amor que siente por ella la persona que se lo ha regalado y, visto el tamaño, está muy enamorado, al menos en mi opinión. Ni siquiera me atrevo a imaginar los estragos psicológicos que podría ocasionar la pérdida de semejante símbolo. No tengo joyas caras. La única que tengo, sin mucho más valor que el sentimental, es la medalla de mi abuela y lloraría día y noche si me la quitaran.

Quizá ese sea mi destino: encontrar a esa mujer para aportar felicidad a su vida.

Capítulo 10

Aquí estoy, frente al edificio de Zoey. Vive en el centro, cerca del parque, en uno de esos rascacielos ultramodernos. El portero arquea una ceja al verme. He tenido que correr para llegar a tiempo. Corrección: para no llegar demasiado tarde. Por eso he llegado despeinada y sin aliento. Por suerte, me conoce, porque, si no, me habría echado sin ni siquiera tomarse la molestia de llamar a mi amiga para verificar que me está esperando.

La puerta de acero del ascensor se cierra ante mí y necesito unos segundos para llegar al apartamento inmaculado de Zoey. Aquí, cualquier baratija vale más que cualquier cuadro que yo pudiera vender.

—¡Lo siento, chicas, pero llego tarde!

Zoey, Amy, Maddie, Maura y Libby están reunidas en torno a la barra que separa la cocina del salón. Veo que algunas no están ya precisamente en su primer margarita.

—Nada raro —me responde Zoey con expresión despreocupada—. El día que llegues con tiempo sí que empezaremos a inquietarnos.

Le lanzo una mirada asesina por principios, pero sé que tiene toda la razón. Las beso a todas una por una. Cuando llego a Libby, no sé cómo reaccionar. No nos hemos visto desde el episodio del hospital, ni siquiera hemos hablado por teléfono. Todavía me siento culpable, aunque al final la herida de Kyle solo fuera superficial. Se me queda mirando unos segundos, se me acerca y me da un abrazo que no me esperaba en absoluto.

El momento de duda no pasa desapercibido para las demás, porque Maura declara:

—Me parece que me he perdido un capítulo.

—Hace unos días —explica Libby—, Julia y yo tuvimos un pequeño desacuerdo relacionado con mis hijos, pero nada grave. No ha llegado la sangre al río.

Le dedico una sonrisa de agradecimiento y me giro hacia las demás levantando las manos a modo de defensa:

—No me pidáis jamás que os haga de niñera, ¿vale?

Teniendo en cuenta que, por el momento, Libby es la única que tiene hijos, es poco probable que eso suceda.

«Quizá seas tú misma la próxima que necesite una niñera», me dice la voz de mi cabeza.

Por iniciativa propia, Maddie me pone un margarita delante. Agarro el vaso y dudo. ¿Y si estoy embarazada? Aparto la mano con la esperanza de que mi gesto pase desapercibido para mis amigas. Entonces me cruzo con la mirada maliciosa de Zoey.

—Julia, me han comentado que tu hermano ha tenido problemas con la justicia. ¿Es así? —intenta Maura tímidamente.

De cualquier otra persona, se podría llegar a pensar que se trata de una pregunta dictada por la curiosidad malsana, pero, procedente de la benjamina del grupo, es más bien la ocasión de lanzar un tema que le preocupa, una forma de comprobar cómo lo llevo.

Suspiro y lanzo una mirada en dirección a Amy. Acaba de pasar unas cuantas horas en la cárcel por un motivo parecido, así que quizá no sea al momento de hablar del asunto, pero mi amiga parece perdida en sus pensamientos.

—Sí, y esta vez parece serio.

—Ah, ¿sí? ¿De qué lo acusan?

—Tráfico de estupefacientes.

El silencio se instala en la mesa. Les dejo unos segundos para digerir la información antes de continuar.

—Grant trabajaba desde hacía unos meses en un club del Theater District.[2] Se ocupaba principalmente de la seguridad durante las fiestas, pero, durante el día, hacía algunos recados para su jefe. Últimamente le había pedido en repetidas ocasiones que fuera a entregar mercancía a un almacén de Roxbury, a un amigo con el que hace negocios. Las cajas parecían de alcohol, así que Grant no hizo preguntas hasta que, hace unos días, la policía hizo una redada en ese mismo almacén. Incautaron varios kilos de cocaína y las huellas de mi hermano estaban por todas las cajas.

—Pero imagino que ya habrá explicado que no sabía nada sobre el contenido de las cajas, ¿no? Y si no ha tocado la droga, supongo que no habrá huellas suyas en ella tampoco. Entonces, ¿por qué lo han acusado? —se pregunta Libby.

—Cuando le ha explicado a la policía que era su jefe el que le entregaba las cajas y que él jamás las había abierto, le han pedido que justificara las transferencias de dinero que había recibido en su cuenta. Dinero, por supuesto, del que él no sabía nada.

—¿Pero no había visto los movimientos en su extracto?

—Son más listos que todo eso. Habían creado una cuenta a nombre de mi hermano que él desconocía, abierta con su auténtico carné de identidad, su auténtica firma e, incluso, el asesor bancario asegura haberlo visto en persona. El dinero solo pasaba por su cuenta porque luego lo transferían a otra cuenta de las islas Caimán. Quienes le han tendido la trampa han pensado en todo. Grant utilizaba su vehículo personal para realizar las entregas y, como el aparcamiento del club es privado y sin cámaras, no hay forma de verlo cargar la mercancía allí.

---

2 Barrio de Boston en el que se concentra la mayoría de locales nocturnos.

—¡Maldita sea! —exclama Maddie—. ¿Cómo se llama el club en el que trabajaba tu hermano?

—El Ladybird.

Maddie palidece.

—Es uno de nuestros clientes, creo. Si puedo hacer algo para ayudar a su abogado, solo tienes que decírmelo. No soy yo la que se encarga de esa cuenta, pero siempre puedo intentar informarme.

Maddie trabaja en una empresa de contabilidad. Sabía que gestionaba varias cuentas del sector de la restauración y la noche, pero ni siquiera se me había cruzado por la mente que pudiera conocer el Ladybird.

—Gracias. Por ahora, todavía no ha encontrado abogado. Se niega a que lo ayude a pagar uno y quiere conformarse con uno de oficio.

Todas mis amigas empiezan a hablar al mismo tiempo, pero, por hacer un resumen del alboroto, diría que no están muy de acuerdo con esa idea.

—Bajo ningún concepto tu hermano se va a conformar con un abogado de oficio —afirma Zoey—. Ya sabes que si necesitas dinero, solo tienes que pedírmelo.

Apoya su mano en mi brazo y yo asiento con la cabeza en señal de agradecimiento.

—El hijo de la mejor amiga de mi madre es abogado criminalista —me anuncia Amy—. Hace años que no lo veo, pero mis padres están todo el tiempo cantándome sus alabanzas. Si quieres, le pido sus datos de contacto. Y, si no, seguro que mi padre conoce a alguien.

—Eso estaría bien, gracias.

Amy me guiña un ojo y Maura me rodea con un brazo.

—Las amigas estamos aquí para ayudarnos. Así que, si necesitas algo, ¡ni lo dudes!

Me molestan un poco todas esas demostraciones de amabilidad, pero intento mostrarme agradecida.

—Muchas gracias, chicas, es genial poder pasar la tarde con vosotras, porque, con todas las desgracias que me suceden últimamente en la vida, realmente lo necesitaba.

—Ah, ¿pero te han pasado todavía más cosas? —pregunta Maddie.

¡Por dónde empezar! Nada es tan grave como la historia de mi hermano detenido por tráfico de drogas, pero, a pesar de todo, en estos momentos, ¡tengo la impresión de encadenar desastres!

—De hecho, quizá os parezca ridículo, pero desde hace un tiempo las preocupaciones se acumulan, grandes y pequeñas, y tengo la sensación de que se debe a un objeto que tengo y que tendría una mala influencia en mi vida.

Mis amigas no hacen ningún comentario. Sin embargo, sé muy bien que Maddie, por ejemplo, es demasiado pragmática como para creer en ese tipo de cosas. Ya están acostumbradas a mis excentricidades y mis creencias digamos... alternativas a las suyas.

—¿Qué objeto? —pregunta Libby.

—Uno que encontré el sábado mientras cuidaba de tus hijos. Cuando estábamos en el parque infantil, Kyle se cortó intentando recuperar un tesoro que había en el fondo del cajón de arena.

Meto la mano en mi sujetador para buscar la causa de todos mis problemas. Mis amigas me observan, sorprendidas, sin saber muy bien qué estoy haciendo. Saco el anillo que había guardado en ese lugar por miedo a perderlo. Desde que Zoey me había dicho que era auténtico, no quiero dejarlo en el apartamento cuando no estoy.

Las chicas abren los ojos como platos, fijos en el objeto de la palma de mi mano.

—¿Qué es eso? —pregunta Amy.

—Estoy casi segura de que se llama anillo —se burla Libby—. Supongo que es el tesoro del que no para de hablar Kyle desde hace varios días.

—A decir verdad, se suponía que solo tenía que guardarlo mientras estuviéramos en el hospital, pero las cosas se fueron complicando y olvidé devolvérselo.

Libby me hace señas para indicarme que no importa.

—¿Es un diamante auténtico? —se inquieta Maura, acercándose para verlo más de cerca.

—Zoey cree que sí...

Esta última confirma asintiendo con la cabeza.

—Entonces, ¡eso significa que tienes una auténtica fortuna en la mano!

Río, nerviosa.

—Sí, es un poco alucinante pensarlo. ¿Te imaginas todo lo que te puedes comprar con el dinero que vale algo así?

Me giro hacia Zoey, que hace gestos de estar pensando.

—Habría que ver la pureza, pero podríamos estar hablando de un muy buen coche, unas vacaciones de ensueño para todo el grupo...

—¡Ah, pues no está mal! —exclama Maura—. Entonces, ¿vas a intentar venderlo?

Miro el solitario y lo giro en mi dedo antes de responder.

—No, en realidad, como os decía, tengo la impresión de que, desde que este anillo ha entrado en mi vida, soy víctima del mal karma. Soy un auténtico gato negro. Después de haberme pasado buena parte de la noche pensando en este tema, creo que preferiría devolvérselo a su propietaria. ¿Te imaginas que un hombre te regala un anillo así y vas tú y lo pierdes? Debe de estar destrozada.

—¿Vas a ir a la policía? —pregunta Libby.

—Me habría gustado ir a una comisaría, pero en este momento no es mi lugar favorito... y no veo cómo puedo hacerlo de otra forma.

—De hecho, hay una forma de conocer la identidad de su propietaria —anuncia Maddie—. Todos los diamantes de buen tamaño tienen un número de identificación grabado con láser que permite averiguar qué joyero lo ha vendido y el nombre del cliente que lo ha comprado. Muchos joyeros tienen acceso a ese archivo, solo hay que encontrar uno que lo tenga y que, por supuesto, acepte divulgar la información.

Todas las cabezas se giran hacia Zoey.

—Ya me suponía que acabaríais pidiéndome que interviniera... —suspira—. ¿Estás segura de que no quieres ir a la policía? Podrías preguntar a ese teniente sexi que conoce Amy, ¿no?

—¿McGarrett? Fue justamente él quien detuvo a mi hermano. ¡Ni hablar!

—Bueno, veré qué puedo hacer. Pero, chicas, os aviso desde ya que mi padre jamás aceptará entrar en el juego. Jamás nos dará el nombre del comprador. Si le llevo un anillo de este tamaño y le hago demasiadas preguntas, querrá ver el certificado de autenticidad y ya os podéis imaginar lo que hará si le confieso que no lo tengo...

—¿Y quién ha dicho que tengas que meter a tu padre en todo esto? ¿No hay forma de acceder al archivo sin que él lo sepa? —pregunta Maura.

—Tú tienes una idea, ¿verdad?

—Supongamos que tenemos acceso a uno de esos ordenadores en una joyería, yo podría encontrar la información sin problemas, imagino...

Maura es un genio de la informática, ninguna máquina se le resiste.

La sonrisa de Zoey se alarga y se vuelve maquiavélica.

—¡Chicas, creo que tengo una idea! ¿Estáis preparadas para una nueva misión sobre el terreno?

Está claro que la policía se ha perdido una investigadora; a Zoey le encanta jugar a los detectives. Maura choca la mano con ella para sellar el acuerdo.

—¿Julia?

—Vale, pero terminantemente prohibido que te lleves la táser —la prevengo.

La última vez que nos vimos en una situación similar, rozamos el desastre por su culpa.

—Las armas están prohibidas en las joyerías, hay un arco de seguridad —precisa con expresión de asqueo—. Bueno, trazo un plan estratégico y os mantengo informadas en cuanto pueda.

Parece que se está tomando el asunto muy en serio. Veremos adónde nos lleva todo esto...

Zoey nos ha citado a Maura y a mí a la hora del almuerzo en una pequeña cafetería situada cerca de una de las joyerías de su padre.

—¡Eh, Julia! ¡Casi llegas puntual! —exclama Zoey.

La fulmino con la mirada.

—Bueno, ¿cuál es tu plan?

Mejor ir directas al grano.

—¿Tienes el anillo?

Meto la mano en mi sujetador para sacar la joya. Zoey me mira haciendo una mueca.

—¿No podrías meterlo en tu bolso como todo el mundo?

—¿Para que me peguen un tirón? No, gracias. Con la suerte que tengo en estos momentos, seguro que pasaría.

—Bueno, Zoey, ¿nos explicas cómo debemos proceder? —se impacienta Maura.

—Pues es bien simple. Julia, ponte ese anillo en el dedo, por favor.

Lo deslizo en el dedo corazón, en vista de que me está un poco grande.

—¡En serio! ¡Pero es que hay que enseñártelo todo! —se lamenta Zoey—. Se pone en el anular, es un anillo de compromiso. ¡Vamos, tienes que parecer mínimamente creíble!

—¿Y cómo se supone que voy a parecer creíble cuando ni siquiera sé qué se supone que tengo que hacer?

Zoey nos resume el plan en unos minutos. Nada complicado, si no tenemos en cuenta que quiere que interprete un papel y que yo nunca he sido buena actriz. Esperemos que los empleados de la tienda no se den cuenta. Con un poco de suerte, no tendré que decir gran cosa.

Ponemos rumbo a la joyería y, cuando nos ven entrar, el agente de seguridad se precipita a abrirnos la puerta. Es un coloso que mide, por lo menos, dos metros, con unas espaldas tan anchas que me pregunto cómo consigue encontrar trajes de su talla. Tengo la impresión, cuando cruzamos miradas, que puede sentir que voy a dar un paso en falso. De hecho, es especialmente cortés con Zoey, algo normal, teniendo en cuenta que es la hija del jefe. Por alguna razón, Maura pasa totalmente desapercibida, pero a mí me mira de pies a cabeza. Soy consciente de que no debo ser el tipo de clienta habitual de este lugar, algo que no deja de ser nefasto considerando el papel que me ha atribuido Zoey. Su mirada parece decir: *Cuidado, ni el más mínimo truco, que te tengo fichada, querida.* Me cuesta tragar e intento ponerme una máscara de inocencia.

En cuanto nos ven o, mejor dicho, en cuanto perciben la presencia de Zoey, todos los vendedores parecen verse afectados por una especie de síndrome del empleado modélico. Se yerguen de inmediato, esbozan sus mejores sonrisas de robots y nos saludan con voz suave. Supongo que mi amiga está acostumbrada a este tipo de miradas, ya sea aquí o en la mayor parte de tiendas de lujo que frecuenta. Incluso sin conocerla, al verla, es fácil adivinar que forma parte de ese grupo de personas que cuentan.

Se acerca a un hombre de unos treinta años, de punta en blanco. Vestido con un traje negro impecable combinado con una camisa y una corbata del mismo color, va peinado hacia atrás, sin que ni uno solo de sus mechones ose rebelarse. Lleva un anillo de oro un poco imponente y un reloj demasiado llamativo para mi gusto, pero supongo que son gajes del oficio, ¿no?

—¡Marcus! ¡A usted venía yo buscando! —exclama mi amiga—. Necesito sus servicios.

Es interesante ver la reacción del famoso Marcus. Parece un niño a los pies de un árbol de Navidad. Al parecer, que la hija del jefe te necesite es un gran honor.

—¡Señorita Montgomery! ¡Qué placer verla por aquí! ¿Me permite que le diga que está especialmente resplandeciente hoy? ¿En qué puedo ayudarla?

—Es usted un adulador, Marcus.

Suelta una carcajada más falsa que el cuero de mi chaqueta y apoya con delicadeza la mano en el antebrazo del vendedor. Parece molesto y extasiado a parte iguales por la proximidad que le ofrece.

Zoey me señala con el mentón mientras explica:

—Marcus, he venido a verle hoy porque mi amiga aquí presente acaba de prometerse. Su nuevo novio afirma que el anillo que le ha regalado proviene de una de nuestras tiendas. Le ahorro los detalles aburridos por los que mi amiga tiene razones para dudar de su honestidad, pero hemos venido aquí para borrar esa perversa duda de su mente, para que pueda comprometerse seriamente sin preguntarse toda la vida si el anillo es una burda copia.

Y, a modo de confidencia, añade como si no pudiera escucharla:

—El novio tiene grandes tendencias mitomaniacas, así que solo necesita estar segura... Seguro que lo entiende, ¿verdad?

Acompaña su frase con un guiño y juraría que veo al dependiente sonrojarse. No sé si que venga una novia a verificar la autenticidad de su anillo es algo que le ocurre con frecuencia, pero parece tragarse la historia. Se acerca a mí.

—¿Puedo? —me pregunta, señalando el anillo de mi dedo.

Me quito la joya sin problemas y se la entrego.

La coge con unos guantes de terciopelo negro y la deja en el centro de una especie de cuadradito recubierto del mismo tejido.

—Le puedo asegurar que el anillo es nuestro sin necesitar siquiera comprobar su autenticidad. Reconozco el montaje e, incluso, puedo afirmar que yo mismo fui quien le vendió el anillo a su novio hace unas semanas. Es un diamante de gran pureza, hizo una excelente elección.

Sonrío de forma educada como si me alegrara escucharlo. *¡En el nombre de una astilla en el dedo!* De alguna manera, ¡ha sido más fácil de lo que esperaba! ¡¿Qué probabilidades había de que el anillo procediera efectivamente de una de las joyerías Montgomery y de esta tienda en concreto?! Sigo pensando que esta joya tiene un karma curioso. No obstante, aunque ahora sabemos de dónde procede, es necesario que el vendedor examine el anillo para que podamos anotar el número de serie. Por suerte, Zoey tiene más de un truco en la manga.

—Marcus, ¡estoy muy impresionada por su buena memoria! ¿Pero qué habría hecho si no lo hubiera reconocido? ¿Verificar el número de identificación del diamante?

—Sí, es una posibilidad, efectivamente.

—Tengo curiosidad… Mi padre jamás me ha mostrado cómo se hace. ¿Podría hacernos una demostración, si no es demasiado pedir?

El hombre, feliz de poder complacerla, asiente.

—¡Sí! ¡Por supuesto!

Saca una pequeña lupa y observa el anillo, girándolo, hasta que, al parecer, encuentra lo que busca.

—¡Aquí está!

Le entrega la lupa a Zoey y la ayuda a colocársela en el ojo.

—¿Puede ver ahí, al fondo, esa marca que se podría confundir con un cabello? Eso es lo que busca.

—¡Pero no consigo leerlo!

—No, para poder descifrarlo, es necesario utilizar un microscopio.

Marcus recupera la joya y acerca a mi amiga al aparato en cuestión. Procede a ajustar algunos reglajes y le cede el sitio a Zoey.

—¿Ve aquí la serie de cifras y letras? Es su número de identificación.

—¡Ah, sí! ¡Ya lo veo!

Zoey empieza a deletrear los caracteres como si intentara descifrarlos. Sé que lo está haciendo para que Maura los anote.

—Gracias, Marcus, ¡siempre me había preguntado cómo se grababan esas famosas cifras! ¡Ahora ya lo sé!

Zoey le devuelve la lupa.

—¿Le importaría que usáramos los baños de la tienda? Mi amiga Julia está embarazada y su vejiga... Bueno, ya sabe lo que es eso —añade con mirada cómplice.

Yo solo quiero estrangularla. No tengo muy claro el motivo: si porque ha sacado el tema de mi posible embarazo o porque me hace parecer una inútil incapaz de pedir por mí misma permiso para utilizar los aseos.

—No, por supuesto, están en su casa.

A continuación, se gira hacia mí.

—Permítame que la felicite por su futuro matrimonio y también por esa otra buena noticia.

—Gracias —balbuceo, incómoda, mientras apoyo la mano en mi vientre.

Es eso lo que hacen las mujeres embarazadas, ¿no?

¡Dios mío, jamás había tenido ese reflejo hasta ahora! ¡Significa eso que no estoy embarazada? ¿O que soy una mala madre?

No tengo tiempo a hacerme más preguntas porque Zoey me empuja hacia el fondo de la tienda.

—¡Eh! ¡Más cuidado con la madre embarazada! —refunfuño.

—¿Pero de verdad estás embarazada? —pregunta Maura bastante inquieta.

—¡Pues claro que no!

Le lanzo una mirada a Zoey que quiere decir: *Como se te ocurra decir algo, iré a agujerear tus Louboutin mientras duermes.*

Me hace señas para confirmar que ha recibido el mensaje alto y claro. A continuación, abre una puerta que no tiene nada que ver con los aseos.

—Venga, entrad deprisa.

Es un despacho. Probablemente el del responsable de la joyería. En mitad de la estancia, hay una mesa de trabajo lacada en negro y un ordenador de última generación. Bueno, al menos según mis conocimientos sobre ordenadores, que son más bien escasos.

Maura no pierde el tiempo y se instala en el sillón frente a la pantalla. Inserta un pequeño objeto en la máquina.

—¿Qué es eso?

—Una memoria USB en la que tengo un pequeño programa que me permite hackear la contraseña del ordenador para que podamos acceder al registro de identificación. Como el anillo se ha vendido aquí, creo que bastará con echar un vistazo al archivo de clientes y ya está.

Al parecer, solo necesita unos cuantos clics de ratón para conseguirlo. A continuación, introduce el número de identificación que Zoey ha leído en el anillo.

—¡Ya está! ¡Casi ha sido demasiado fácil!

—¿Cuál es el nombre? —pregunta Zoey inclinándose hacia ella para poder ver mejor la pantalla.

—¡Tenemos un ganador!

—¿Un hombre?

No sé por qué, pero me esperaba un nombre de mujer. Aunque, pensándolo bien, es lógico. Seguro que quien lo llevaba era una mujer, pero es bastante probable que quien lo comprara fuera un hombre. El dependiente había dicho que lo compraron hace tan solo unas semanas, lo que significa que ella debió perderlo poco tiempo después. No quiero ni imaginarme cómo estaría yo si hubiera perdido mi flamante anillo de compromiso justo después de que me lo dieran.

—¿Entonces? Deja de prolongar el suspense, ¿cómo se llama el propietario?

—Matthew Hewson. Según una ficha bastante completa, es abogado en un bufete del centro.

Un ruido me sobresalta. No tardo en comprender que se trata de la impresora, que ha empezado a imprimir.

—Coge la hoja de la máquina —me indica Maura—. Ahí tienes todos sus datos.

No me hago de rogar y, una vez que tengo el papel en mi poder, me dirijo hacia la salida del despacho donde ya me esperan mis dos amigas. Zoey comprueba que la vía está libre y salimos a hurtadillas al pasillo.

Una vez de vuelta en la tienda, nos despedimos de Marcus.

—¡Esperad!

¡Pero qué querrá ahora! ¡Espero que no sospeche nada!

—¡Os olvidáis el anillo!

Ah, sí, un pequeño detalle...

Esbozo una sonrisa de oreja a oreja para disimular mi apuro.

—No sé ni dónde tengo la cabeza. Dicen que las mujeres embarazadas son muy despistadas y creo que, en mi caso, desde luego es así.

Marcus me mira con indulgencia y me dice:

—Me he dado cuenta de que el anillo le queda un poco grande. Me sorprende que no haya venido a que se lo ajustemos. Si quiere, puedo encargarme ahora mismo, pero, para recuperarlo, tendrá que venir con el certificado de autenticidad, por supuesto.

—Eh...

Siento que un sudor frío recorre mi columna vertebral.

—Prefiere dejarlo así por el momento —interviene Zoey—. Ya sabe, el embarazo, nunca sabes cuántos kilos vas a coger o si vas a retener líquidos. Ya lo ajustara si lo necesita después del parto, ¿verdad, Julia?

—Sí... ¡Sí, eso es!

—Muy bien.

Marcus no parece del todo convencido por el argumento, pero supongo que, por respeto a la hija del jefe, no va a insistir.

Me vuelvo a poner el anillo, con cuidado de hacerlo en el dedo correcto, y ponemos rumbo a la salida.

Por un segundo se me pasa por la cabeza contarle toda la historia al dependiente. Es cierto que podría haberle confesado que había encontrado el anillo y que solo quería devolvérselo a su propietaria. Teniendo en cuenta que tiene todos los datos del novio, solo tendría que haber hecho una llamada, pero, no sé por qué, una especie de presentimiento me dice que soy yo quien debe hacerlo. Con un poco de suerte, ¿me propondrán una recompensa? Esa sí podría ser una buena solución a mis problemas económicos.

Tengo que ponerme en contacto con Matthew Hewson.

Segunda Parte

Capítulo 11

Matt

Unas semanas antes...

—Excelente elección, señor Hewson. La mujer para la que lo ha elegido debe de ser alguien realmente especial.

Asiento con la cabeza. El vendedor me dedica una sonrisa forzada y se lleva el objeto que me va a cambiar la vida, seguramente para colocarlo en una de esas cajas lujosas y caras que te hacen pensar que lo que hay dentro vale su peso en oro o, en este caso concreto, en platino.

Sus palabras resuenan en mi cabeza: «alguien realmente especial». Es probable que les suelte el mismo discurso a todos los tíos en mi situación. ¿Cuántos hombres por semana se sentarán en este mismo saloncito tranquilo, seguramente concebido por uno de los mejores decoradores de Boston? ¿Y con qué estado mental? ¿Nerviosos por tener que hacer la petición? ¿Aterrorizados al pensar que van a pasar el resto de sus días con la misma persona? ¿Algunos incluso se habrán dado la vuelta? O puede que no sientan nada en especial, como si compraran una lavadora o un manojo de zanahorias. ¿Y yo? ¿Qué se supone que debo de sentir? Después de todo, no es más que un anillo. Un objeto que solo adquirirá un valor real si va acompañado de un sí.

Otra dependienta de atuendo impecable y uñas de perfecta manicura me pregunta si quiero tomar algo y, cuando declino su ofrecimiento, me entrega una bolsita de cuero con la factura.

La abro y miro sin pestañear el importe de cinco cifras. Saco la tarjeta de crédito y se la entrego. Procede al cobro y me la devuelve. No he hecho más que guardarla en la cartera cuando vuelve el joven que se está ocupando de mí. Demasiado alegre para mi gusto. Me entrega un saco negro cerrado con un lazo de satén con el nombre de la tienda escrito en plata.

—Señor Hewson, todo el equipo de Montgomery Jewels le felicita por su compromiso.

—Ella todavía no ha dicho que sí —respondo con algo de brusquedad.

Su sonrisa se apaga un poco, emite una risita ahogada y, algo incómodo, añade:

—Estaremos encantados de recibirlos a los dos cuando llegue el momento de elegir las alianzas.

No cabe duda de que tiene un guion que recita cada vez que vende un anillo de compromiso.

En cuanto me levanto de mi asiento, la dependienta de perfecta manicura se precipita hacia mí para ayudarme a ponerme el abrigo. Cruzo la tienda en la que los empleados me saludan por mi nombre, como si fuera un habitual del lugar.

Una vez en la acera, tengo la impresión de respirar un poco mejor. Aunque estoy acostumbrado a los ambientes silenciosos y lujosos, no me sentía demasiado bien dentro de la joyería. Echo un vistazo a mi reloj y solo son las cuatro de la tarde, demasiado pronto para volver. De todas formas, Kathleen no debe de estar en casa, lo más seguro es que esté en su clase de yoga bikram o algo parecido. Le he pedido que esté preparada para las siete.

He conseguido una mesa en su restaurante favorito, un golpe de suerte porque se suele tener que reservar con un mes de antelación. Por suerte para mí, he podido tirar de algunos contactos para conseguirlo.

Jamás he entendido el entusiasmo suscitado por este tipo de lugares, pero esta noche, se trata de hacerla feliz. Si eso significa pagar una fortuna por una comida compuesta por porciones demasiado pequeñas para satisfacer mi apetito, pues me adapto.

Decido dirigirme al *pub* al que suelo ir. Relajarme delante de una buena cerveza, eso es todo lo que yo necesito. Deshacerme de esta mezcla de ansiedad y nerviosismo. Un poco de coraje líquido no me vendrá mal, ¿no? En una proporción razonable, ¡por supuesto!

Bajo al metro. A estas horas, está bastante tranquilo. De aquí a una hora, la avalancha de gente que sale de trabajar se apoderará de galerías y trenes. Saco el anillo de la bolsa de la joyería, que es un poco llamativa, y deslizo discretamente el estuche en mi maletín. Corro para subirme al tren que acaba de llegar. Lo hago por pura costumbre porque, por una vez, no tengo prisa y podría haberme permitido el lujo de esperar al siguiente.

A Kathleen no le gusta nada el metro. Demasiada gente, demasiado ruido, demasiados olores... No es algo que le vaya mucho, tampoco se le puede culpar por ello. Yo, personalmente, suelo optar por este medio de transporte cuando me desplazo por la ciudad. Es rápido, práctico y me da la impresión de estar conectado con el mundo que me rodea, con el resto de población de Boston.

La mayor parte de mi vida se desarrolla entre el edificio ultramoderno del centro en el que tengo mi despacho y la mansión victoriana de Beacon Hill que compré hace un año siguiendo los consejos de una amiga de Kathleen. Un entorno privilegiado, se podría decir. ¿Pensar que estoy en contacto con el resto del mundo al coger el metro me convierte en un hipócrita? Seguramente, pero prefiero pensar en la cerveza bien fría que me espera.

Debería haber llamado a Noah, mi mejor amigo, para pedirle que se uniera a mí. Es un poco triste beber solo en plena tarde, ¿no? Sin embargo, dudo que esté disponible. Y si viene, tendré que hablarle de mis planes para esa misma noche... y para los próximos sesenta años. Sé que me va a odiar por no habérselo contado antes, pero siendo Noah seguramente la persona con más fobia al compromiso de toda la ciudad, no creo que sea un buen consejero. Sin contar con el hecho de que Kathleen y él no se llevan especialmente bien. Se toleran mutuamente, pero jamás organizarán una fiesta sorpresa para mi cumpleaños juntos, lo cual no me parece mal porque odio las sorpresas.

Llamaré a Noah mañana, le propondré que nos veamos y le pediré que sea mi padrino. Una vez que diga que sí, Kathleen no tardará demasiado en escoger la fecha de la boda. En primavera, supongo. Sé que adora Boston en esa estación. También es mi estación favorita: los jardines en flor, la naturaleza que despierta después de meses de hibernación... Se crea un buenísimo ambiente en la ciudad en esa época del año.

Estoy seguro de que dirá que sí. No me cabe la menor duda. Después de todo el tiempo que lleva haciendo alusiones, no siempre demasiado sutiles, a un futuro matrimonio, no puede ser de otra forma. Sé que guarda en su armario una carpeta con fotos de vestidos, ramos y tartas. La primera vez que lo vi, tengo que reconocer que aluciné un poco. Pero ahora, cuando lo pienso, me parece bien que sepa qué quiere. Organizar una boda parece algo bastante complejo.

Incluso su padre ha empezado a hablar de boda, algo que me molesta bastante, porque, pequeño detalle, su padre también es mi jefe. Es uno de los socios fundadores del bufete en el que trabajo como abogado y del que también debería convertirme en socio en poco tiempo, después de varios años de duro trabajo como simple colaborador.

No me gusta que me digan lo que tengo que hacer, incluso tengo tendencia a hacer justo lo opuesto tan solo por llevar la contraria, pero, por razones evidentes, estoy obligado a escuchar los consejos del padre de Kathleen sin rechistar. Y si bien últimamente parece poco preocupado por los asuntos que yo llevo, la idea de que le dé por fin mi apellido a su hija le parece de importancia capital.

Kathleen es una mujer que se siente muy cercana a su padre. Y a él le encanta. No hay nada lo bastante bueno para su pequeña princesa. En ocasiones, esta situación me incomoda e, incluso, ha sido fuente de discusión entre ella y yo. Lo que me molesta no es tanto el hecho de que la consienta, porque Kathleen se merece todas las atenciones, sino que creo que ahora me toca hacerlo a mí. A mí, la persona con la que comparte su vida y que pronto se convertirá en su marido.

Salgo del metro y me recibe una lluvia fina y fría. ¡Qué mala suerte! ¡No tengo paraguas! Me protejo como puedo subiéndome el cuello del abrigo. Afortunadamente, el *pub* no está lejos. Acelero el paso para, de repente, encontrarme con... ¡la puerta cerrada! ¡Pero qué suerte la mía! Es la primera vez en años que puedo beberme una cerveza en mi *pub* favorito en plena tarde y ¡está cerrado! En la puerta se puede leer: *Cerrado esta tarde de forma excepcional.* ¡Y tenía que ser esta tarde!

Me cobijo un instante en un pórtico para repasar mis opciones. No me apetece recorrerme el barrio entero bajo la lluvia en busca de otro lugar en el que degustar una pinta. Creo que será mejor que vuelva a casa. Es lo que debería haber hecho desde el principio. ¿A quién se le ocurre ir a beber algo a un *pub* unas horas antes de proponer matrimonio? ¡Solo, además, como si tuviera penas que ahogar en alcohol! Al menos, al volver pronto a casa, le daré una alegría a Kathleen, que siempre se queja de mis horarios a pesar de saber que no tengo elección. Si quiero convertirme en socio, tengo que doblar esfuerzos. Por no mencionar que el padre de Kathleen está ojo avizor y no tolera ningún despiste que pudiera afectar a la imagen de su empresa. O a la suya. Al fin y al cabo, es su nombre el que aparece primero y con grandes letras en la placa de la puerta.

Después de volver al metro y andar hasta casa, meto la llave en la cerradura. Kathleen ya está allí porque su coche está aparcado en la calle. Por una vez, me ha hecho caso y ha echado el cerrojo. Aunque nuestro barrio es más bien tranquilo, nunca se sabe qué puede pasar. Aunque me recriminó que veo el mal por todas partes por culpa de mi trabajo, sigo pensando que es precisamente gracias a él que tengo una visión más lúcida de la fealdad de este mundo.

Dejo mi maletín en el suelo de la entrada y cuelgo mi abrigo. Dudo en gritar un *¡Cariño, ya estoy aquí!* Pero, para empezar, no es algo que haría normalmente. Y segundo, creo que será mejor que esconda mi precioso cargamento en mi despacho antes de que ella perciba mi presencia.

Cuando me dispongo a abrir la puerta, oigo de repente... ¿gemidos?

Suelto el pomo y abro los oídos. Sí que se trata de gemidos, estoy seguro. Y no son de queja, sino más bien justo lo contrario. ¿Estará Kathleen procurándose placer en solitario? Solo con imaginármelo, siento que mi miembro empieza a hincharse en mi pantalón. Resulta que volver a casa pronto ha sido la mejor idea que he podido tener en mucho tiempo... En ese instante, olvido lo que estaba haciendo y mis pasos me guían hacia las escaleras, todavía con el maletín en la mano. Comienzo a subir los peldaños de dos en dos mientras los gemidos se intensifican, pero, de repente, otro ruido me corta en seco... ¿Un gruñido? Y luego otro... Me detengo y un escalofrío recorre mi espalda. Si bien los primeros gritos sé que provienen de mi novia —la conozco lo suficientemente bien como para estar seguro—, los que acabo de escuchar no son suyos. Son mucho más... masculinos. Prosigo mi ascensión, pero esta vez sin pensamientos lascivos. Más bien con la firme intención de aclarar esta historia.

Una vez al final de la escalera, tropiezo con Tinkerbell,[3] el chihuahua de Kathleen. El bicho lloriquea corriendo entre mis piernas y casi me tira.

—¡Joder! ¡Tinker, vete de aquí! —exclamo, exasperado por el perro que, pobrecito, no tiene la culpa de estar en el sitio incorrecto en el peor momento.

Los ruidos de la habitación al fondo del pasillo se detienen y dan paso a palabras ahogadas y un poco de jaleo. Avanzo los pocos metros que me separan del dormitorio y abro la puerta con violencia, golpeando la pared con ella.

Kathleen está sentada en la cama, completamente desnuda. Suelta un gritito y se tapa hasta el pecho con las sábanas. Esboza una sonrisa nerviosa.

—¿Cariño? ¡Ya estás aquí! —grazna.

Aunque intenta aparentar normalidad, su expresión tiene poco de relajada. Habría que estar ciego para no ver la inquietud que siente. No obstante, tengo un segundo de estupefacción durante el cual me pregunto si lo que acabo de escuchar era realmente lo que parecía. Escaneo la escena frente a mí, nuestro dormitorio, tan familiar, con sus colores claros, como ella quiso. Las decenas de cojines que suelen estar cuidadosamente colocados sobre nuestra cama están, en buena parte, tirados en el suelo. Mis ojos se posan sobre la esbelta silueta que tan bien conozco. Su melena rubia platino, cuidada por el mejor estilista de Boston, está despeinada. Tiene el maquillaje corrido y las mejillas de un rojo que ni la mejor de las maquilladoras podría reproducir. Un enrojecimiento a juego con el centelleo de sus pupilas, aunque, en este momento, su mirada revela una auténtica vergüenza. Yo bajo la mía hacia el suelo, a la moqueta blanca de precio prohibitivo que mandó colocar en toda la planta y sobre la cual se encuentra el embalaje de un preservativo.

---

3   El hada Campanilla.

Capítulo 12

Hago girar el líquido ambarino en el fondo del vaso mientras lo observo como si fuera la cosa más misteriosa que jamás hubiera visto. *In vino veritas*, como suele decirse. ¿Funcionará también con el *whisky*?

Siento una mano en el hombro y mi mejor amigo se desliza sobre el taburete junto al mío. Hago una seña a Rachel, la *barman*, para pedirle que le sirva lo mismo que a mí. Se acerca con la botella de *whisky* escocés, sirve a Noah y le lanza un vistazo cómplice apuntándome con el mentón. Esa es su forma de indicarle que ya llevo más de una copa… o de dos.

¡Por fin disfruto de un rato para mí en el *pub*! Solo que me he saltado la cerveza y he pasado directamente a algo más fuerte. Necesito nublar mi mente con alcohol para no pensar, para olvidar lo que he descubierto esta tarde. No quiero pensar en todo lo demás. Solo quiero dejar de pensar, beber solo y que me dejen en paz. De hecho, no he sido yo quien ha llamado a Noah. Sospecho que habrá sido Rachel. No me ha preguntado nada; creo que, gracias a su trabajo, se relaciona lo suficiente con la gente como para saber cuándo tiene que callarse. Me conoce tan bien que sabe que me pasa algo. O solo quiere limpiar su conciencia buscando a alguien para que me lleve a casa porque está claro que, de seguir a este ritmo, voy a tener problemas para arrastrar mi pobre cuerpo alcoholizado fuera de este bar.

Noah se lleva el vaso a los labios sin pronunciar palabra. Seguro que está esperando a que empiece yo. Que le explique qué hago allí, hecho polvo, ahogando mi conciencia en el líquido color ámbar. Nos quedamos un momento el uno junto al otro, en un silencio cómodo, con la nariz aún metida en el *whisky* y fingiendo ver el partido de béisbol en la pantalla que hay por encima de la barra.

Me echo a reír y termino diciendo:

—¿Sabías que tenía jardinero?

Noah arquea una ceja y responde:

—¿Un jardinero?

—Sí, un maldito jardinero. ¿Y yo qué tengo? ¿Un jardín de apenas treinta metros cuadrados y algunas jardineras que regar? Pero, claro, necesitábamos un jardinero. Bueno, Kathleen quiso que contratáramos un jardinero porque debíamos tener un jardín perfecto. *¡El barrio es tan bonito! ¡Los vecinos tienen jardines impecables!* —la imito—. No debemos llamar la atención negativamente, así que tenemos jardinero.

—¿Y es la idea de tener jardinero lo que tanto te deprime?

No respondo, así que continúa:

—¿Te gustaría encargarte tú mismo del jardín?

La idea casi me daría ganas de reír si no fuera porque no he tocado una planta verde desde el último ramo de margaritas que hice para mi madre. De eso hace ya diez años.

—He despedido al jardinero esta tarde.

—¿No estabas contento con sus servicios?

Veo que el pobre Noah está un poco perdido con mi historia.

—Pues no era mal jardinero... O bueno, eso creo. Pero, al parecer, me facturaba horas que no pasaba trabajando en mi casa.

—¿Ah, no? —me pregunta mi amigo llevándose el vaso a los labios con expresión incómoda, pero sigue escuchándome.

Imagino que piensa que mi historia, por muy aburrida que pueda parecer, va a llevar a alguna parte.

—No, se las pasaba tirándose a la mujer a la que debería estar proponiéndole matrimonio en estos momentos —digo con total frialdad.

Tendría que haber esperado a que terminara de beber porque Noah se atraganta con el *whisky* e, incluso, estoy casi seguro de que se le ha salido por la nariz.

—¿Perdón? —exclama con tal fuerza que veo cómo varios clientes se giran.

No respondo de inmediato.

—Sí, has escuchado bien. He vuelto pronto esta tarde y me he encontrado al maldito jardinero tirándose a Kathleen —digo con voz apagada.

Noah abre los ojos como platos y se me queda mirando como si hubiera perdido la razón.

—¿Me puedes repetir lo que me acabas de decir?

—Kathleen me engaña con el jardinero.

Esta vez, he hablado más fuerte de lo que debía. Veo cómo varias personas se vuelven a girar. Algunas miradas son curiosas, pero otras muestran lástima y eso casi que me da ganas de lanzar mi vaso al otro lado de la sala. Si hay algo que no quiero ver es lástima. Rachel no se ha perdido ni una sola palabra de nuestra conversación y me mira como si fuera una olla exprés al borde de la explosión.

—No, esa parte no. ¿Puedes repetir la otra parte de la frase? —precisa Noah.

Necesito unos segundos para comprender a qué se refiere.

—Quería pedirle que se casara conmigo esta noche. ¿No es irónico? ¿De ahí a descubrir *in extremis* que la mujer con la que me disponía a pasar el resto de mi vida se tira a tus espaldas al tipo que viene a cortar el césped? Es casi un cliché.

Una sonrisa de desengaño se graba en mi cara.

—Joder, me parece increíble —suelta, atónito.

—Tienes razón. Además, ¿cuántas veces habré salido al jardín en un año? Ni diez veces. Pagar a un tipo para que se ocupe de un lugar al que rara vez sales es algo estúpido.

—No, eso no es lo increíble. ¡Al diablo con tu jardín! En serio, Matt, ¿de verdad querías casarte con Kathleen?

Giro la cabeza hacia mi amigo intentando comprender qué quiere decir con eso, pero mi cerebro funciona al ralentí. Creo que todo el alcohol que me he tragado ya ha hecho efecto.

—Sí, lo tenía todo previsto: la cena en su restaurante favorito, lo que le iba a decir y el anillo. Tenía pensado ponerme de rodillas.

—Ay, mierda...

Se pasa la mano por el pelo.

—¡Ni siquiera me lo habías contado antes de hacerlo!

Noah parece contrariado por la idea.

—No montes un espectáculo fingiendo estar ofendido. De todas formas, no ha habido petición ni la habrá.

—No estoy ofendido porque fueras a hacerle la petición sin informarme previamente, si bien debo decirte que esa parte me entristece un poco. No, lo que me deja perplejo es que quisieras pedirle matrimonio a Kathleen.

Me encojo de hombros.

—¿Por qué? Llevamos dos años juntos, vivimos juntos y... era la sucesión lógica.

—Sí, bueno, pues, al parecer, ella no sigue la misma lógica que tú... —mascula.

—¡De qué hablas! Llevaba meses presionándome para que pasáramos a la *etapa superior*, como dice ella.

Noah hace una pequeña mueca y responde:

—¿Ves? Precisamente por eso me parecía una mala idea. ¡Joder, Matt, uno no se casa con una mujer porque es la sucesión lógica! Te casas porque no contemplas más opción que casarte, porque no puedes vivir sin ella, porque la idea de no poder envejecer a su lado te resulta insoportable. ¡No porque te acosa para poder ponerse un vestido blanco de princesa!

—Mira tú el gran romántico —me burlo—. Deberías dejar de ver películas empalagosas, amigo mío, que te están friendo el cerebro.

Hago señas a Rachel para que me vuelva a servir y ella mira a Noah como para pedirle permiso. Por suerte, él asiente con la cabeza para dar luz verde. Lo que me faltaba, que me traten como un niño pequeño sin edad para beber.

—Vale, piensa lo que quieras. Eso no impide que vea un punto positivo en esta historia y es que el jardinero ha impedido que cometieses el peor error de tu vida.

Esta vez soy yo el que casi se ahoga.

—¿Perdón?

—Sé un poco realista, Matt, Kathleen no es el tipo de chica hecha para convertirse en tu esposa. De hecho, me sorprende que hayas aguantado tanto tiempo con ella. Creía que lo dejaríais antes. Te reconozco que tiene un cuerpo como para condenar a un santo, pero es el tipo de mujer que quiere ser siempre el centro de atención y que vive para ello. Y tú, tú eres el tipo de tío que quiere una vida tranquila, al que le gustan las cosas simples como beber cerveza viendo un partido.

Entrecierro los ojos y lo miro intensamente.

—Entonces, durante todo este tiempo, ¿jamás has creído que mi relación con Kathleen pudiera ir en serio?

—No.

—Ah, pues muchas gracias, amigo. Aprecio mucho tu apoyo y, sobre todo, tu honestidad durante todos estos años —le digo con tono sarcástico.

—¿Sabes lo que en realidad te gustaba de ella? Su lado de damisela en apuros. Eso te permitía ir por ahí de caballero andante y, reconócelo, eso te encanta.

Frunzo el ceño. Querer ayudar a mis prójimos cuando lo necesitan no es un defecto. Me gusta ser útil y, para mí, es normal que un hombre cuide de la mujer con la que comparte su vida.

—Jamás te ha gustado Kathleen —afirmo para ponerlo en su sitio.

—No, esa mujer tiene la misma empatía que un asesino en serie.

—¡Te estás pasando un poco! ¡Kathleen se preocupa por los demás!

—No, finge interesarse por los demás, que no es lo mismo. Reconoce que tengo razón. Solo le importa su propia persona.

—No es...

—¡Ah, no, es verdad! Perdóname, rectifico, solo le importa ella misma y esa estúpida rata que osa llamar *perro*.

A pesar de todo lo que acaba de hacer, siento la necesidad de defenderla, pero ¿por qué? Desde luego no voy a conseguir que Noah cambie su opinión sobre este tema y, ¿acaso ella se merece el esfuerzo? No estoy muy seguro.

—Al menos, no echaré de menos al perro —suelto de repente.

Noah se pone la mano en el pecho y adopta una expresión de indignación.

—¿Y cómo es eso? ¿No vas a luchar por la custodia de Tinkerbell?

Por primera vez, consigue arrancarme una sonrisa. Agito la cabeza. No, está claro que no echaré nada de menos a ese bicho. Odio a ese chucho desde el mismo día que lo conocí. Y se puede decir que ha sido recíproco. Ya he perdido la cuenta de las veces que ha venido a mordisquearme las pantorrillas, cuando no los zapatos, o incluso las veces que se me ha meado alegremente encima. Pero, para Kathleen, su perrito siempre tenía razón. Si se portaba mal conmigo, tenía que ser por mi culpa. Lo reconozco, es una batalla de la que pronto me batí en retirada. Dejé de esperar algún tipo de reconocimiento de sus faltas por parte de su dueña y me limité a evitar lo máximo posible al animalito.

—¿Puedo hacerte una pregunta?

—Sí. Aunque no te dé permiso, me la vas a hacer de todas formas —gruño.

Noah esboza una sonrisa.

—¿Te veías realmente envejeciendo con Kathleen, es decir, teniendo hijos con ella y esas cosas?

No respondo de inmediato. Sí, tenía planeado convertirla en la madre de mis hijos, pero, de repente, la simple idea de imaginarme a Kathleen cambiando un pañal se me hace ridícula. Es raro que no haya caído en la cuenta antes.

—Supongo.

—¿Supones? ¡Suena realmente convincente! ¡Espero que se te dé mejor en el tribunal!

—Ya lo sabrás cuando tengas tu primer juicio por negligencia médica —respondo, llevándome el vaso a los labios.

—¡No me seas cenizo! —masculla.

Noah es médico. Nos conocimos en la universidad. Compartimos habitación en la residencia de estudiantes. Digamos que, desde el primer minuto, nuestro encuentro fue inolvidable. Yo llegué acompañado de mis padres y, al abrir la puerta, descubro a Noah en plena acción con una guapa rubia.

A mi madre casi le da un síncope. Si hubiera sido por ella, me habría vuelto a casa en el acto. Tuve que insistir para que no montara un escándalo en el servicio de alojamiento para estudiantes y todavía más para que no me cambiaran de habitación. Comprendí muy deprisa que Noah era el tipo de tío que necesitaba a mi lado para disfrutar a fondo de la vida universitaria. Tendríais que haber visto la cara de mi madre cuando, unos minutos después, vino a presentarse en el pasillo. Le tendió la mano que, unos instantes antes, había estado muy ocupada manoseando las curvas de la rubia.

Por suerte para él, Noah tiene un auténtico don para hacer sucumbir a las mujeres, tengan la edad que tengan. Aunque necesitó algo de tiempo para olvidar ese incidente, mi madre ha acabado rindiéndose a su encanto. De hecho, cuando viene conmigo a su casa, cualquiera diría que es él su hijo. ¡Y el capullo se aprovecha de ello! Consigue que le preparen sus platos favoritos a fuerza de sonrisas encantadoras, mientras que apenas advierten mi presencia y solo caen en que estoy allí cuando hay que poner la mesa.

Le gustan tanto las mujeres que ha decidido consagrarles su carrera a ellas.

Es ginecólogo.

Capítulo 13

—Lo siento mucho, chicos, pero ya es hora de cerrar —anuncia Rachel.

Son las doce de la noche y la mayoría de clientes hace tiempo que se fueron. Noah y yo seguimos sentados en la barra y ya he perdido la cuenta de cuántas copas nos hemos bebido. De hecho, mi cerebro está demasiado embriagado por los vapores del *whisky* como para hilar alguna idea coherente. Busco la cartera con dificultad y de ella saco mi tarjeta de crédito. Se la entrego a Rachel y ese gesto me recuerda otro idéntico que había hecho esa misma tarde para comprar el anillo de Kathleen. Ese pensamiento casi me provoca náuseas. De repente, el peso del estuche, que todavía sigue en mi bolsillo, llama mi atención. Tengo la impresión de que me quema. Tengo que deshacerme de él. El dependiente de la joyería se sentirá defraudado. No solo no voy a comprarle las alianzas que tanto esperaba vender sino que, además, tendrá que devolverme el dinero. De hecho, ¿aceptarán la devolución de anillos de compromiso cuando la chica te dice que no? No recuerdo que me hablara del tema durante su parloteo intempestivo.

—¿De qué te ríes tú solo? —pregunta Noah.

—¿Sabes cuánto me ha costado este maldito anillo?

—No.

Me acerco a su oído para susurrarle la cantidad. Noah abre los ojos como platos y me mira como si hubiera perdido la razón.

—¡Tiene que ser un pedrusco enorme por ese precio! ¿Y es eso lo que te hacer reír?

—No, lo que me hace reír es que voy a tener que devolverlo. Y no estoy seguro de que me vayan a devolver el dinero.

—¿Y eso te parece divertido? Estás peor de lo que pensaba. Y espero que te lo devuelvan. ¿Sabes todo lo que me podría comprar con esa cantidad? Me dan ganas de decirte que estás muy loco por haberte gastado tanto dinero y más ahora que sabes que ella no merecía la pena.

—Según Kathleen, cuando se ama, no se cuenta.

—Por favor, olvida todos los consejos que esa arpía ha podido darte durante estos años.

Rachel me devuelve la tarjeta de crédito y veo en su cara que no se ha perdido ni el más mínimo detalle de nuestra conversación, porque parece que se ha atragantado.

—Por favor, tranquilizadme, no vais a volver a casa en coche, ¿verdad?

Noah le dedica una de sus sonrisas de donjuán y le pregunta:

—¿Por qué? ¿Te ofreces voluntaria para acompañarme? Necesitaría a alguien que me arrope esta noche.

—No, gracias, no me van los tríos.

—¿Quién ha hablado de tríos? Yo no comparto nunca mujeres con Matt.

Eso es cierto. Y, la verdad, se nos ha presentado la ocasión más de una vez. Teníamos cierto éxito en la universidad y, al parecer, había algunas chicas a las que el rollo de compañeros de piso les despertaba fantasías. Noah con su lado de seductor y mujeriego, y yo con mi parte un poco más reservada.

—Pero imagino que él se quedará a dormir en tu casa esta noche, ¿no?

—¿Dormir en mi casa? Ya es mayorcito y tiene casa propia...

En ese momento, ambos comprendemos que ella tiene razón. No pienso ir a dormir a mi casa, en la cama en la que la que había sido mi novia se había estado tirando a otro hacía tan solo unas horas. De hecho, me pregunto si algún día volveré a dormir allí. Creo que voy a quemarla, me parece lo más sensato.

—Vaya, pues creo que tendré que soportar tus ronquidos esta noche. Eso me recordará los viejos tiempos —bromeo.

—Primero, yo no ronco más que cuando estoy resfriado y segundo, la habitación de invitados está en la otra punta del apartamento.

Se gira hacia Rachel y añade:

—De manera que podemos hacer todo el ruido que queramos, mientras él duerme como un bebé.

Rachel no parece estar interesada. Sabe bien que Noah está de broma, se trata de una especie de ritual que se traen los dos. Tampoco estoy seguro de que nunca haya pasado nada entre ellos.

—¿Os llamo un taxi?

—No es necesario. Iremos dando un paseo. Creo que nos vendrá bien.

Noah vive a tan solo dos manzanas del *pub*, en el barrio burgués de Bay Village. No sé si volver andando es buena o mala idea. Por un lado, nos da algo de tiempo para que se nos pase la borrachera y más con el viento fresco de esta noche de mediados de octubre fustigándonos la cara. Por otro, tengo la impresión de que encadenar un paso tras otro me exige un esfuerzo sobrehumano.

Pasamos cerca de un parque en el que hay un cartel que dice: *La ciudad de Boston está reacondicionando este espacio para crear un área de juegos para sus hijos.* ¡A veces me encantaría poder volver a la infancia! En aquella época, todo parecía mucho más simple. No tenía el estrés del trabajo, la presión del éxito y, sobre todo, ¡no tenía una novia que me engañara con el jardinero! Veo a Noah pararse un poco más adelante.

—¿Qué haces?

Me doy cuenta de que me he detenido frente a la puerta.

—Venga, me apetece dar una vuelta.

Señalo el jardín con la barbilla.

—Está cerrado, Matt. Si tanto te apetece pasear por aquí, puedes volver mañana por la mañana.

—¿Dónde ha quedado tu espíritu aventurero?

No escucho su respuesta y empiezo a trepar por la verja. No es tan alta, así que solo tardo unos segundos en subir y deslizarme al otro lado. Noah me mira, molesto, y suspira.

—Joder, si me estropeo el traje por tu culpa, te mato. Es mi favorito.

—¡A la mierda ya con tu traje! Si ese es el problema, te compro otro.

Después de todo, hoy no reparo en gastos. Noah empieza a trepar y parece que se las apaña peor que yo. Acaba saltando con algo de torpeza al sendero. Iniciamos nuestro paseo a través de los caminos arbolados. La escasa iluminación aporta algo de magia al lugar, como si estuviéramos en una especie de bosque, a pesar de encontrarnos en pleno centro de la ciudad. Todo está tranquilo y solo el ruido de las hojas acompaña al chirrido de la gravilla bajo nuestros pies. Tengo la impresión de que, en cualquier momento, va a ulular una lechuza.

—¿No crees que toda esta naturaleza es magnífica? Es realmente agradable estar rodeado de toda esta vegetación.

Noah me mira de reojo.

—Pues no tanto. De ser así, tu jardinero se habría quedado entre los geranios en vez de ir a inspeccionar el césped de Kathleen.

Debería odiarlo por hablarme de ella y recordarme lo que ha pasado esta tarde, pero su comentario me hace morirme de la risa.

Me entra un ataque que pronto se convierte en contagioso. Reímos hasta que se nos saltan las lágrimas.

—Es que el césped está muy bien cuidado —le informo entre dos carcajadas.

—Te creo, te creo —me dice, levantando la mano—. A mí no me gusta pisotear las plantas de mis amigos, excepto si ellos me invitan, por supuesto.

Seguimos un buen rato riéndonos como dos imbéciles a golpe de metáforas «jardinescas». Si alguien se hubiera cruzado con nosotros en esos instantes, le habríamos parecido penosos. Desde luego eran los chistes más malos que había escuchado en mucho tiempo, pero me hacían reír como nunca.

—¡Oh! ¡Un columpio! —exclama mi amigo.

Improvisamos una carrera en dirección a la zona de juegos como si nos fuera la vida en ello. Todo está permitido y Noah no se corta en desviarme de mi trayectoria con zancadillas y otras técnicas igual de traicioneras. Al final, soy yo el que consigue tirarlo al suelo. Ha olvidado toda consideración en cuanto al estado de su traje y no duda en intentar rodar por el suelo de una forma algo teatral para dar más soltura a su caída.

—¡Tramposo!

Le saco la lengua. A estas horas y con este grado de alcohol en sangre, no soy muy consciente de lo pueril que resulta el gesto, incluso inicio una pequeña danza de la victoria, que interrumpo en cuanto Noah se levanta. Me lanzo sobre el columpio para apoderarme del sitio. Miro fijamente a mi camarada con aires de victoria y él finge que le da igual encogiéndose de hombros. Noah pone rumbo al tobogán y, a continuación, sube los barrotes de la escalera.

—¡No vas a poder tirarte por ahí, estás demasiado gordo!

—¡De eso nada! ¿Qué te apuestas?

—¡Desiste! Vas a perder.

—¡No, no voy a perder! Te apuesto diez dólares a que bajo sin problemas.

Se mantiene recto como una *i* en el segundo peldaño y agita el billete por encima de su cabeza.

Rebusco en el bolsillo, pero no llevo suelto. En su lugar, percibo el pequeño estuche de terciopelo.

—¡Apuesto el anillo a que te quedas atascado ahí arriba! —anuncio, orgulloso.

—¡Vale! ¡Ahora verás, Hewson!

Agito la cabeza, seguro de mi apuesta. Noah ha llegado al final de la escalera y se instala en el tobogán. Eleva las manos hacia el cielo y se desliza hasta el final sin problemas. Tengo que reconocer que he perdido.

—¡Ja, ja, Hewson! ¡Tírame el anillo!

Le lanzo el estuche. Lo abre y se le escapa un silbido, impresionado.

—¡Joder, tío! Tú no haces las cosas a medias. ¡Si Kathleen hubiera llegado a ponérselo, no habría podido levantar el brazo en toda su vida!

Pongo los ojos en blanco ante la exageración de mi amigo. Él, durante este tiempo, saca el anillo de su caja y se lo pone en el dedo meñique. Es el único suficientemente pequeño como para que le quepa.

Y es entonces cuando mi mejor amigo se transforma en Beyoncé...

—*Cause if you liked it, then you should have put a ring on it*
If you liked it, then you should have put a ring on it
Don't be mad once you see that he want it
If you liked it, then you should have put a ring on it
Oh oh oh, oh oh oh!

El contoneo de caderas de Noah y la voz gangosa que pone para parodiar a la cantante me hacen gritar de la risa. Estoy a punto de hacerme pis encima. Me alejo para ir a aliviarme en una esquina. Soy consciente de que orinar en un parque infantil, aunque no sea reprensible en sí mismo, no es la mejor idea que he tenido en mi vida, pero estoy demasiado cansado y borracho como para ser razonable.

—¡Eh! ¡Matt, mira! ¡Hay un cajón de arena!

Me giro y estoy casi seguro de que me mojo los calcetines en la operación. Noah se está sentando en la gravilla con el anillo todavía en el dedo meñique que mantiene en el aire como una duquesa algo estirada. Me subo la cremallera del pantalón y me siento a su lado.

—Me encantan los cajones de arena —dice.

—A mí no me iban mucho.

—¡En serio! ¿Te daba miedo ensuciarte? —se burla.

—¡Para nada!

—Sí, estoy seguro de que es eso. Eres un maniaco de la pulcritud y ya debías de serlo de niño.

—¡Eh! ¿Quién tenía miedo de estropearse el traje hace un rato? ¿Acaso era yo?

—¡*Maniaco, maniaco*! —canturrea.

Cojo un puñado de arena y se lo tiro a la cara. Se queda estupefacto durante unos segundos y luego coge otro buen puñado y me lo lanza. Mi provocación ha desencadenado una guerra sin cuartel. No sé cuánto tiempo nos entregamos a ese juego. Poco a poco, las estrategias se endurecen y nos apostamos detrás de los columpios de la zona infantil. Resulta difícil ir a abastecerse al cajón de arena sin que te alcance un ataque de la parte contraria.

Al cabo de unos minutos, pido tregua, agotado. Noah se acerca a mí.

—¿Nos damos la mano para enterrar el hacha de guerra?

—Vale.

Estrecho su mano, aprieto con fuerza los dedos y entonces me doy cuenta.

—Noah. ¿Dónde está el anillo?

Capítulo 14

—¡Matt, despierta!

Emito un gruñido que tiene poco de humano y me doy la vuelta en la cama.

—¡Matt!

Esta vez, me sacude con fuerza. Abro un ojo y la luz que hay en el dormitorio me obliga a volver a cerrarlo de inmediato. La cabeza me duele horrores, como si estuviera a punto de explotar. Tengo la boca seca y pastosa. Salgo poco a poco del limbo del sueño, pero no sé dónde está el límite: Kathleen, el *whisky*, mucho *whisky*, el anillo... A medida que van pasando los segundos, más evidente se hace la realidad: no ha sido un sueño.

Siento algo frío en la oreja.

—¡Matty!

La voz aguda de mi madre resuena en mi cabeza como un martillo neumático. Abro los ojos de par en par y me encuentro enfrente la cara burlona de Noah. Comprendo entonces que es su teléfono el que emite ese sonido demasiado violento para mi gusto y que mi madre está al otro lado de la línea. Se impacienta y repite ese apelativo cariñoso tan ridículo que usa cuando está preocupada. Me aclaro la garganta y articulo:

—¿Mamá?

Tengo la voz ronca como si me hubiera pasado toda la noche cantando con un grupo de hinchas.

—¡Matty, querido! ¿Cómo estás?

—¿Por qué has llamado al teléfono de Noah?

—¡Hace horas que estoy intentando hablar contigo, pero siempre me salta el buzón de voz! Me he preocupado y he llamado a Noah. ¡Él al menos no filtra las llamadas!

Echo un vistazo a la mesita. Apagué el móvil ayer por la noche, principalmente para evitar las llamadas incesantes de Kathleen.

—Y gracias a Dios que lo he hecho —continúa mi madre—. Me ha explicado que no has ido a dormir a tu casa y que habías roto con Kathleen. ¡Dios mío, Matty! ¿Cuándo pensabas contármelo? ¡Debes de sentirte muy decepcionado! Siempre he creído que esa chica no estaba hecha para ti.

Gracias por habérmelo dicho antes de que comprara el anillo de compromiso.

—Si quieres, te puedo preparar tu antiguo dormitorio y podrías pasar algunos días en casa. ¿Qué te parece? —continúa.

—No te preocupes, mamá.

Ahora que mis ojos se han acostumbrado a la luz del sol, me incorporo en la cama y me froto la cara. Observo la habitación que me rodea. Tengo a Noah enfrente y no parece querer perderse ni una sola palabra de la conversación. En cualquier caso, parece que la situación le resulta divertida.

—Sé que Noah va a cuidar bien de ti, pero, si hay algún problema, no dudes en llamar, ¿vale?

—Sí, mamá.

Tengo la impresión de volver a tener cuatro años. Para cambiar de tema, le pregunto:

—¿Y para qué llamabas exactamente?

—¡Ah, sí! ¡Casi lo olvido! Hemos recibido la invitación para el baile de Halloween del fiscal general. Imagino que vendrás con nosotros como todos los años, ¿no?

Me paso la mano por el pelo mientras bostezo.

—Sí, sí.

Me dan ganas de responderle que el baile de Halloween es la menor de mis preocupaciones en estos momentos, pero sé que le gusta mucho que la acompañe y no quiero herir sus sentimientos.

—Fantástico. Mi amiga Anna se alegrará de saber que vas a ir. Ya sabes, la mujer del jefe de la policía Kennedy. Su hija Amy viene todos los años, es realmente encantadora. ¿Te acuerdas de ella? ¡Os encantaba jugar juntos cuando erais pequeños!

¡Socorro! ¡No hace ni veinticuatro horas que puse fin a mi relación con Kathleen y mi madre ya se está metiendo a casamentera!

—Mamá —gruño para mostrar mi desacuerdo.

—Sí, lo sé, lo sé, todavía es demasiado pronto, pero la fiesta es dentro de quince días, así que eso te deja algo de tiempo.

—Voy a colgar como sigas insistiendo.

—Vale, ya te dejo. Dale un beso a Noah de mi parte y dile que su cesto de camisas ya está listo.

Cuelga antes de que me dé tiempo a asimilar sus últimas palabras.

Me levanto y me uno a Noah, que está en la cocina preparando café.

—¿Le has dado tus camisas a mi madre para que te las planche?

Al menos tiene la decencia de parecer avergonzado.

—¡Fue ella la que insistió cuando vino a verme la semana pasada!

—Y, además, ¿ha venido a verte? ¡Nunca viene a verme a mí! —me indigno.

Siento algo de celos. Sé que es ridículo porque sé que mi madre me quiere mucho, ¡pero de todas formas!

—Me confesó que no se sentía cómoda en tu casa por culpa del pitbull que vive allí.

—No es un pitbull, es un chihuahua —digo con tono de asqueo.

Noah eleva la mirada al cielo.

—Hablaba de Kathleen.

—Kathleen adora a mi madre —afirmo.

—¿Estás seguro de que conoces el significado del verbo «adorar»?

Tengo que reconocer que, quizá, el término «adorar» no sea el más adecuado. Digamos que tanto Kathleen como mi madre son mujeres de carácter, pero se comportan con cierta educación la una con la otra como para coexistir algunas horas en el mismo lugar... siempre que yo esté presente.

Noah me da una taza de café humeante y se instala en la barra de la cocina en la que ya hay un bote de aspirinas. Se sienta frente a mí y guardamos silencio un instante. Siento cierta tensión por su parte.

—¿Qué pasa? —termino preguntando.

—En una escala del uno al diez, ¿cuánto me odias?

—¿Y por qué debería odiarte?

Parpadeo varias veces y lo miro aturdido.

—¡Está claro que bebiste demasiado ayer! Tendría que haberlo supuesto. No te pega nada hacer el loco. Solo te permites vivir un poco cuando estás borracho.

—Sí y, créeme, teniendo en cuenta el dolor de cabeza que tengo esta mañana, no es algo que piense repetir en breve. Sin hablar del hecho de que estoy seguro de que me he resfriado. Pero no veo por qué debería odiarte por eso.

—¿De verdad que no te acuerdas? ¿El parque infantil, el cajón de arena, el anillo que he perdido? ¿Las dos horas que nos pasamos buscando sin éxito muertos de frío?

—Sí, de eso sí que me acuerdo.

Bebo un sorbo de café. Noah abre la boca y la vuelve a cerrar.

—¿Crees que te odio porque has perdido el anillo? —le pregunto.

—Bueno, digamos que si yo te hubiera prestado un anillo con un precio de cuatro ceros con una bonita cifra delante y tú lo perdieras, yo no estaría tan tranquilo.

—No te lo había prestado, lo habías ganado en una apuesta. En rigor, era tuyo cuando lo perdiste.

—¡Pero era una apuesta absurda!

—Pero eso no quita que ganaras la apuesta. De todas formas, ¿quién querría ese anillo? No estoy seguro de que me devolvieran el dinero en la joyería. ¿Qué habría podido hacer con él? ¿Guardarlo en un cajón? No se lo iba a regalar a otra persona. Y, ¿sabes? Pensándolo bien, se podría decir que está maldito. Mejor deshacerme de él.

Noah me mira como si hubiera perdido la razón. Me bebo el café y me levanto para coger el periódico que hay al otro lado de la barra.

—¿Qué piensas hacer hoy?

—¿Por qué? ¿Ya quieres deshacerte de mí? —me burlo.

—En absoluto. Ya sabes que te puedes quedar el tiempo que quieras.

—Muy amable por tu parte, pero creo que voy a volver a casa. Imagino que tengo una conversación pendiente con Kathleen. No se puede decir que ayer habláramos mucho. Sería más correcto decir que nos gritamos mucho. Y creo que tenemos que aclarar ciertas cosas.

—Eso suena muy razonable, teniendo en cuenta la situación. ¿Cómo puedes querer hablar con ella después de lo que te ha hecho? Yo, en tu lugar, habría tirado ya todas sus cosas por la ventana y no querría volver a saber nada de ella.

Tengo que confesar que esa opción se me ha pasado por la cabeza. Ayer por la tarde, cuando la encontré desnuda en nuestra cama con el jardinero escondido en el cuarto de baño, habría sido capaz de echarlos a los dos a la calle completamente desnudos sin el más mínimo remordimiento. Estaba fuera de mí. Pero es precisamente por eso por lo que decidí irme. Necesitaba tomar el aire. Habría sido capaz de destrozar toda la casa, así que fue mejor que escapara de allí. Una parte de mí espera que Kathleen haya tenido la decencia de irse y llevarse todas sus cosas. Preferiría posponer esta conversación unos días. Por el bien de los dos, porque, para ser honesto, a pesar de haberme hecho pasar por un tipo completamente razonable ante Noah, sé que la furia que siento dentro está a punto de explotar. ¡Le iba a pedir la mano! Y ella me ha tomado por tonto de principio a fin.

Unas horas más tarde, subo la calle de Beacon Hill en la que se encuentra mi casa. Es cierto que el barrio es agradable. El otoño ha hecho que los árboles plantados a los lados del camino se engalanen de rojo.

He estado retrasando este momento todo el día. Primero he pasado por el despacho para recuperar unos cuantos documentos. No tenía nada urgente que hacer este sábado, pero, como mis planes para el fin de semana se han estropeado, mejor sumergirme en el trabajo. No me he cruzado con el padre de Kathleen y casi mejor. No me habría gustado tener que hablar del tema con él. Y mucho menos teniendo en cuenta que tengo la cabeza como un bombo y las fosas nasales en carne viva por culpa del resfriado que pillé anoche.

Llego a la altura de mi casa. El Mini Cooper de Kathleen sigue aparcado en la calle. ¿Estará en casa?

Recuerdo que ayer cerró la puerta con llave, así que saco mi juego de llaves, pero no las necesito, no está cerrada.

Al parecer, no tenía miedo de que le robaran, sino de que la pillaran.

Entro en el vestíbulo y cuelgo el abrigo en el perchero previsto para tal efecto. Antes de que diga nada y cuando apenas he dado tres pasos, Kathleen irrumpe casi corriendo. Y, entonces, me quedo estupefacto.

Kathleen es ese tipo de mujer que está perfecta en cualquier circunstancia. Hablo del plano físico, por supuesto. Los recientes acontecimientos han demostrado que está lejos de ser perfecta en el plano conductual.

La lleves donde la lleves, siempre tiene la ropa adecuada, el peinado apropiado, los zapatos acordes y todo lo demás perfecto, por supuesto, siempre con un aspecto elegante y sofisticado.

Jamás he entendido cómo es capaz de semejante proeza, incluso recién levantada está impecable. Al principio creí que se aseaba antes que yo, que pasaba un rato por el cuarto de baño y luego se volvía a acostar, pero, pasado un tiempo, tuve que admitir que no era así.

Eso sí, para tranquilidad de todas las mujeres del mundo que se estarán diciendo en estos momentos que eso es totalmente injusto, este nivel de perfección necesita un mínimo de trabajo. Y, sobre todo, muchas horas de espera en mi caso. La fase de maquillaje no se despacha en diez minutos. Contad más bien con un mínimo de una hora. De ninguna manera se mete en la cama sin haberse desmaquillado a fondo. Todos los peluqueros, *spas*, centros de estética y demás institutos de belleza del centro de Boston venderían su alma por que ella se convirtiera en su cliente. Su presupuesto cosmético debe ser el equivalente al PIB de un país pequeño. Y su ropa, sus zapatos y sus accesorios necesitan una habitación entera de la casa para poder guardarlos. La cartera bien repleta de su padre y su extrema generosidad con su hija se encargan de costear todo eso y de aligerar su agenda para que pueda consagrarse a ello por completo.

Seguro que alguno de vosotros os preguntaréis si eso ha llegado a molestarme en algún momento. Mentiría si dijera que no. Pero también sería un hipócrita si afirmara que no me gustaba llevar del brazo una mujer que siempre está espléndida. Y, además, cuidarse era algo que parecía hacerla tremendamente feliz. ¿Quién era yo para reprocharle que se sintiera bien consigo misma?

¿Y por qué os cuento todo esto? Porque estoy en la entrada de la casa y la Kathleen que se me acaba de enganchar del cuello no tiene nada que ver con la que yo conocía.

Tiene el pelo sucio y mal peinado y ni siquiera se ha maquillado. Lleva unas mallas negras y un jersey desgastado demasiado grande y que, de hecho, es mío. Sí, viste un atuendo en el que jamás habría dejado que un desconocido la viera. Al descubrirla así, siento una punzada en el corazón y casi me dan ganas de reconfortarla.

Capítulo 15

—¡Amor mío, cuánto me alegra que estés aquí!

Por instinto, apoyo mi mano en su espalda, pero me doy cuenta de que no debo hacer eso de ninguna manera. No, ya no hay más *amor mío* que valga, se acabaron los abrazos. La cojo un poco por encima de la cintura y la aparto.

No parece molestarse y declara:

—¡Matt! ¡Estaba tan preocupada! ¡No has vuelto en toda la noche! No lo vuelvas a hacer nunca más, lo he pasado muy mal.

Yo no paro de parpadear y la observo, incrédulo.

¿Ahora me reprocha que no volviera anoche? ¿Está de broma?

Intenta cogerme la mano, pero la aparto de inmediato y, esta vez, me mira como si la hubiera abofeteado.

—Kathleen, creo que tenemos que hablar.

—Buena idea. Te he preparado tu bizcocho de limón favorito. Siéntate en el salón, que voy a buscarlo y ahora me uno a ti.

Se da la vuelta en dirección a la cocina y yo necesito unos segundos para asimilar lo que acaba de decir.

¿Kathleen ha preparado un bizcocho? ¡Creo que es la primera vez en dos años! De hecho, ni siquiera recuerdo cuándo fue la última vez que la vi cocinar sin más. Es cierto que lo intentó al principio de nuestra relación. Y, honestamente, agradecí que lo dejara. Tanto por mi salud física como mental. Entre las veces que era imposible de comer y la vez que me acabó llamando mi antiguo casero en mitad de un juicio para informarme de que mi novia casi le había metido fuego a todo el inmueble por culpa de la freidora, no sé con cuál quedarme.

Cuando las Navidades pasadas mi madre le pasó la receta de su bizcocho de limón, que resulta ser mi favorito, dudaba entre echarme a reír o llamar a mi aseguradora para aumentar la cobertura de la póliza de mi seguro de hogar.

Me siento en el sofá mientras espero a que vuelva y casi me da la impresión de ser un invitado en mi propia casa.

En ese momento, entra Kathleen con una bandeja en la mano en la que se encuentra el famoso bizcocho y un servicio de té que hacía meses que no veía. Si no recuerdo mal, nos lo regaló mi hermana cuando nos mudamos a esta casa. Teniendo en cuenta que jamás lo hemos utilizado, había supuesto que no era del gusto de Kathleen.

Deja el bizcocho en la mesa baja y nos sirve dos tazas, la mía con dos azucarillos, como a mí me gusta. A continuación, corta un trozo de bizcocho y me lo entrega con una pequeña servilleta antes de sentarse a mi lado.

—Creo que está un poco seco, lo siento mucho. Es que estaba un poco preocupada.

Noto una pizca de enfado en su voz. Una vez más, parece echarme en cara que no volviera anoche.

Observo el bizcocho y, para ser honestos, no creo que el tiempo de cocción sea el único problema. Creo que está mucho más denso que el que hace mi madre. No soy un experto en repostería, pero eso no augura nada bueno.

—¿No piensas probarlo? —pregunta.

—¿Tú no vas a comer?

—Se ve a la legua que tú no has hecho nunca un bizcocho... ¡Si ese bizcocho es una auténtica bomba calórica! Y, por eso, he rectificado un poco la receta de tu madre para evitar decirle hola al colesterol a los treinta y cinco.

Corto un trozo y me lo llevo a la boca, dejando pasar el comentario hiriente sobre mi madre. Sé que Kathleen se está esforzando. Ha cocinado y, además, me está dejando que coma sentado en el sofá. Y eso, creedme, ¡no es algo que pase todos los días! Me considero alguien bastante meticuloso, pero, por desgracia, mi novia —o quizá debería decir mi ex— no lo ve de la misma forma. Diseñó la decoración de todas las habitaciones para que fueran bonitas, pero la parte práctica o cómoda quedó relegada a un segundo plano. Así que, migas en su bonito sofá blanco del salón —que, todo sea dicho, me costó una fortuna—, ¡bajo ningún concepto!

El sabor del limón está ahí, pero la textura es...

—Matty, no puedes desaparecer de esa forma sin avisar, ¿te imaginas qué noche he pasado?

Me atraganto. Primero por el bizcocho, que está ultraseco y más duro que un ladrillo y, en segundo lugar, porque no puedo creer lo que acabo de escuchar.

Cojo la taza de té y, con las prisas, cae un poco en la alfombra. Veo cómo Kathleen abre la boca para hacerme algún reproche, pero la vuelve a cerrar. Me tomo un sorbo abrasador, pero que, al menos, tiene la virtud de liberarme la tráquea. Por desgracia, no es suficiente para hacer pasar la píldora amarga que parece bloqueada ahí desde ayer por la tarde.

—Perdóname, Kathleen, ¿en serio estás reprochándome que me fuera ayer? ¿Qué esperabas? ¿Que me quedara y os preparara una copa a los dos? ¿Que acompañara al jardinero con una palmadita en la espalda?

119

Al menos tiene la decencia de parecer avergonzada. Mira mis manos juntas sobre mis piernas. Tinkerbell se acerca y salta sobre las rodillas de su dueña. Ella lo acaricia con la mirada ausente. Por mi parte, apenas hemos empezado a hablar y ya tengo la cabeza que me va a estallar. Los medicamentos para el resfriado que me ha prescrito Noah quizá tengan algo que ver.

—Te podrías haber quedado al menos para que te lo pudiéramos explicar —termina diciendo.

—¿Explicar qué? Creo que tengo una visión muy clara de lo que pasó ayer, no necesito que me expliques el contexto. De todas formas, no podía quedarme, estaba demasiado enfadado. Sé que tenemos que hablar y por eso estoy aquí. Tenemos que ver cómo organizamos tu mudanza y las cosas que tenemos en común y...

—¿Quieres que me vaya? —exclama.

La miro, aturdido, no me esperaba esa reacción. Veo que sus ojos se humedecen. No me gusta nada ver llorar a una mujer, mucho menos a ella, y lo sabe. Incluso a veces me he preguntado si no lo hacía a propósito.

Me ablando y prosigo con voz suave:

—Puedes tomarte tu tiempo, por supuesto. No te pido que te lleves todas tus cosas hoy mismo, pero si esta noche pudieras irte a dormir a casa de tus padres, te lo agradecería.

Rompe a llorar.

—Pero, entonces... ¿quieres que nos separemos? —solloza.

Espero unos segundos y respondo:

—Creo que es lo mejor, sí.

—¡Pero no puedes hacerme eso, Matt! ¡Yo te quiero!

Prácticamente grita esta última frase y se aferra a mi cuello. Me levanto para deshacerme de ella. Esta vez sí que estoy fuera de mí, ¿cómo puede afirmar que me quiere cuando se estaba tirando a otro ayer mismo?

—Lo siento. ¡Oh, Matt! ¡Lo siento mucho! Sé que he herido tus sentimientos y que debes de estar decepcionado, pero no puedes dejarme. ¡Nosotros nos queremos! Ha sido un error, pero haré lo que haga falta para redimirme y...

—¿«Decepcionado»? ¿Crees que solo estoy decepcionado? ¡Joder, Kathleen! ¡Ni siquiera yo sé cómo me sentí! ¡Te he sorprendido en la cama con el jardinero! ¡La misma tarde que tenía previsto pedirte matrimonio!

Me mira con los ojos como platos y su boca forma una *o* de estupor. Por mi parte, no paro de dar vueltas por el salón. Estoy muy enfadado. No, más que enfadado. Estoy fuera de control, como hacía mucho tiempo que no lo estaba. Se me conoce por ser un tipo tranquilo. De hecho, es mi principal virtud ante un tribunal. Soy el tío que jamás deja que la cólera se apodere de él, que siempre mantiene la calma sea cual sea el ataque del adversario. Pero ahora tengo ganas de romperlo todo. Como ese horroroso jarrón de porcelana que tanto le gusta a ella y que me encantaría lanzar bien lejos. Y justo es eso lo que decido hacer para calmar mis nervios. Lo cojo y lo estampo contra la cómoda más cercana. Oigo a Kathleen emitir un gritito, pero eso no me impide seguir y golpeo el trozo que me ha quedado en la mano hasta que no queda más que un pequeño fragmento. Como el corazón que ella ha pisoteado sin escrúpulos.

Kathleen se levanta y se acerca despacio a mí. Me coge por las muñecas, obligándome a detener la masacre. Nuestras miradas se cruzan y nos observamos mutuamente. Imagino que la mía refleja todo el rencor que siento en estos momentos. Sus ojos azules, suplicantes, se han enrojecido por las lágrimas.

—Matt... Sé que he cometido un error, que te he hecho mucho daño. Y lo siento mucho, de verdad. Sé que vas a necesitar tiempo para olvidarlo, pero no pongas fin a lo nuestro con tanta ligereza. Tú y yo nos queremos, podemos superarlo.

Miro a la mujer que, hasta hace veinticuatro horas, estaba seguro de amar. Lo primero que se me pasa por la cabeza es que no estoy para nada seguro. Me ha traicionado, justo el día que iba a ser mía para el resto de nuestras vidas. ¿Acaso eso no es una señal del destino? No es que sea realmente supersticioso, pero tengo tendencia a pensar que todo ocurre por un motivo.

Ella parece pequeña y delicada entre mis brazos. Una cosa quebradiza que proteger. Eso siempre me ha gustado de ella, su lado frágil. Noah seguramente tiene razón cuando dice que necesito ir por la vida en plan caballero andante, que siempre me he apresurado a correr en su ayuda ante el más mínimo problema. Pero no estoy seguro de querer seguir haciéndolo.

—Creo que será mejor que empieces a recoger tus cosas —afirmo con voz seca.

—Entonces, ¿eso es todo? ¿Vas a echarme ante el primer contratiempo?

Se aleja de mí y sus facciones se endurecen. Frente a mí tengo a la Kathleen combativa, a la que también conozco.

—¿Un contratiempo? ¿Es así como tú defines lo que has hecho? Joder, Kathleen, si de verdad sientes algo por mí, reconoce al menos que la has cagado ¡y mucho!

—¡Sí, he cometido un error! ¡Tú, por supuesto, jamás cometes ninguno, señor Perfecto! Pero si hubieras estado un poco más presente, ¡esto jamás habría pasado!

—¿Ahora resulta que es culpa mía? ¿Eso es lo que estás diciendo?

—¡Sí, es culpa tuya! ¡Sabes perfectamente que estás casado con tu trabajo! ¡Y yo me aburro mucho en esta casa, de la mañana a la noche, esperándote!

Kathleen tiene una agenda más apretada que la de un ministro, entre sus citas en la peluquería, el salón de belleza y sus amigas, así que dudo mucho que realmente se pase tanto tiempo esperándome.

—Jamás te he ocultado que mi trabajo era muy importante para mí. Te recuerdo que nos conocimos gracias a él. Sabes muy bien que tengo que darlo todo si quiero que me asciendan a socio. Mucho más teniendo en cuenta que mis compañeros creen que soy el favorito del jefe porque salgo con su hija. Tengo que trabajar el doble para demostrar que me merezco el puesto.

—¿Y crees que te lo va a ofrecer si me dejas?

Se cruza de brazos y me observa con mirada desafiante.

—¿Me estás amenazando, Kathleen?

No responde y sé que, en un ataque de cólera, es capaz de muchas cosas, ¿pero llegaría a ese extremo? Dado que su padre come literalmente de su mano, podría acceder a todas sus peticiones, incluso las más alocadas.

—¿De verdad crees que te va a tener mucha estima cuando sepa que me has echado a la calle?

—¡Joder, Kathleen, no te estoy echando! ¡Tú sola te has puesto en esta situación!

—Si estabas dispuesto a pedirme que me casara contigo, deberías al menos poder perdonarme. Me niego a irme de la casa hasta que me perdones.

—¿En serio? ¿Eres consciente de que esto es el mundo al revés? ¿Me engañas y luego me chantajeas?

—Sé que necesitarás algo de tiempo, pero no lo conseguirás si nos evitamos. Si me quieres, terminarás superándolo. Nosotros dos estamos juntos por algo. Sabes perfectamente que soy justo lo que necesitas, que jamás encontrarás a nadie tan perfecta para ti como yo.

—Yo, en tu lugar, no apostaría nada por eso.

No sé de dónde sale esa idea y ni siquiera sé si me la creo aunque sea un poco. Hasta ayer, creía que, aunque no fuéramos perfectos el uno para el otro, llegaríamos a tener una relación estable, basada en la confianza, y que formaríamos una familia juntos. Pero su infidelidad ha hecho volar todo por los aires.

—Te doy esta noche para que hagas las maletas. Espero que las tengas preparadas mañana cuando vuelva.

La oigo protestar a mis espaldas, pero ni le presto atención. Tengo que salir de aquí lo antes posible.

Capítulo 16

Bajo casi corriendo las escaleras de la entrada. Me hierve la sangre por dentro, literalmente. Me esperaba que Kathleen me suplicara que la perdonara, pero desde luego no que me amenazara con sabotear mi carrera o con atrincherarse en mi casa.

Sabe que mi trabajo es importante para mí y que trabajo duro para conseguirlo. ¿Siento no haber pasado más tiempo con ella? Sí, en cierto sentido, sí. Pero desde luego no siento para nada haber trabajado como un loco para hacerme un sitio en el bufete Becker & Associates.

Al cabo de unos pasos, me doy cuenta de que una sustancia pegajosa recubre mi mano.

¡Genial, sangre!

He debido cortarme con el jarrón. Parece un corte profundo. Suspiro y saco el teléfono del bolsillo. Se ve que voy a tener que llamar a Noah para algo más que para preguntarle si puedo prolongar mi estancia en su casa.

Las puertas dobles se abren ante mí y entro en el hospital. El olor ácido del desinfectante se apodera de mis fosas nasales a pesar del resfriado que me impide respirar como es debido. Odio los hospitales y no entiendo cómo Noah puede soportar trabajar en este entorno toda la jornada. Estoy exagerando, tampoco es que se pase allí todo el día. Tiene una consulta maravillosa en el centro de la ciudad en la que recibe a su clientela privada y en la que el olor es mucho más sutil. Algo más floral para que las mujeres que acuden se sientan más cómodas.

Me dirijo al mostrador de la entrada. Noah me ha pedido que me pase por urgencias para que me examinen la mano. Le explico mi caso a la recepcionista que, de repente, parece a mi total disposición desde que le he dicho que soy amigo del doctor Miller. ¿Acaso formará parte de la lista de sus numerosas conquistas? No creo. Noah evita mezclar placer y trabajo, pero sin duda a ella le encantaría formar parte de esa lista. Me dedica su mejor sonrisa y me explica qué documentos debo rellenar para mi admisión con mucho ahínco. Yo solo quiero terminar lo antes posible, que me curen la mano e ir a buscar las llaves del apartamento de mi amigo. Mi resfriado empeora por momentos y tengo la cabeza que me va a explotar, la garganta me arde y mejor ni hablar de mi nariz. De todas formas, escucho educadamente sus explicaciones entre dos golpes de tos. Me alejo un poco del mostrador para rellenar los documentos solicitados. Tengo ganas de acabar lo antes posible.

—Perdón —dice una voz femenina detrás de mí.

Me giro al creer que se dirigía a mí para descubrir que más bien intenta captar la atención de la recepcionista, que la ignora por completo. Está al teléfono.

Podría ser comprensible si estuviera realmente trabajando, pero tengo la impresión bastante fundada de que su conversación es más bien de índole privada.

La chica que hay detrás de mí parece aterrada. Va acompañada por dos niños: un chico que lleva un balón de baloncesto bajo el brazo y una niña pequeña con un monopatín.

—¡Disculpe, pero tengo una urgencia! —vuelve a intentarlo.

La recepcionista apenas le dedica una mirada y responde:

—Aquí solo hay urgencias.

Veo que la pobre chica está a punto de explotar. Antes de que acabe atacando a la empleada del hospital y que la situación degenere, me acerco a esta última y le pregunto:

—¿Podría darle la documentación que tiene que rellenar? Yo me encargo de explicarle lo que tiene que hacer.

Le sonrío para conseguir con mayor facilidad su colaboración y me devuelve la sonrisa mientras me entrega los documentos.

Me giro hacia la joven rubia.

—Esto es lo que tiene que rellenar.

—Gracias —me responde tímidamente—. Lo siento mucho, pero es que el niño se ha hecho daño y estoy de los nervios.

—Ningún problema —la tranquilizo con una sonrisa.

Sí que parece un poco estresada. Tengo la impresión de que ha venido corriendo hasta aquí. Tiene las mejillas sonrosadas y varios mechones de pelo se han escapado de su moño.

Sin más dilación, centra la mirada en el formulario y yo hago lo mismo con el mío.

—¿Eres alérgico a algo, Kyle? —le escucho preguntar al niño.

Ya me imaginaba que no era su hijo porque no se puede decir que se le parezca mucho. ¿Será su niñera? Aunque tampoco es que tenga pinta de serlo. Pero bueno, ¿qué sé yo? ¿Acaso todas las niñeras deben parecerse a Mary Poppins o la señora Doubtfire?

Los niños la acosan a preguntas y quieren saber cuándo van a poder volver a casa. Sin querer, escucho su conversación y la chica hace todo lo posible para responderles con calma e intentar razonar, pero advierto que no está nada cómoda con la situación.

—¡Zulia! Tengo pipí —le anuncia la niña pequeña.

Negocia con el niño para que acompañe a su hermana, pero el pequeño se niega.

—Puedo vigilar sus papeles y guardarle el sitio mientras la acompaña —me oigo proponer.

Frunce el ceño como si se preguntara a qué se debe mi interés, así que añado:

—No me supone una molestia. De todas formas, no creo que le lleve más de unos minutos.

Al comprender que, seguramente, tengo razón, me sonríe y balbucea un «gracias». La observo mientras se aleja con los dos niños.

Cuando vuelve, ya he terminado de rellenar mi formulario, pero he decidido esperarla junto al mostrador para que pueda encontrarme con mayor facilidad. Le entrego los papeles.

—Gracias —sonríe.

Tiene los dientes delanteros levemente separados y ese detalle le da un aire juvenil. Sus ojos marrones están ribeteados por unas pestañas de una longitud impresionante y, a juzgar por su aspecto general, deben de ser cien por cien naturales. De hecho, el único maquillaje que lleva es un trazo de lápiz de ojos que intensifica su mirada.

Se vuelve a centrar en el cuestionario y comprendo que me he quedado mirándola cuando suspira.

—¿Algún problema?

No es que sea asunto mío, pero si pudiera ayudarla en algo...

—Las preguntas son el problema. Desconozco la respuesta de la mitad de ellas.

—¿Y no puede llamar a alguien? ¿A sus padres, por ejemplo, que seguramente le podrán ayudar?

Se muerde el labio y, al ver que evita mi mirada, advierto que se siente incómoda.

—Todavía no le he dicho a sus padres que estamos en el hospital —admite tras unos segundos.

—¿Tiene miedo de que la despidan?

Al principio pone cara de no comprender nada, pero luego parece caer en lo que le estaba preguntando.

—¡No soy su niñera! Bueno, vale, sí, pero solo por hoy. Soy una amiga de su madre. Me ofrecí a cuidar de sus hijos para que pudiera tener una tarde tranquila y, al final, lo mismo acabo devolviéndole uno en trocitos.

—Pues parece bastante en forma para alguien que está en trocitos. Los niños tienen accidentes todo el tiempo, seguro que lo comprenden.

—¿Usted cree?

No parece demasiado convencida y se vuelve a morder el labio. No me da tiempo a responder porque siento un fuerte golpe en la espalda. Salgo despedido y pierdo el equilibrio. De forma instintiva, intento agarrarme a la primera cosa que tengo al alcance, en este caso... la joven con la que estaba hablando. Los dos nos caemos y, en un acto reflejo del que me siento bastante orgulloso, solo me da tiempo a caer de tal forma que yo sea el primero en llegar al suelo. Mi espalda entra violentamente en contacto con el linóleo de la sala de espera y la joven me aplasta el torso. Hay cosas peores que recibir en tus brazos a una chica guapa... Por desgracia, no creo que ella aprecie la experiencia porque, por la conmoción, se me escapa un golpe de tos, sin que me dé tiempo a taparme la boca. Dicho de otra forma, le toso en toda la cara.

—¡Oh, Dios mío! ¡Lo siento mucho!

—¡Madre mía! ¡Lo siento mucho!

Los dos hablamos al mismo tiempo. Me disculpo por haberla tirado al suelo y por haberle escupido mocos a su bonito rostro. Y ella... ¿De qué se disculpa exactamente?

—¡Keira! ¡Te he dicho que no usaras el monopatín aquí!

Ya no me presta la más mínima atención y está regañando a la niña pequeña que la acompaña. Entonces comprendo que ha sido ella la que, a toda velocidad con su monopatín, me ha desequilibrado tras golpearme la espalda.

Quiero intervenir para decirle que no ha sido grave, pero escucho:

—¡Matt!

Noah acaba de cruzar las puertas dobles que separan la sala de espera de la zona reservada para los pacientes que están siendo tratados.

—A ver, enséñame esa herida. Tiene que ser algo grave. ¡Me has llamado más veces que una novia celosa!

Me dan ganas de preguntarle qué clase de comparación es esa teniendo en cuenta que nunca se acuesta más de dos veces con la misma chica como para tener una relación estable...

Levanto la mano todavía envuelta en los pocos pañuelos que pude encontrar en mi bolsillo.

—Bueno, sígueme, vamos a tener que ir a una consulta.

Miro en dirección a la chica para decirle algo. Tampoco es que sepa qué decirle. Pero sigue ocupada con los niños, así que sigo a mi amigo.

Soy consciente de que las personas que llevan un rato ya esperando me fulminan con la mirada al ver que me beneficio de un trato preferente.

Noah va delante, empuja la puerta de la consulta y me hace señas para que entre. Me siento en el taburete que me ha señalado y coloco la mano sobre la camilla. Instalado frente a mí, aparta con cuidado los trozos de pañuelo para ver el alcance de los daños.

—¿Cómo te has hecho esto? ¿No me digas que has intentado hacer bricolaje?

—No, para nada. Créeme, el bricolaje es la última de mis preocupaciones. Me he cortado al romper un jarrón.

—¡Me gustaría saber qué te había hecho el pobre jarrón para que la emprendieras con él!

Suspiro.

—Me he peleado con Kathleen. Para empezar, se puede decir que me echó en cara que me marchara de casa ayer por la tarde y, cuando me montó el numerito de los llantos y las grandes declaraciones de amor, me sacó de quicio.

—Joder, cuando pienso que querías casarte con esa tía, me acojono.

Lo fulmino con la mirada. Aunque esté enfadado con Kathleen, todavía no estoy preparado para que mi amigo la trate con tanto desprecio.

—Bueno, la herida no es demasiado grave, pero te voy a tener que poner unos cuantos puntos.

Genial.

Lo veo sacar lo que supongo que es un kit de sutura.

—¿No deberías llamar a una enfermera para que haga eso?

—¿Para qué llamar a una enfermera si tienes a todo un médico dispuesto a coserte? No tengo demasiadas ocasiones para suturar, me recordará los viejos tiempos, cuando todavía era interno.

—No estoy muy seguro de que eso me tranquilice.

—No te preocupes, se me daba muy bien. No voy a desfigurar tu bonita mano de abogado bien pagado, compañero de piso.

—¿«Compañero de piso»?

—Eh, bien, como no has conseguido echar a Kathleen de tu casa, imagino que necesitarás un lugar en el que quedarte. Y tengo el presentimiento de que volver a casa de mamá Hewson no forma parte de las opciones que pudieras estar considerando, así que, ¡no te queda otra que compartir piso conmigo!

—Podría irme a un hotel. Ya se habrá ido para mañana —digo sin demasiada convicción y temblando por culpa de la quemadura que me ha provocado el desinfectante que Noah me está aplicando en la herida.

Es cierto que la idea de ir a su casa me gusta más que la de reservar una habitación estéril en alguna parte. Al menos, tendré un compañero con el que beber.

—Chsss, te vienes a mi casa y no hay más que hablar. Voy a ocuparme de ti y de tu corazoncito roto. Te voy a tener a cuerpo de rey.

—Me asustas un poco cuando hablas así. ¡Pareces mi madre!

—Eso me llega directo al corazón, es una mujer formidable.

—¡Pelota!

—Ahora, déjate de tonterías que voy a empezar a coserte. Lo haré sin anestesia, así que aprieta los dientes.

Capítulo 17

Son las ocho de la mañana y hace más de una hora que ha empezado mi jornada laboral. Siempre he sido muy trabajador y hoy tengo la total intención de sumergirme en mi trabajo. Eso me evitará pensar en todo lo demás y, sobre todo, en el hecho de que he tenido que dormir todo el fin de semana en casa de mi mejor amigo. Noah ha sido tan amable conmigo que casi me da miedo. Solo le falta hacerme la cama y dejarme una chocolatina sobre la colcha. En mi opinión, si un día decide dejar la medicina, podría abrir una casa de huéspedes.

—Señor Hewson.

Mi asistente Stuart está en el umbral de la puerta. Otro capricho más de Kathleen: un secretario en vez de una secretaria. No es que me suponga un problema. Stuart es eficaz y no cuenta las horas. Y, para mi gran alivio, no comparte la pasión por el chismorreo que parece tan desarrollada entre sus colegas femeninas del bufete.

Le hago señas para que entre. Deja en mi mesa un café y un *bagel*. Me entrega un montón de papeles que tengo que firmar, así como el correo ya clasificado. Intercambiamos algunas palabras sobre la planificación del día y le dicto una lista de tareas administrativas que tiene que hacer para mí. Antes de salir de mi despacho para dirigirse al suyo, se da la vuelta.

—El señor Becker ha pedido verle esta mañana.

Aunque intuyo el tema de la conversación que desea mantener conmigo, pregunto de todas formas.

—¿Te ha dicho de qué desea hablar?

Stuart duda un segundo antes de declarar:

—No, pero tengo la impresión de que se trata de un nuevo caso.

Observo cómo se aleja en silencio. No sé si la expresión «nuevo caso» es una forma discreta de mencionar mi ruptura con Kathleen, pero será mejor que me quite la tirita de una vez. Decido ir al despacho de su padre ahora mismo. De paso, aprovecharé para preguntarle si tiene alguna idea de cuándo su hija piensa dejarme volver a mi casa. Empiezo a estar cansado de esta situación. No tengo ganas de tener que recurrir a medidas mayores para hacer que se vaya por la fuerza. Sé que eso no haría más que empeorar la situación. Aunque la hospitalidad de Noah está muy bien, tiene sus límites. Y también tengo motivos mucho más terrenales y es que necesito cambiarme de ropa. Este fin de semana me ha echado un cable Noah, pero espero no tener que seguir compartiendo armario con él mucho más tiempo. Aunque bueno, desde que sé que es mi madre la que se encarga del planchado, tengo menos escrúpulos.

De todas formas, tengo que volver a casa. Además de mis cosas, también tengo mis pequeñas rutinas en esa casa. Compartir casa con Noah está bien para un fin de semana, pero me gusta tener mis puntos de referencia y soy más eficaz en mi trabajo cuando estoy en un ambiente familiar. El despacho que tengo en casa es el lugar en el que rindo más de este mundo. Si bien le di carta blanca a Kathleen para que escogiera la decoración del resto de habitaciones, de esa me encargué yo. El espacio es funcional, elegante, pero con un toque de originalidad, aportado principalmente por el maravilloso lienzo que descubrí hace unos meses y que he colgado justo enfrente de mi mesa. En cuanto poso mi mirada en él, todo se calma. Curiosamente, los colores son vivos y el gesto enérgico.

No sé qué es, pero hay algo de familiar y cálido en esa obra. Me aporta bienestar interior cuando la contemplo. El arte está hecho para despertar emociones y, efectivamente, tengo la impresión de que la persona que lo ha pintado ha puesto en ella una parte de su alma. Necesito mis puntos de referencia para rendir en mi trabajo.

Me presento en el despacho de la asistente de mi exsuegro para que me anuncie. Kristal —¿o puede que sea Kristen?— me dedica una sonrisa igual de falsa que sus pechos. Con la rotación que tiene el puesto de secretaria de Charles Becker, imposible recordar todos sus nombres. Todas parecen desaparecer de la circulación en cuanto llegan a la avanzada edad de veinticinco años. O la fecha de caducidad según los criterios de mi jefe. No es un secreto para nadie en la empresa que ese puesto se obtiene por la capacidad de las candidatas a abrirse de piernas y a engordar su ego de viejo galán. No resulta sorprendente que, con semejante modelo, Kathleen haya hecho todo lo posible por endosarme a Stuart. ¡Como si ella no se tomara el concepto de fidelidad a la ligera! Al principio, la situación me molestaba un poco hasta que conocí a Jacqueline Becker, la madre de Kathleen. Su estado catatónico casi permanente hace que su presencia resulte fácil de olvidar. Durante un tiempo me estuve preguntando si sufriría alguna enfermedad, pero no, es solo su forma de ser. Imagino que ella misma debió de ser una de esas rubias descerebradas que, con el tiempo, acabó marchitándose por completo.

Seguro que pensáis que soy odioso, pues, al fin y al cabo, he estado a punto de casarme con su hija. Sí, pero no estaba obligado a que me gustara su familia. Además, lo habitual es que no te guste tu suegra, ¿no?

Kristal o Kristen anuncia mi presencia con voz suave a través del intercomunicador de su jefe y luego me hace señas para que entre.

El despacho de Charles Becker ya te va avisando en cuanto entras: si quieres contratar sus servicios, vete preparando la cartera.

Desde los sillones confortables a las librerías de madera oscura, todo transpira opulencia.

Me hace señas para que me siente en uno de los asientos de cuero frente a su mesa.

—Matthew, ¿cómo estás?

En los cinco años que llevo trabajando para él, creo que es la primera vez que me lo pregunta. ¿Y qué espera que le responda? ¡Genial! ¿Aparte del hecho de que su hija, con la que esperaba casarme algún día, me ha roto el corazón y me ha convertido en alguien sin domicilio fijo?

Me aclaro la garganta y respondo:

—Bien.

—¡Fantástico! Te necesito en plena forma porque tengo un caso muy delicado que encomendarte.

Ya debería haber sospechado que mi respuesta a su pregunta no tendría ninguna importancia. Solo quiere hablarme de trabajo. Por lo menos no me ha pedido que me desahogue ni ha sacado la caja de pañuelos para que le cuente mis desgracias.

Se acomoda en su sillón y se cruza de manos justo encima de esa incipiente barriga que los años de almuerzos en el restaurante han terminado por hacer aparecer, prueba de que, al menos, hay cierta justicia en este mundo.

—Uno de mis amigos se encuentra en una situación delicada y va a necesitar nuestros servicios. Por supuesto, le he propuesto al abogado más prometedor de nuestro bufete.

Me dedica una sonrisa del mismo tipo que la de su secretaria hace unos instantes. Continúa:

—Te reunirás con él a las tres de esta misma tarde. Kristine le enviará toda la información necesaria a tu asistente.

Así que no se llamaba ni Kristal ni Kristen, sino Kristine. ¿Acaso que su nombre empiece por K es un requisito indispensable para superar la entrevista de trabajo o es que les cambia el nombre para que le resulte más práctico?

—Ya tengo cita con el juez Newman esta tarde para negociar la condena del caso Mendoza —objeto.

—Envía a Johnson en tu lugar. Quiero que te reúnas con él hoy mismo.

No es una sugerencia.

Os preguntaréis por qué tengo tantas reticencias a ver a su amigo, cuando debería sentirme honrado por que me confíe el asunto.

Pues porque cinco años relacionándome con Charles Becker me han enseñado que él nunca hace regalos. Y tengo varios argumentos que demuestran que este caso huele a jugarreta. Para empezar, me ha llamado «el abogado más prometedor del bufete». Para Charles Becker, no existe ningún abogado más prometedor y talentoso que él mismo. En segundo lugar, por nada en el mundo confiaría los casos de sus «amigos» a otro. Lo que me hace pensar que debe de tener truco. Teniendo en cuenta que ya no estoy con Kathleen, ni siquiera puede deberse a que tenga que contribuir al desarrollo de mi carrera para garantizar el futuro de su hija adorada.

—¿Y puedo saber por qué el señor...?

—Kovacevic.

—¿Por qué el señor Kovacevic necesita nuestros servicios?

—Lo acusan de pertenencia a una red de traficantes de droga, mercancía que vendería, en parte, en sus clubes.

Nada más y nada menos... Soy abogado criminalista, así que estoy acostumbrado a tratar con hombres y mujeres que no son precisamente monaguillos. Lo que más me sorprende es que Charles Becker me presente a ese Kovacevic como uno de sus amigos. Él que se vanagloria de codearse con el alcalde, de jugar al golf con el fiscal general y varios políticos influyentes, no lo veo cenando con un miembro del crimen organizado. Creo que más bien quiere endosarle su amigo a otro. Pero la pregunta es la siguiente: ¿por qué forma parte de sus amigos? Supongo que lo descubriré en breve.

—¿En qué punto está la acusación?

—Lo dejaron en libertad bajo fianza hace unos días. Encontrarás todos los detalles en su expediente.

—¿Ya se ha celebrado la vista preliminar? —me sorprendo—. Si no lo ha representado nuestro bufete antes, ¿por qué cambiar de abogado ahora?

—No estaba satisfecho, creo.

Su tono evasivo, acompañado de un gesto de mano para indicarme que es mejor dejar estar el tema, me hace presagiar que no me lo está contando todo.

—¿Has hablado con Kathleen? —me pregunta de repente.

Si eso no es cambiar de tema para evitar preguntas, yo no me llamo Matthew.

—Digamos que no hablamos mucho últimamente, que...

—Sí, ya sé —me interrumpe—. ¡Todavía sois jóvenes y fogosos! Yo era igual con tu edad. ¡Pero no te olvides! El tiempo pasa deprisa y la paciencia de Kathleen tiene un límite. Lleva esperando tu petición mucho más tiempo de lo que te crees.

No me lo puedo creer.

Para mí que estoy alucinando.

¡Kathleen no le ha dicho que hemos roto! ¡Todavía cree que le voy a pedir que se case conmigo! Y cuando le he dicho que no hablábamos mucho, él ha pensado que estaba insinuando que era porque estábamos demasiado ocupados...

Si no estuviera tan conmocionado, lo mismo me echaba a reír. Kathleen, la niñita querida de su papá, no ha tenido el valor de confesarle que se ha cargado nuestra relación.

Y pensar que hace apenas dos minutos creía que me pasaba su asco de caso para demostrarme que no valía nada a sus ojos. No, de hecho, solo quería deshacerse de un caso engorroso. ¿Y quién mejor que el bueno de Matt para ocuparse de los desperdicios de Charles Becker?

Empiezo a pensar que el hecho de que Kathleen no se convierta jamás en mi esposa tiene aspectos positivos en los que nunca había pensado. Ya no tendré que considerar a este hombre miembro de mi familia.

Capítulo 18

No llegaba a una fiesta acompañado de mis padres desde mis años de instituto. Prefiero no pensar a partir de qué edad se considera ridículo ir a una fiesta de disfraces con ellos.

Bueno, vale, es Halloween e ir vestido de forma tradicional sería todavía más bochornoso, teniendo en cuenta que todo el mundo parece haber entrado en el juego. Si te presentas sin disfraz, corres el riesgo de que te confundan con un camarero.

Es la primera vez que asisto solo a la tradicional fiesta de Halloween del fiscal general. Mis padres forman parte de la lista de invitados desde hace ya unos años y, en cuanto comencé a salir con Kathleen, mi presencia pasó a ser obligada. Me gustaría decir que me he convertido en un nombre imprescindible de la abogacía de Boston, pero, para ser honesto, le debo mi invitación sobre todo al hecho de que salía con la hija de uno de los abogados más influyentes de la ciudad.

Y, hablando de ella, es bastante probable que me la cruce esta noche y solo esa idea ya debería haber sido mi mejor argumento para no venir, pero eso era sin contar con la insistencia de mi madre.

Por eso me encuentro en una fiesta en la que no tengo ninguna gana de participar, disfrazado de Elvis. ¿Tengo que aclarar que ha sido mi madre la que ha escogido el disfraz? Por poco pierdo a Noah por culpa de un ataque de risa intempestivo cuando he salido del cuarto de baño con el tupé que ella misma se ha empeñado en hacerme. El desgraciado ha venido a propósito a su casa solo para ver cómo me vestía y se ha buscado una buena excusa para no terminar involucrado en esta historia.

—¡Anna! ¡John! ¡Qué placer volver a verlos!

Mi madre se dirige a la pareja que va vestida de... ¿romanos? Quizá sean egipcios. Reconozco al jefe de la policía, John Kennedy, y a su mujer, alias la mejor amiga de mi madre. Saludo a John con un apretón de manos, pero su esposa me salta literalmente al cuello. ¡Gracias a Dios que no es demasiado grande!

—¡Oh, Matthew! ¡Qué placer volver a verte! Amy se alegrará mucho cuando sepa que estás aquí. No tardará mucho en llegar.

Sí, no me cabe la menor duda. Mi madre ha hecho ya como dos o tres alusiones nada sutiles sobre la hija de su amiga, que hoy por hoy está soltera. Por lo poco que recuerdo, es bastante mona y con suficiente carácter como para encontrar a alguien ella sola sin que su madre se entrometa, así que pongo la mano en el fuego y no me quemo al decir que tampoco es que esté deseando verme esta noche. A no ser que sea para que nuestras madres nos dejen tranquilos. Sonrío de forma educada a Anna.

—Os dejo unos minutos, tengo que ir a saludar a alguien.

A mis espaldas, veo la barra.

Si no me equivoco, las tres cuartas partes de los invitados presentes esta noche forman parte del mundillo judicial de Boston. Conozco como a la mitad, así que no creo que me cueste encontrar a alguien con quien hablar que no me conozca desde que gastaba pañales, si bien tampoco creo que deambular por ahí disfrazado de Elvis sea mucho más favorecedor.

Me acerco a la barra y pido un *whisky* con hielo. Mientras espero mi copa, escucho una conversación entre los dos bármanes.

—¿Has visto a la nueva? Te apuesto a que no tarda nada en tirar la bandeja. Parece un elefante en una cacharrería.

—¡Qué duro eres con ella! No se las arregla tan mal. Hay mucha gente y no es fácil desplazarse con una bandeja tan cargada.

—Bueno, si la tira, al menos animará un poco la fiesta. Y, además, así tendrá que agacharse para recogerlo todo.

Intercambian un concierto de carcajadas.

—¡Tú también te has dado cuenta de que tiene un culo bonito! ¡No todos los días ponen a alguien así en nuestro equipo!

Sí, lo sé, solo soy un hombre y muchos me calificarían de salido por no poder evitar mirar a la camarera en cuestión. Ya hace un rato que uno de ellos me ha dado mi copa, lo que me da la excusa perfecta para girarme en la dirección correcta sin que me pillen.

Solo la veo de perfil. Es rubia y lleva el pelo recogido en un moño clásico. Su uniforme negro no es demasiado favorecedor, pero se puede adivinar que tiene buenas curvas. No tengo un buen ángulo para ver si, efectivamente, su trasero es digno de ver, como parecen sugerir sus colegas. Perdido en una mirada lasciva en toda regla a la camarera, no soy muy consciente de adónde voy hasta que escucho a alguien gritar mi nombre.

—¿Matt?

Giro la cabeza para encontrarme de frente con mi interlocutora, cuya voz me provoca un escalofrío.

—Kathleen.

Intento adoptar la expresión más neutra posible, algo que no me resulta fácil porque, en mi cabeza, se suceden las imágenes: yo comprándole el estúpido anillo de compromiso, ella en nuestra cama con expresión culpable, descubrir al jardinero oculto en el cuarto de baño, su cara de mujer desconsolada cuando supo que iba a pedirle que se casara conmigo.

En cualquier caso, parece haberse repuesto de sus emociones. Se ha disfrazado de Padme Amidala[4] y lleva una copa de champán en la mano. Tengo que reconocer que está estupenda.

—Bonito disfraz —le digo.

—Supongo que el tuyo lo ha escogido tu madre.

No se equivoca, pero su respuesta me enfada.

—Al no tener acceso a mis cosas, no he tenido elección.

—Sabes que puedes volver a casa cuando quieras. Comprendo que necesitas algo de tiempo, pero tendré paciencia.

La expresión de su cara se vuelve tan vulnerable de repente que tengo que contenerme para no abrazarla.

Se sorbe los mocos de forma algo ruidosa y continúa:

—Tú no estabas nunca, Matt. Que si tenías que ver un cliente, cerrar un acuerdo o preparar un caso. Estaba sola. ¿Sabes lo que es estar sola todo el tiempo? Es horrible. Incluso a veces me he preguntado si te estabas tomando nuestra relación en serio. Me fui a vivir contigo sin que jamás me propusieras realmente que lo hiciera. ¡Decoré tu casa porque no tenías tiempo para hacerlo! E incluso cuando estabas, estaba sola. Cuando por fin te dignabas a pasar tiempo conmigo, eras frío como el hielo, incapaz de la más mínima emoción. ¡A veces eras peor que un robot, Matt!

Veo que algunas personas se giran a nuestro alrededor, sus sollozos atraen a los curiosos. Aunque a Kathleen le encanta ser el centro de atención, no creo que le guste serlo ahora por una pelea conmigo. Por ese motivo, le respondo en voz baja, intentando controlar mi cólera:

—¡Joder, Kathleen, te iba a pedir que te casaras conmigo esa misma noche! ¡Tenía todo preparado: el anillo, la cena en tu restaurante favorito, la forma en la que te iba a hacer la pregunta! ¿Acaso eso no te parece serio? ¿Así se comporta un robot?

---

4   Personaje de *Star Wars* —episodios 1, 2 y 3— interpretado por Natalie Portman.

—Matty, ¿y por qué no me dijiste nada?

Kathleen se me acerca y apoya su mano en mi antebrazo.

—Porque se supone que iba a ser una sorpresa, Kathleen. Eso es lo que suelen hacer las personas que se aman, se sorprenden. Una noche vuelven antes a casa para reunirse con su pareja, pero en esa escena, nadie sorprende a nadie en el lecho conyugal con otro.

Me libero de su agarre.

—Podemos superarlo, Matthew. He cometido un enorme error, lo sé, pero nosotros podemos arreglarlo. Quizá podríamos ir a un consejero matrimonial. ¿Sabes? Mi amiga Lynda...

La interrumpo antes de que se ponga a hablarme de no sé qué amiga suya de la que no quiero saber nada.

—¡No hay ningún nosotros, Kathleen! ¡No desde esa famosa noche! No hay ningún charlatán a quinientos dólares la hora que me vaya a hacer cambiar de opinión. Tienes una semana para irte de mi casa si no quieres que presente una denuncia. Quiero volver a mi casa y que tú no estés allí.

Me doy la vuelta para irme.

—No serías capaz —asegura detrás de mí—. Eres demasiado amable y el miedo a tener que explicarle a mi padre que has echado a su hija querida te lo impedirá.

Inspiro profundamente. Me vuelve a la mente la imagen del saco de boxeo.

—El antiguo Matt era demasiado amable —replico—. El nuevo Matt no tiene miedo a enfrentarse a su jefe. De hecho, ¿le has contado toda la historia? ¿Le has explicado que no estamos juntos porque eres una zorra que se acuesta con el primero que se cruza?

Su boca forma una *o* de indignación y su rostro parece todavía más pálido que hace un rato. Levanta su copa en mi dirección y comprendo que me la va a tirar a la cara. Me aparto a un lado para evitar el proyectil, que no me da por poco.

No obstante, oigo un grito seguido de un gran estruendo a mis espaldas.

Me giro y me encuentro a la camarera que estaba oteando justo antes de hablar con Kathleen, mirándome con expresión de horror. Necesito menos de un segundo para comprender lo que ha pasado. Tras esquivar la copa de Kathleen, ha terminado en la pobre camarera que, bajo el efecto de la sorpresa, ha dejado caer su bandeja. Teoría confirmada por todos los vasos que hay tirados en el suelo.

—¡Pero qué ha hecho esta vez! —exclama otro camarero que acude corriendo, frenético.

Tengo la impresión de que es su responsable, probablemente el metre. Su perorata saca a la pobre camarera de su estupor, pero todavía le cuesta responder a su superior. Abre la boca y luego se pone de rodillas para empezar a recoger el desastre que hemos provocado Kathleen y yo.

Me agacho a su lado para ayudarla.

—Deje, que se va a cortar —me dice, sin interrumpir su tarea.

—Lo siento mucho, ha sido culpa mía —intento disculparme.

—Usted no es responsable de nada, ha sido ella la que ha lanzado el vaso.

Tras reflexionar unos segundos, añade:

—Bueno, no sé qué le habrá dicho para que haga eso. Seguramente, algo no demasiado amable.

Levanta un poco la cabeza y una pequeña sonrisa se dibuja en sus labios. Tengo la impresión de haberla visto ya en alguna parte. Quiero decir, aparte de cuando estuve mirándole el trasero como un salido. No me da tiempo a preguntarle si nos conocíamos porque su jefe le grita:

—Julia, termine de recoger los vasos y venga a verme a la oficina.

Se pone de pie y yo hago lo mismo. Espero que el metre no le eche la bronca por haber tirado los vasos cuando ella no ha hecho nada. Me digo que estaría bien que le precisara que ha sido culpa mía, pero Kathleen me atrapa por el brazo y me obliga a girarme hacia ella.

—Matthew, prométeme que no le vas a decir nada a mi padre.

La observo con desgana. ¿Cómo puedo haber creído estar enamorado de una mujer así?

—Ya sabes que soy un gran pacifista, pero si lo que quieres es guerra, guerra tendrás. Te doy una semana para confesarle a tu padre que has sido tú la que me ha engañado y para que te vayas de mi casa. Pasado ese plazo, prepárate para las hostilidades.

Y, con estas palabras, me alejo con un pequeño rictus victorioso en los labios. De vuelta en la barra, pienso en la guapa camarera que ha tirado su bandeja. Ya sé dónde la había visto antes, era la joven de la sala de espera de las urgencias del hospital.

Capítulo 19

—¡Matt! ¡Entra! ¡Cuánto tiempo!

Jack se levanta de su sillón y viene a mi encuentro. Intercambiamos un abrazo viril como en los viejos tiempos de la facultad de Derecho.

—Jack, ¿qué tal Ellen y los niños?

Hablamos unos instantes sobre su vida de padre de familia mientras me hace señas para que me instale en el asiento situado frente a su mesa. Jack es abogado como yo, solo que él ha decidido ejercer lejos de esos despachos impersonales del centro. Desde la universidad, su sueño nunca ha sido convertirse en socio de un bufete conocido. Él quería continuar con el negocio familiar a las afueras de Boston, mientras que yo tenía sueños de grandeza. Al principio me costó entender sus motivaciones, pero tengo que admitir que, con el tiempo, si bien no lo envidio, he comprendido su elección. Con la misma edad que yo, treinta y cuatro años, está casado, tiene tres hijos estupendos, un labrador y una casa señorial en un barrio tranquilo.

—Bueno, ¿qué hace el gran Matthew Hewson, talento prometedor de la abogacía de Boston, en mi humilde bufete de las afueras? Tengo que admitir que tu llamada me ha sorprendido.

Se acomoda en su sillón y cruza sus manos sobre la pequeña barriga que comienza a despuntar bajo su camisa. No puedo culparlo, su mujer es una excelente cocinera.

—Creo que ya no me gusta mi trabajo.

Se incorpora de golpe y su silla emite un chirrido poco agraciado.

—¿En serio?

—No es que quiera dejar de ser abogado e irme a cuidar caballos a Wyoming, pero no me gusta la forma en la que trabajo en estos momentos.

—¿Podrías explicarte un poco más?

—Creo que me hice abogado porque quería ayudar a la gente y, sin embargo... No sé, tengo la impresión de que lo que hago no tiene sentido.

—Ayudas a la gente, la única diferencia con un abogado como yo es que lo haces para gente que tiene mucho dinero.

—Creo que estoy harto de trabajar solo para aquellos que pueden permitirse pagar unos honorarios desmesurados.

—Es fácil para ti decir eso hoy, con tu bonita casa y tu traje a medida. ¿Pero crees que serás de la misma opinión en unos años, cuando tengas que escoger entre irte de vacaciones y ahorrar para poder pagarles los estudios a tus hijos?

—He pensado mucho últimamente y creo que soy capaz de hacer determinados sacrificios si es para hacer algo que tenga sentido.

—¡Ah! ¡Ahora reconozco al Matt idealista! El que siempre ha querido batirse por las viudas y los huérfanos. ¿Y qué piensa Kathleen de todo esto?

—De hecho, es una de las principales razones que me han llevado a esta reflexión. Kathleen y yo nos hemos separado.

—¡Mierda! Lo siento mucho, tío, no lo sabía.

—Es bastante reciente.

No he ido gritando por ahí que soy el cornudo con el peor sentido de la oportunidad de todos los tiempos.

—¡Oh! ¡No me digas que, de repente, Charles Becker ha aprovechado la ocasión para ponerte de patitas en la calle!

—No, todavía no. De hecho, dudo mucho que conozca las auténticas razones de nuestra separación.

—¿Cuáles son?

—Sorprendí a Kathleen en la cama con el jardinero.

Le hago un pequeño resumen bastante crudo de cómo descubrí su infidelidad el mismo día que iba a pedirle que se casara conmigo. Jack no se pierde ni una sola palabra de mi relato, siempre ha tenido debilidad por las historias jugosas.

—Entonces, ¿todavía está en tu casa?

—Por lo que sé, sí.

Adopta una pequeña expresión sádica.

—¿Y has venido para que inicie un procedimiento de expulsión?

—Para nada.

Mentiría si dijera que no me lo he planteado.

—Sé que Kathleen no tiene derecho a quedarse en mi casa, pero preferiría hacer las cosas sin demasiado ruido. Le voy a dejar algo de tiempo y volveré a hablar con ella. Espero que esta vez me escuche.

—Siempre he pensado que no te hace ningún bien ser tan bueno. De hecho, todavía no entiendo cómo puedes ser un auténtico tiburón en los juzgados y luego más dócil que un borreguito en tu vida diaria. Pero voy a dejar de hacerme preguntas sobre el tema porque se me acaba de ocurrir una idea sobre el motivo que te ha traído a mi humilde bufete. Quizá esté siendo demasiado optimista...

—Si tu oferta todavía sigue en pie...

—¡Joder! ¡Por supuesto que sigue en pie!

Se levanta y le da la vuelta a la mesa. Lo imito y dejo que me dé un abrazo viril.

—¡No me lo puedo creer! ¡Voy a tener de socio al gran Matthew Hewson! Para serte sincero, tío, ni en mis sueños más locos habría pensado que un día acabarías aceptando trabajar conmigo. Sé que te lo he propuesto varias veces, ¡pero de ahí a imaginar que acabarías dando el paso!

—Tengo algunos asuntos que arreglar antes. Por supuesto, primero tengo que dimitir del bufete Becker...

—Tómate el tiempo que necesites —me interrumpe—. Diablos, tengo que llamar a Ellen. No se lo va a creer. Sabes que querrá invitarte a comer a casa este fin de semana y también sabes que no podrás negarte, ¿verdad?

Se echa a reír.

—Iré a comer a vuestra casa todas las veces que haga falta si eso la hace feliz.

—No le digas eso o acabará haciendo que te mudes con nosotros. ¡Te quiero mucho, pero no hasta ese punto!

—¡Entremos, que nos vamos a congelar fuera! —refunfuña Noah.

Es cierto que la temperatura ha bajado bastante, lo propio para un mes de noviembre en Boston.

Cruzamos la puerta del *pub* donde el ambiente es mucho más cálido. Hay un grupo de *rock* instalándose en una esquina. Reconozco a algunos de los clientes habituales y Rachel, la camarera, nos hace señas con la cabeza.

—Elige una mesa, tengo que ir al baño —anuncio apuntando a la dirección que me dispongo a seguir.

—Sí, dos minutos, tengo que saludar a alguien.

Ni siquiera me mira porque ya está centrado en una morena de piernas interminables sentada sola en una mesa. La pregunta podría ser: *¿Habrá pasado ya por la cama de mi amigo o estará a punto de hacerlo?* Ahora que lo pienso, está muy tranquilo últimamente. ¿Quizá porque yo duermo al otro lado del pasillo? Aunque no para de decirme que me puedo quedar todo el tiempo que necesite, creo que ha llegado el momento de que me vaya. Y no me apetece tener que compartir mis cereales con una desconocida solo cubierta con la camisa de mi mejor amigo. Ya he vivido esa situación demasiadas veces en la universidad.

Perdido en mis reflexiones, tropiezo sin querer con una mujer que sale del baño. Doy dos pasos y los efluvios de su perfume me hacen cosquillas en la nariz. Tengo la sensación de haberlo olido hace poco en alguna parte. Una fragancia fresca y delicada, lejos de esos aromas embriagadores que tanto le gustan a Kathleen. Empujo la puerta del aseo sin llegar a recordar qué me evoca ese olor. Mientras me lavo las manos, por fin tengo la respuesta: ¡es el perfume de la chica con la que me crucé en el hospital y en la fiesta de Halloween! Salgo del baño a toda prisa para comprobar si me equivoco. Examino la sala en su búsqueda, pero todo lo que veo es a Noah sentado en el lugar que ocupaba la morena. No sé adónde se ha ido, pero mi amigo parece atónito. Me uno a él frunciendo el ceño, casi olvidando que estaba buscando a alguien hace unos instantes. Cuando Noah me ve, se incorpora de un salto.

—¡No te lo vas a creer! —exclama.

—¿Qué? ¿La morena te ha dado calabazas cuando creías que la tenías en el saco? —respondo mientras me siento en la banqueta frente a él.

—¿Eh? ¿Qué? No, no pienso liarme con ella. ¡Es una paciente! —hace una mueca—. Hasta yo tengo mis límites. Aunque tengo que reconocer que tiene ciertos argumentos que me podrían dar ganas de traicionar mi propia ética.

—Entonces, ¿cuál es la noticia que no me voy a creer?

—¡Acabo de ver a una mujer con tu anillo!

—¿Acabas de ver a una mujer con qué anillo?

—¡Pues el anillo que compraste para Kathleen, hombre! ¡El que perdimos la otra noche en el parque!

Frunzo el ceño y observo a Noah. No parece estar de broma y estoy seguro de que no ha bebido nada antes de venir. No obstante, le pregunto, desconfiado:

—¿Me estás diciendo que has visto a una mujer con ese mismo anillo, aquí? ¿Que ella se lo habría encontrado, cosa ya poco probable, pero que además se lo ha puesto para venir a tomarse algo a un *pub* que, colmo de la casualidad, resulta ser al que solemos venir y en el que estamos justo la misma noche que ella? ¿No te parece un poco excesivo todo?

Noah asiente con la cabeza y entonces concluyo:

—Era un solitario como seguramente habrá muchos en este país. Quizá fuera un anillo que se parecía al que yo compré y has creído que era el mismo.

—No, ¡te juro que era el mismo! Y ella parecía incómoda cuando lo he visto.

—Porque, por supuesto, ella ha adivinado que fuiste tú el que lo perdió en el parque —suspiro, no demasiado convencido—. ¿Y dónde está esa misteriosa desconocida?

Miro a mi alrededor en espera de que mi amigo me señale a la culpable.

—Se ha escapado justo antes de que llegaras con mi paciente. Jamás hubiera pensado que pudieran ser amigas. Zoey Montgomery es ese tipo de tía superelegante, siempre vestida con ropa de diseño, y su amiga es una especie de *hippie* de pelo largo algo desaliñado.

Algo de lo que acaba de decir Noah atrae mi atención.

—¿Zoey Montgomery? ¿Tiene algo que ver con las joyerías Montgomery?

—Sí, creo que su padre es el propietario.

—¡Pues ahí tienes la respuesta! Compré el anillo allí. Puede haberle prestado o vendido un modelo similar a su amiga, fin de la historia. Pero, dime, la amiga de tu paciente, ¿no sería una rubia de ojos castaños?

¿Sería la chica con la que me he topado ya dos veces? Puestos a creer en las coincidencias... No vi ningún anillo en su dedo cuando la ayudé a recoger los vasos la otra noche, pero tampoco es que le prestara atención a sus manos. Quizá se lo hubiera quitado para trabajar.

—Sí, puede ser, ¿por qué? ¿Es que la conoces?

—Quizá.

¿Y si Noah tuviera razón? Ya resulta bastante inquietante que me cruce con la misma mujer tres veces —si es que es ella de verdad—, pero ¿que también lleve mi anillo? Agito la cabeza. Soy demasiado racional como para creer en este tipo de cosas. Seguro que ha sido pura casualidad y el hecho de que su amiga estuviera relacionada con la joyería en la que compré el anillo seguramente explique el misterio. Teniendo en cuenta que es amiga de la hija del propietario, es probable que su prometido escogiera esa joyería. No obstante, no deja de ser sorprendente que nos hayamos cruzado tantas veces en tan poco tiempo. Estoy casi seguro de que es ella con la que me acabo de tropezar. ¿Puede que lleve cruzándome con ella así desde hace años, sin saberlo, y que jamás le haya prestado atención? ¿O puede que haya empezado hace poco? ¿Cómo saberlo?

Entonces se me ocurre algo:

—Y, por un casual, ¿sabes cómo se llama?

—Su amiga me la ha presentado. ¿Julie? Julia, creo. Sí, eso es, se llama Julia.

Julia.

Así es como la llamó el metre en la fiesta.

Rachel nos trae dos pintas sin que tengamos que pedirlas y Noah me pregunta:

—Entonces, ¿cómo te ha ido con Jack?

Dejo a un lado mis pensamientos sobre la guapa rubia y le cuento a mi amigo mi entrevista con mi futuro socio.

Capítulo 20

Ha llegado el día D.

Estoy inquieto porque sé que me dispongo a darle un giro de ciento ochenta grados a mi vida. De hecho, me cuesta mucho concentrarme en lo que estoy haciendo, pero no pasa nada, porque si los cálculos no me fallan, de aquí a unos minutos no tendré que preocuparme más por las carpetas abiertas ante mí.

Porque de aquí a unos minutos sacaré a un Becker de mi vida: el padre.

Esta idea casi me da ganas de poner un tema de Metallica a todo volumen y hacer como que toco la guitarra, pero eso estaría un poco fuera de lugar y molestaría a mis colegas del despacho aledaño. Por no mencionar que soy bastante malo en esa disciplina, porque no he podido practicar desde la universidad.

Oigo jaleo en el despacho adjunto y la voz de Stuart sube de volumen. En los dos años que lleva trabajando conmigo, jamás le había oído decir una palabra más alta que otra. No obstante, sé exactamente qué está pasando. Y eso hace que dibuje una sonrisa en mis labios. A escena, que el espectáculo está a punto de empezar.

La puerta se abre de golpe al paso de Charles Becker.

—¡Matthew! ¿Me puedes explicar qué es esto?

Agita un papel en la mano que reconozco al instante porque he sido yo mismo quien lo ha redactado.

—Mi carta de dimisión —respondo con mi voz más calmada.

—Sé leer, Hewson. Mi pregunta es: ¿cómo puedes pensar que tienes derecho a irte así?

Tira el papel en mi mesa.

—El caso es que tengo todo el derecho, dado que estamos en un país libre donde no está prohibido dimitir. Por supuesto, me quedaré hasta el final de mi jornada laboral de hoy para ordenar los expedientes y traspasar a mis colegas los casos que defendía para este bufete.

Deslizo la hoja de papel sobre la mesa en dirección a mi pronto exjefe. Esta vez, explota:

—No, ¿pero quién diablos te crees que eres? ¡Crees que puedes dejarnos tirados de un día para otro sin preaviso! ¡Estás cometiendo un grave error, Matthew Hewson, yo te he convertido en una estrella emergente de la abogacía! ¡Yo puedo hacer que lo pierdas todo en un instante! ¡No te puedes ir de este bufete ahora que te he asignado el caso Kovacevic!

—Si pasara menos tiempo abalanzándose sobre su secretaria, se habría dado cuenta de que no me he ocupado nunca de ese caso. Se lo pasé a Johnson después de una simple lectura del expediente. Sé exactamente lo que pretendía hacer al confiarme su defensa. Humillarme y recordarme que no soy más que su esclavo. ¿Cómo me ha descrito? Ah, sí, «el abogado más prometedor del bufete». ¿Y de verdad cree que me iba a sentir halagado y por eso aceptaría?

—¿Y tú? ¿De verdad crees que solo tienes que coger la puerta y que el resto de bufetes de la ciudad te recibirán con los brazos abiertos? Estás muerto, Hewson. ¡Nadie querrá saber nada de ti! Nadie querrá enfrentarse a mí.

—Pero, por favor, llámelos. Si no quieren saber nada de mí, estupendo, porque yo tampoco quiero trabajar para ellos. No me voy de aquí para buscar lo mismo en otra parte. No quiero trabajar para alguien capaz de llamar a alguien como Kovacevic «su amigo».

Becker se ríe sarcásticamente y fija sus ojos color hielo en mí. Si las miradas mataran, yo ya estaría muerto.

—¿Te crees más listo que yo? Creía que, después de haber trabajado aquí, al menos habrías aprendido que la justicia no es nada sin poder ni dinero. Vete con tu idealismo. No doy ni un duro por tu supervivencia. De aquí a seis meses, volverás corriendo para suplicarme que te devuelva tu trabajo. Y me encantará verlo. ¿Y qué piensa Kathleen de todo esto? ¿De verdad crees que querrá quedarse con un abogado de segunda?

—Su consideración paternal sería conmovedora si, al menos, se hubiera tomado el tiempo de informarse sobre la vida amorosa de su hija. Que sepa que ella no es tan esnob como usted en lo que respecta al estatus social de su pareja porque me ha sustituido en su cama por el jardinero.

Veo cómo Charles Becker palidece. Justo lo que me imaginaba. Su hija, que por lo general le cuenta todo, no le ha confesado que nos habíamos separado. Y mucho menos el porqué.

—Mientes —dice con voz temblorosa, algo que me sorprende bastante.

Jamás me habría imaginado a Charles Becker tan desestabilizado.

—¿De verdad se cree que sería capaz de inventarme una mentira como esa? Vuelvo a casa con un anillo de compromiso en el bolsillo y me encuentro a mi novia en la cama con otro. Se ajusta tanto al cliché que ni siquiera se me habría ocurrido semejante historia. Hay que decir que, en cuestión de fidelidad, habiéndole tenido a usted como modelo, tampoco se le puede echar toda la culpa. Como se suele decir, de tal palo tal astilla.

Esta última pulla no era necesaria, pero sienta bien recordarle que está lejos de ser el hombre respetable que quiere venderle al resto del mundo.

—¡No te permito que insinúes semejantes estupideces sobre mi hija ni sobre mí!

—¿Ah, sí? ¿Y qué piensa hacer? ¿Despedirme?

Le dedico una pequeña sonrisa burlona.

—¡Ah! Y cuando llame por teléfono a Kathleen, ¿le importaría decirle que prepare las maletas y se vaya de mi casa? Si no es así, le diré a mi abogado que haga lo necesario para que reciba un requerimiento para que se marche. Imagino que no tendrá problemas para encontrar las palabras necesarias para convencerla de que es mejor no llegar a ese extremo. Piense en lo rápido que se propagan los rumores en nuestro mundillo...

Becker se da la vuelta y cruza el despacho furibundo. Es la primera vez que no lo veo intentar tener la última palabra.

Por mi parte, creo sinceramente toda y cada una de las palabras que he pronunciado.

Si algo me han aportado estas últimas semanas de okupa en la habitación de invitados de mi amigo Noah, es la certeza de que ya no quiero esta vida. Sé lo que valgo y de lo que soy capaz. Sé que mi estatus, mis casos, los he ganado a fuerza de trabajo. Lo que no estoy dispuesto a aceptar es que se insinúe lo contrario. Y, sobre todo, ya no quiero ser el esclavo de Becker. Quiero poder escoger y defender los casos que considere que se merecen mi interés, así que si tengo que empezar de cero, lo haré. No me apetece evolucionar rodeado de falsas apariencias. Estoy harto de plegarme a los deseos de un jefe y de una novia que me han convertido en una marioneta. Quiero ser libre para elegir. Y si eso significa que tengo que contentarme con casos de segunda fila, me da igual. Volver a ver a mi amigo Jack en su bufete de las afueras ha reforzado mi decisión. ¿De qué sirve ser una estrella de la abogacía si luego vives en una casa con un jardín al que no tienes tiempo de salir? ¿Para regalarle un anillo de precio desorbitado a tu novia mientras ella te engaña con otro?

Cojo la chaqueta del respaldo de mi silla y me la pongo.

A continuación, salgo de mi despacho, paso por delante de Stuart y me detengo un instante.

—Stuart, tengo que salir. Por favor, anula todas mis citas.

El pobre me observa con los ojos como platos.

—¿Incluso la del señor Mendoza? —se inquieta.

—Incluso esa. De hecho, ¿podría ver con el señor Becker a quién desea confiarle el caso ahora?

—¿Qué quiere decir con «ahora»? —balbucea—. ¿Es que ya no nos ocupamos de ese caso?

—No, por desgracia, mi tiempo en este bufete ha llegado a su fin. Me voy de aquí esta tarde. Acabo de entregarle mi carta de dimisión al señor Becker. Le voy a echar de menos, Stuart. Si alguna vez siente la necesidad de irse de aquí, de ganar la mitad de su sueldo actual para trabajar en casos mucho menos mediáticos, le contrataré encantado.

Entonces, me doy la vuelta, con una sonrisa en los labios. Hacía muchísimo tiempo que no me sentía tan libre.

Cruzo la puerta del apartamento de Noah y me recibe un delicado aroma. De hecho, me encuentro a mi mejor amigo detrás de los fogones, con una espátula de madera en la mano.

—Justo a tiempo —anuncia con una gran sonrisa en los labios—. Te he preparado un pequeño almuerzo para celebrar tu dimisión.

A veces me da miedo. La forma en la que se ocupa de mí como si fuera un animalito frágil desde hace algunas semanas me resulta desconcertante. Estoy seguro de que mi madre tiene algo que ver en todo esto.

Saco dos cervezas del frigorífico, las abro y le doy una al cocinero.

—¡A la salud del nuevo Matt Hewson! —exclama mientras la levanta.

Yo respondo con el mismo gesto.

—Bueno, ahora que por fin te has hecho cargo de tu vida en el aspecto profesional, deberías ocuparte también de tu vida personal.

—No te preocupes, espero recuperar pronto mi casa.

—No hablo del lugar en el que vives, idiota. Hablo de qué piensas hacer para calentar tu cama.

—Te agradezco mucho que te preocupes por eso, pero no estoy preparado para meterme en otra relación tan pronto.

—¡De eso nada! Cuando uno se cae del caballo, lo mejor es volver a subirse lo antes posible. ¿Y quién está hablando de una relación? Puedes divertirte un rato sin más y así, además, te evitas el efecto rebote.

—¿Efecto rebote?

—Sí, la relación rebote. La que viene después de una decepción sentimental y que, de hecho, no tiene ningún futuro porque solo sirve para olvidar la anterior.

—¿De dónde has sacado esa idea? ¿De la revista *Cosmopolitan*? ¿Es que te ha dado por leer las revistas de tu sala de espera?

—¡Lo digo en serio! ¡Está científicamente demostrado!

—Para ser médico, creo que utilizas la expresión «científicamente demostrado» con demasiada ligereza.

—Vale, no quieres escuchar nada sobre la teoría de la relación rebote, de acuerdo, pero piensa en lo que te digo: la mejor forma de quitarte a Kathleen de la cabeza y de olvidar lo que te ha hecho es pasártelo bien por ahí. Y hasta tú deberías saberlo.

—¿Cómo es eso de «hasta yo»?

—Porque te conozco y, cuando una mujer te gusta, lo primero que te preguntas es si podrías pasar el resto de tu vida con ella. La invitas a un restaurante, al cine, la cortejas incluso antes de ponerle una mano encima. Eso se ha acabado ya, amigo mío, son muchas las mujeres que no buscan necesariamente un príncipe azul en cada hombre que se cruzan, solo alguien con quien pasar la noche o unas cuantas semanas como máximo. No necesariamente alguien que se ponga de rodillas y le declare su amor. Así que piensa en lo que te digo y echa un polvo. Olvidarás pronto a la bruja rubia. Mientras tanto, siéntate y prueba mis espaguetis a la marinera. Te van a encantar.

Tercera Parte

Capítulo 21

JULIA Y MATT

Matthew Hewson.

Echo un vistazo al papel en el que está escrito su nombre y la dirección del bufete de abogados en el que trabaja el propietario del anillo: Becker & Associates. Al parecer, estoy en el lugar adecuado, frente a uno de esos edificios de cristal y acero del centro. Las letras doradas fijadas de forma ostensible sobre la entrada así me lo confirman.

Inspiro por última vez y decido cruzar por fin las puertas automáticas.

Un agente de seguridad me hace señas para que abra el bolso. Me da un poco de vergüenza enseñárselo por todo el lío que llevo dentro. Entre las cajas de chicle vacías, los tampones, las gomas del pelo y los recibos de compra, no es el bolso de una mujer organizada. Me revisa de pies a cabeza y su expresión ceñuda no hace más que reforzar mi sensación de ser un pez fuera del agua. A pesar de todo, no pienso renunciar estando como estoy ya tan cerca de mi objetivo. Dentro de unos minutos, me habré deshecho para siempre de este anillo de la mala suerte y quizá pueda volver a mi vida normal.

Cuando por fin me hace señas para que entre, me dirijo a la recepción. Un gran mostrador de cristal y acero preside el centro de la sala. Una especie de modelo con el pelo tan claro que casi se diría que es blanco está sentada detrás, con un teléfono pegado a la mejilla. En cuanto me acerco, me fulmina con la mirada para que me quede quieta pues más me vale no interrumpirla. ¡Tengo un don para toparme con recepcionistas demasiado ocupadas!

No sé cuánto tiempo tengo que esperar, pero no es que ella haga nada para acortar mi espera. Está claro que está en mitad de una conversación estrictamente personal y, aunque estoy plantada en mitad de la entrada, eso no parece molestarla. El hecho de que ahora esté al corriente de todos los detalles de su última cita, tampoco. Termino soltando un suspiro de impaciencia y la rubia me lanza una mirada de enfado. Tapa el receptor con la mano y por fin se dirige a mí.

—Lo siento mucho, pero el bufete no ofrece servicios *pro bono*.

No me deja responder y vuelve a su conversación. Decido acercarme un poco más y me apoyo en el mostrador, justo a su altura.

—¿Todavía está ahí? —me dice con tono exasperado.

—Querría hablar con el señor Hewson, por favor.

Intento ocultar mi enfado en la voz. No me voy a dejar desanimar por una insolente tan cerca de mi objetivo.

—¿Tiene cita?

—Eh... no —confieso, maldiciéndome internamente por no haber considerado esa hipótesis.

¿Quién se planta en el despacho de un abogado preguntando por él sin haber concertado una cita?

—Pues entonces vuelva cuando tenga una.

Después de esa respuesta, retoma su conversación. Como no se digna a mirar en mi dirección, termino dando un puñetazo en el mostrador para atraer su atención. Se ve que lo consigo, porque se sobresalta.

—¿Se puede saber qué está haciendo?

—Me gustaría concertar una cita.

Le dedico una sonrisa burlona.

—No es posible. El señor Hewson ya no trabaja en este bufete.

—¿Eh? ¿Y por qué no lo ha dicho antes? —me enfado.

—No ha preguntado —responde ella arqueando una ceja.

Vuelve a ponerse el teléfono en la oreja mientras me apresuro a preguntar.

—¿Dónde puedo encontrarlo?

—¿Tengo aspecto de ser una guía telefónica?

Me quedo confusa por su reacción, pero decido que es mejor que me vaya. No voy a sacar nada en claro de todas formas.

Durante el camino de vuelta a mi apartamento, despotrico interiormente. Una vez más, vuelvo a ser víctima del mal karma del anillo. Justo cuando por fin parecía que me iba a poder deshacer de ese objeto de desgracia, va el señor Hewson y decide dejar su trabajo. Bueno, también tengo su dirección personal, pero imaginaba que ir a buscarlo a su trabajo haría las cosas más fáciles. Una especie de transacción comercial. Habría estado muy ocupado y no habría tenido tiempo para hacer demasiadas preguntas. Y, como en el fondo soy una romántica, me imaginaba pudiendo devolverle el anillo para que él, a su vez, le diera una sorpresa a su prometida al volver esa noche a casa. No, tendré que ir a su casa. Además, ni siquiera sé si estará allí a estas horas. Con la suerte que tengo en estos momentos, no me sorprendería.

Me meto en la primera boca de metro que encuentro. Por lo menos, hace más calor que en la calle. Las temperaturas han bajado mucho estos últimos días y hace un frío mortal fuera. El trayecto hasta Beacon Hill no es demasiado largo desde el centro, pero me permite entrar en calor.

Por suerte, la dirección indicada en la hoja impresa de la joyería Montgomery no está demasiado lejos del metro. En este barrio de

Boston, las calles suben la colina y las casas son mucho más opulentas que las de Bay Village, que ya de por sí es un entorno privilegiado. En Bay Village viven muchos artistas, así que paso más desapercibida con mi *look* un poco bohemio, pero aquí tengo la impresión de que las pocas personas que me cruzo me lanzan miradas casi de miedo.

Por fin llego a la dirección que buscaba. Se trata de una elegante casa de ladrillo rojo. Subo las escaleras que me permiten acceder a la entrada. Frente a mí, una imponente puerta negra coronada por un frontón bajo. A ambos lados hay jardineras con pequeños arbustos elegantemente podados. Respiro profundamente, me aferro a la aldaba antes de que me arrepienta y llamo.

Escucho ruido en el interior y la puerta se abre de repente.

La chica frente a la que me encuentro debe tener más o menos mi edad, pero hasta ahí la comparación. A diferencia de mí, no desentona en este barrio tan elegante. Es una versión rubia y más bajita de Zoey. Su vestido color crema se ajusta perfectamente a su cuerpo y sus zapatos de tacón son exactamente del mismo tono. De hecho, lleva zapatos de tacón en casa, lo que demuestra un cierto nivel de sofisticación.

—¿Qué desea? —me ladra, sobresaltándome.

Su tono contrasta realmente con sus rasgos perfectos. Está claro que las apariencias engañan.

Me doy cuenta de que ella también me está escudriñando, pero mientras que a mí ella me provoca admiración, su nariz arrugada me dice que el sentimiento no es mutuo.

Tenía pensado un pequeño discurso de presentación para explicar la razón de mi visita, pero la mirada glacial que me lanza esa mujer hace que me trabe.

—¿Es usted Matthew Hewson? —intento, sin pensar demasiado.

Veo que las arrugas de su cara se contraen.

—¿Acaso cree que podría llamarme Matthew?

Reconozco que mi pregunta es estúpida puesto que estoy frente a una mujer y ni el mejor cirujano del mundo sería capaz de alcanzar semejante nivel de perfección, pero también tengo la impresión de que su reacción tampoco ha sido demasiado positiva ante la mera enunciación del nombre del abogado.

—Creo que tengo algo que le pertenece —me recompongo.

Ella está sujetando el batiente de la puerta con una mano. Solo la ha entreabierto y yo sigo en el rellano.

—¿Le envía él?

—Eh... no. De hecho, ni siquiera lo conozco, me dieron su dirección...

Soy consciente de que es mejor que no le explique cómo conseguí su dirección o Zoey podría tener problemas.

—¿Pero qué es lo que quiere exactamente? —se impacienta.

—¡He encontrado su anillo!

Mejor ir directa al grano, pero en vez de ver aparecer en su rostro la reacción de alegría que me esperaba, la veo arquear una ceja.

—¿Mi anillo?

¡En el nombre de un afta en la lengua! ¡Parece que perdió el anillo antes de declararse!

No es problema tuyo, Julia, me dice una vocecita en mi cabeza. *¡Deshazte del anillo!* Meto la mano en mi bolso. Esta vez no me he metido el anillo en el sujetador porque no me veía rebuscando en mi escote para sacarlo sin que me tomaran por loca.

Saco del bolso el solitario que he guardado con cuidado en un trozo de tela de colores. Veo que la mujer de la puerta no me quita los ojos de encima. Habría preferido que me invitara a entrar para no tener que exhibir la joya en plena calle, pero comprendo que tenga ciertas reticencias.

Aparto el tejido y presento el objeto de todas mis desgracias recientes.

—Aquí lo tiene —digo, poniéndoselo en las narices.

Veo cómo sus ojos se abren de par en par sin apartar la mirada del anillo.

—Entonces, ¿venía a devolverle el anillo a Matthew?

—Sí.

—¿Y cómo ha dicho que se llama?

No se lo he dicho y creo que es mejor no revelarle mi verdadera identidad. Ni decirle que estoy intentando deshacerme del anillo como sea debido a su mal karma.

—Me llamo July y trabajo en la joyería en la que el señor Hewson compró este anillo. Nos pidió que le hiciéramos algunas modificaciones y debíamos entregarlo a domicilio.

Soy realista, mi mentira no se sostiene demasiado. ¿Qué joyería digna de ese nombre entregaría un diamante de semejante valor envuelto en un trozo de tela que un día fue una camiseta? ¿Y desde cuándo tengo yo pinta de trabajar en una joyería? Me aclaro la garganta.

—Nos hemos quedado sin estuches para joyas de incógnito, de ahí el algodón variopinto.

—¿Estuches para joyas de incógnito? —se sorprende, pronunciando cada sílaba.

—Sí, ya sabe, para las entregas a domicilio. Intentamos evitar las cajas con nuestro nombre escrito en grandes letras. Menos posibilidades de que te lo roben en el metro —explico, como si el razonamiento cayera por su propio peso.

Con un poco de suerte, también se creerá que mi atuendo estrafalario es un disfraz para pasar desapercibida y no notará que resulta realmente raro que una joyería de alta categoría envíe a sus empleados a realizar sus entregas en transporte público. Mi mentira, tan grande como la torre John Hancock,[5] me provoca sudores fríos.

—¿Podría verlo más de cerca?

Le entrego el anillo y, cuando lo coge, tengo la impresión de sentirme más ligera. Vale, sé que es ridículo creerlo, pero digamos que una parte de mí entiende que el fin está cerca y se siente más aliviada.

Se gira para examinarlo mejor bajo todos los ángulos. Me digo que ha llegado el momento de irme y, por fin, dejar de oír hablar de ese diamante de la mala suerte.

—Eh, bueno, dígale al señor Hewson que he pasado por aquí. Será mejor que me vaya. Tengo otras entregas que hacer antes de que se haga de noche.

Me doy la vuelta y bajo las escaleras a toda prisa. Quiero poner la mayor distancia posible entre él y yo. Cada metro recorrido es una victoria frente al mal karma.

—¡Espere! —grita la mujer a mis espaldas.

Acelero el paso y oigo un taconeo detrás de mí.

—¡Espere! ¿De qué joyería ha dicho que...? ¡Ahhh!

Se escucha un enorme grito y no puedo evitar girarme. Está tirada en el suelo, con la cara contra el asfalto de la acera. Me doy media vuelta con la idea de ayudarla a levantarse. No soy tan insensible como para dejarla así. En ese momento, me doy cuenta de que su pierna tiene una orientación nada natural. La joven emite un grito de dolor que me hiela la sangre.

---

5   El edificio más alto de Boston.

Capítulo 22

Yo, que paso bastante poco tiempo entre médicos, excepto para tomarme una cerveza con cierto ginecólogo, cruzo las puertas de un hospital por segunda vez en pocas semanas.

A diferencia de la primera vez, yo no soy el paciente. Me acerco al mostrador de recepción y me dirijo a la recepcionista:

—Vengo a ver a la señorita Kathleen Becker.

Me esboza una sonrisa casi de pena.

—Ha pedido que lo avisemos. Le voy a indicar dónde puede encontrarla.

Por el camino, no he dejado de preguntarme si sería Kathleen la que ha reclamado mi presencia o si el hospital se ha limitado a llamar al número de contacto en caso de urgencia escrito en algún formulario que ella no ha tenido tiempo de corregir.

La recepcionista me indica cómo llegar al lugar en el que se encuentra mi ex.

No sé gran cosa sobre su estado. La persona que me llamó solo me confirmó que su vida no corría peligro. He intentado llamar a Noah durante el trayecto para pedirle que intentara averiguar algo más. Aparte de sermonearme sobre el hecho de que Kathleen ya no era mi problema y que sería mejor que avisara a sus padres, no ha sido de gran ayuda. En realidad, le he colgado el teléfono en el momento en que me comparó con un san bernardo que corre a toda velocidad para salvar a su peor enemigo.

Sí, Kathleen y yo ya no estamos juntos. Sí, me ha hecho daño. ¿Y por eso se merece quedarse sola en el hospital? No lo creo. Al fin y al cabo, hasta hace poco, me iba a casar con ella. No puedo ser totalmente indiferente a su dolor. Aunque no tenga la más mínima idea de qué se trata exactamente.

Acudo al box indicado por la empleada de la recepción. Compruebo dos veces el número escrito en la cama porque está ocupada por una mujer que podría ser mi abuela y que duerme apaciblemente.

Le grito a una enfermera que pasa por el pasillo.

—¡Disculpe! Busco a mi... amiga... Me han dicho que estaba en este box, pero...

Hago un gesto en dirección a la ancianita que, claramente, no es Kathleen para que comprenda que no es la mujer que busco.

—¿La persona a la que ha venido a ver es una rubia de ojos azules que confunde el personal hospitalario con el de un hotel de lujo?

La descripción encaja a la perfección con la actitud que podría tener Kathleen. Asiento con la cabeza.

—Está en la sala de curas con su amiga. Si abre bien las orejas, puede incluso que la oiga insultar a mis colegas desde aquí.

La enfermera prosigue su camino y me indica con un gesto en qué dirección debo ir.

¿Está aquí con una amiga? ¡Lo que faltaba! No quiero tener que soportar además a una de sus amigas. Y, en ese caso, ¿por qué ha querido que venga? ¡Por Dios, que no sea Lydia! La buena noticia es que, si tiene fuerzas para insultar al personal médico, no debe de estar demasiado mal. Mentiría si dijera que no me he imaginado últimamente diferentes situaciones en las que acabara siendo víctima de un desafortunado accidente, pero tampoco es que quisiera que se hicieran realidad.

Me acerco a la sala de curas y puedo oír a Kathleen vociferando a través de las paredes. Estoy en el lugar correcto.

Antes de que me dé tiempo a preguntarme si debo llamar o simplemente esperar a que salga, se abre la puerta y me encuentro de frente a un enfermero.

—Vengo a ver a Kathleen Becker.

—Puede entrar —me indica antes de añadir—: Es usted un valiente.

Imagino que era él la víctima de la furia de mi ex hace unos segundos. En vista de que parece estar de mal humor, deduzco que a mí también me caerá una parte.

Cuando cruzo la puerta, Kathleen se gira hacia mí con mirada furibunda, pero que se dulcifica en cuanto se da cuenta de que soy yo.

—Matt, querido, estás aquí.

Su voz se suaviza y su tono indica cierto alivio. Estoy desconcertado por esta bienvenida, que no es para nada la que me esperaba. Parece que mi llegada ha calmado a Kathleen. Me tiende la mano y, sin pensar, la cojo y me acerco a la cama en la que se encuentra. Sus ojos azules, tan familiares y tan vulnerables en estos momentos, me perturban. Parece tan pequeña y frágil con la bata del hospital. Su mirada se empaña y me dispongo a abrazarla para reconfortarla cuando un carraspeo de garganta me hace pensar que no estamos solos en la habitación.

Echo un vistazo al otro lado de la cama de hospital y, cuando esperaba toparme con una de las amigas de Kathleen, veo a la última persona que esperaba encontrarme en este lugar.

—¡Usted! —exclama y entonces comprendo que la persona que se encuentra junto a mi ex no es otra que Julia, la que la casualidad no para de cruzar en mi camino estas últimas semanas.

Ella parece igual de sorprendida de verme aquí. Se queda boquiabierta y abre los ojos como platos.

—¡No me lo puedo creer! ¡Usted es Matthew Hewson!

Suelto una risa nerviosa.

—Creo que sí, ese soy yo.

Hunde las manos en su pelo, sujetándose la cabeza como si estuviera a punto de explotar.

—¡En serio! Usted es Matthew Hewson y yo, como una imbécil, buscándolo cuando lo he tenido delante de mis narices todo el tiempo. *¡En el nombre de un karma de mierda!* Las chicas no se lo van a creer cuando se lo cuente.

No tengo ni idea de por qué está tan sorprendida. ¿Exasperada? ¿Será el hecho de que, efectivamente, yo sea Matthew Hewson? De hecho, ¿cómo es que ella sabe mi nombre?

Veo que Kathleen nos mira fijamente por turnos frunciendo el ceño.

—¿Pero no conociste a July en la joyería? —pregunta.

Me pregunto si mi ex no se habrá dado un golpe fuerte en la cabeza. ¿Qué es esa historia de la joyería? Y estoy casi seguro de que la chica se llama Julia, no July. De hecho, me gustaría que me explicaran por qué esta última, sea cual sea su nombre, se ha ruborizado y evita nuestra mirada.

—¿July? —pregunto para atraer su atención.

Levanta la cabeza, parece claramente incómoda y lanza una mirada furtiva a Kathleen, que todavía tiene una expresión severa y contrariada.

—Yo... ¿Podemos hablar en privado, señor Hewson? —balbucea.

Siento que la mano de Kathleen, todavía en la mía, se tensa y le lanza una mirada furibunda.

—Puede hablar delante de mí. Matt y yo no tenemos secretos.

Me dan ganas de dejar patente mis dudas en cuanto a esta última afirmación, pero no es el momento de sacar el tema. La mirada de July/Julia se vuelve suplicante y siento que de verdad tiene algo importante que decirme y, al parecer, preferiría que mi ex quedara fuera de todo esto. Debatiéndome entre las dos, tomo una decisión.

—Vuelvo en un minuto, cielo.

De forma mecánica, le doy un beso en la mano antes de soltarla. Solo tras hacer señas a July/Julia para que pase delante de mí me doy cuenta: *uno*, acabo de llamar a Kathleen «cielo» y *dos*, he tenido con ella un gesto de afecto que, quizá, no sea el más adecuado dadas las circunstancias. Si me viera Noah, diría que soy patético.

Una vez en el pasillo, July —¿Julia?— se gira hacia mí. Me llegan los efluvios de su perfume. Se trata de un olor floral y delicado. Sin duda, fue con ella con la que me crucé en el bar la otra noche.

Parece nerviosa. Retuerce las manos y no sabe ni qué postura adoptar. Mira la pared de un lado, seguramente para evitar hacerme frente. Aprovecho para examinar los rasgos de su cara, iluminada por sus brillantes ojos marrones. Lleva el pelo suelto, ondulado con suavidad hasta la mitad de la espalda. Sus labios rojos contrastan agradablemente con su piel blanca propia de rubia natural. De hecho, se los está mordisqueando, sin duda molesta por mi silencio y por el hecho de que habría que estar ciego para no darse cuenta de que la estoy estudiando. Va envuelta en un abrigo verde botella algo desgastado del que sobresale una falda larga de flores que lleva con un par de botas.

—Vale, July... ¿O es Julia?

Asiente con la cabeza ante esta segunda hipótesis, lo que confirma que mi recuerdo es correcto.

—Julia, ¿se puede saber qué está haciendo con Kathleen en este hospital?

Suspira y por fin acepta mirarme.

—Tengo un objeto en mi posesión que le pertenece y pasé por su casa con el objetivo de devolvérselo. Es en ese momento cuando se produjo el accidente.

—¿El accidente?

Con la sorpresa de descubrirla junto a la cama de Kathleen había olvidado por completo el hecho de que esta última está en el hospital. De hecho, no tengo la más mínima idea de qué se ha hecho, aunque la escayola de su pierna me da alguna pista.

—Poco después de que le devolviera el objeto a Kathleen, por desgracia resbaló sobre una placa de hielo. Se había roto la pierna, así que no iba a dejarla sola en la ambulancia ni aquí mientras lo esperaba a usted.

Ahora comprendo un poco mejor su presencia junto a mi ex, pero una pregunta me atormenta:

—Vale, ¿pero de qué objeto misterioso estamos hablando?

En cuanto lo pregunto, la veo abrirse el abrigo y meter la mano en su escote. Desde luego no es la reacción que me esperaba.

—¿Se puede saber qué está haciendo?

¿Debería preocuparme porque una joven se haya puesto a toquetearse los pechos frente a mí en mitad del pasillo de urgencias? Por si acaso, compruebo si hay alguien observándonos porque si la escena ya me parece surrealista, no me quiero ni imaginar lo que alguien desde fuera podría deducir de la situación.

—¡Aquí está!

Entonces comprendo que Julia, de hecho, estaba buscando algo oculto en su sujetador. Sé que ciertas mujeres recurren a esta técnica cuando no tienen bolsillos ni bolso, pero es la primera vez que soy testigo de ello. Por muy sorprendente que me pudiera parecer, ¡quién soy yo para juzgarla!

Sin embargo, olvido toda consideración sobre el método de almacenamiento utilizado por Julia cuando mis ojos se posan en el objeto que exhibe entre sus dedos.

El anillo.

Para ser más exactos, el anillo de compromiso que había comprado para Kathleen.

Capítulo 23

En la punta de los dedos tengo el objeto que, en mi opinión, es la fuente de todas mis recientes desgracias. Incluso con la iluminación verduzca del hospital, tengo que reconocer que es sublime. De hecho, me pregunto por un segundo cómo había podido llegar a pensar que era falso.

El hombre que tengo frente a mí, cuyo nombre conozco por fin desde hace unos minutos, también tiene la mirada fija en el solitario. Veo que diferentes emociones cruzan su rostro: sorpresa, conmoción, duda e, incluso, ¿un poco de angustia?

—¿Dónde ha encontrado esa cosa?

Me dan ganas de responderle que no se trata de una simple cosa. Esa cosa vale una fortuna, pero imagino que si alguien lo sabe es él. Pero, sobre todo, esa cosa es el objeto que me obsesiona desde que entró en mi vida y del que me gustaría deshacerme lo antes posible.

—He encontrado esa cosa, como usted dice, en el cajón de arena de un parque infantil.

Un destello de sorpresa cruza su cara, pero solo dura un segundo. Eso me confirma que no está tan sorprendido como parece.

—Lo ha encontrado en el cajón de arena —continúa, pasándose la mano por el pelo.

—Supongo que tiene una explicación, ¿no?

Tengo curiosidad por saber qué hacía un anillo de ese valor en un área de juego.

—Fue ahí donde lo perdimos.

—¿Perdimos?

—Sí, mi amigo Noah y yo.

—¿Su amigo Noah?

He oído ese nombre hace poco. Tengo un *flash* de la noche con Zoey: la expresión desconcertada del médico cuando vio el anillo en mi dedo.

—¿El ginecólogo Noah Miller? —pruebo.

Matthew frunce el ceño.

—¿Cómo es que conoce a Noah?

No puedo confesarle que es porque mi amiga ha fijado su objetivo en el sexi médico y, como una acosadora, decidió ir a tomarse algo a su bar favorito.

—Es el médico de mi mejor amiga —evito—, pero eso no explica cómo pudo perder semejante anillo en el parque. Ni qué tiene que ver el doctor Miller en toda esta historia...

Ni, de hecho, por qué el karma vuelve a divertirse a mi costa. ¿Qué probabilidad había de que el Noah de Zoey también fuese el Noah de Matthew Hewson? Después de esto, ¡que alguien ose decirme que no hay coincidencias inquietantes en todas estas peripecias!

—Es una larga historia.

Esboza una media sonrisa que me hace suponer que debe de ser bastante interesante.

—Tengo tiempo.

—Pero antes de que se la cuente, me gustaría saber cómo ha conseguido averiguar que yo era el propietario del anillo. Y, sobre todo, ¿por qué me ha buscado?

—Porque quiero devolverle el anillo.

Parece sorprendido. Le acerco el solitario, pero él no quiere cogerlo. Por el contrario, se cruza de brazos. Aguanto unos segundos con el brazo extendido por si se lo replantea, pero me mira fijamente con la expresión decidida de quien no piensa cambiar de opinión.

—¿Devolvérmelo? ¿Por qué?

¡Pero qué suerte la mía! Tenía la esperanza de que cogiera el anillo de la mala suerte sin hacer demasiadas preguntas, pero se ve que no va a ser así. ¿Por qué mi vida no puede ser más simple? Sabía que tenía que haberle dejado el anillo a su prometida. Al menos, ella parecía estar interesada.

—Bueno, no sé, ¿porque su prometida estaría contenta de que por fin le hiciera la proposición?

Ya he comprendido que Kathleen no había visto la joya antes de hoy. De hecho, tengo la impresión de que he estropeado un poco la sorpresa. ¿Será por eso por lo que no quiere recuperarlo? ¿Porque he estropeado su petición? Pero, bueno, ¡ni que hubiera sido yo la que ha perdido el diamante!

—No es mi prometida.

—Ya sé que todavía no se ha puesto de rodillas...

—No —me interrumpe—, no voy a pedirle a Kathleen que se case conmigo.

—Entonces, ¿por qué había comprado un anillo?

Me fulmina con la mirada.

—Porque quería hacerlo algún día.

—¿Y ha cambiado de opinión?

¿Qué puede empujar a un hombre a querer declararse y luego, una vez comprado el anillo, cambiar de opinión?

Vale, esa tal Kathleen parece tener un carácter horrible. En su defensa tengo que decir que si yo también hubiera tenido mi tibia en un ángulo que desafía las leyes de la naturaleza, quizá tampoco habría estado demasiado amable, pero tengo la impresión de que cuando Matthew ha entrado en la habitación, su actitud se ha transformado por completo. Se ha vuelto tan dócil como un corderito y muy frágil.

—Sí, he cambiado de opinión.

—Pero ¿por qué?

Hace una mueca y casi siento haber hecho la pregunta.

—No es que tenga que darle explicaciones, pero estoy seguro de que comprenderá que, después de haberla sorprendido en la cama con otro, me replanteara mi decisión de convertirla en mi esposa.

Me quedo muda. Al imaginarme los diferentes escenarios relacionados con el destino de esta joya, jamás se me habría ocurrido que la petición se hubiera malogrado por culpa de un adulterio. Decir que me siento incómoda por haber insistido en comprender por qué no deseaba recuperar el anillo es un eufemismo. Todavía no sé cómo ha terminado en un cajón de arena, pero no creo que sea el momento de preguntar.

—Lo siento.

No se me ocurre nada mejor que decir. Resulta un poco patético y, llegados a este punto, preferiría que me hubiera tragado la tierra antes que encontrarme frente a un hombre que exuda rabia contenida.

—No me apetece volver a ver ese anillo. No me trae buenos recuerdos.

—Pero Kathleen y usted...

—Nos hemos separado —completa—. Aunque admito que no es lo que ha podido parecer hace un momento.

No suelo ver a parejas separadas que se cojan la mano y se llamen cariño o cielo, pero tampoco es que sea experta en ese tipo de cosas.

Nos quedamos uno frente al otro en silencio. Él suspira y se pasa la mano por el pelo. Un pelo bastante bonito, todo sea dicho de paso. Me pregunto si utilizará un producto especial para que brille tanto o si es algo natural. En cualquier caso, a mí también me gustaría pasarme la mano por el pelo si lo tuviera igual o, mejor aún, me gustaría pasarle la mano por el pelo. Sí, porque tengo que reconocer que Matthew Hewson está lejos de ser desagradable a la vista. Sus ojos de un azul profundo, su mandíbula cuadrada y viril bien afeitada, su frente despejada... No está tan fornido como el delincuente que le gusta a Amy, sino más bien delgado, pero también desprende una masculinidad firme y reconfortante.

Sus ojos se fijan en los míos y sonríe. Creo que acaba de darse cuenta de que lo estoy examinando.

—Señor Hewson, debería quedarse el anillo —le digo para distraerlo de ese pensamiento.

Debe de pensar que soy un disco rayado, pero de ninguna forma pienso irme de este hospital con esa cosa.

—Por favor, llámeme Matt. Y no, no pienso quedármelo.

—Sí, debe quedárselo, es suyo.

—¿Por qué quiere devolvérmelo a cualquier precio? Usted lo ha encontrado, es suyo. Punto final. Haga lo que quiera con él. Véndalo si tanto le molesta. ¿Sabe cuántas cosas podría comprarse con ese dinero? Vale una pequeña fortuna.

Como si no lo supiera.

—Gracias por recordármelo. Si esa es su forma de ser caritativo, puede metérselo donde yo le diga. *¡En el nombre de una avería del agua caliente!* No quiero su anillo ni su dinero. Así que, por favor, cójalo.

Esta vez, se enfada.

—Pero, a ver, ¿se puede saber qué le pasa? Tiene en las manos una joya que vale varios miles de dólares, tiene el permiso de su propietario para quedárselo y hacer con él lo que quiera ¡y se permite rechazarlo!

¿Y si grita un poco? Pues entonces yo también. Me dan igual los rostros que se giran hacia nosotros, alertados por el aumento de volumen.

—¡Sí, no quiero saber nada de su anillo maldito! ¡Desde que lo tengo, solo me han pasado desgracias! ¡Todos los días me pasa algo! Así que no, gracias. No querría su generoso regalo así me estuviera muriendo de hambre. ¡Creo que preferiría morirme antes que aceptarlo solo para que usted se sienta mejor!

Según parece, no se esperaba que me enfadara así. Parpadea varias veces y echa un vistazo en dirección a los curiosos que no dejan de mirarnos. Me agarra por el brazo y me arrastra a una esquina, lejos de su curiosidad.

—¿Y por qué cree que este anillo trae mala suerte?

—¡Porque solo me han pasado desgracias desde que lo tengo: el niño que cuidaba se hizo daño, cogí la gripe, mi hermano terminó arrestado de forma injusta, una de mis mejores amigas también y he perdido dos trabajos consecutivos! ¡No lo quiero!

No le hablo del hecho de que creo que estoy embarazada de un hombre que trabaja en un circo y del que no sé nada. Ni del último aviso de expulsión de mi apartamento por no pagar el alquiler que he recibido esta misma mañana.

Veo que Matthew me observa atentamente y parece que todo esto... ¡le divierte! Es difícil distinguirlo porque no sonríe apenas, pero veo en su mirada que se está riendo de mí. ¡Y pensar que sus ojos me parecían bonitos!

—¿Piensa que el anillo trae mala suerte?

—¡Sí, eso es justo lo que creo!

—¿Y quiere que me quede con un anillo que trae mala suerte?

—Sí.

Guarda silencio durante un instante y tengo la impresión de que acaba de caer en la cuenta de algo que le resulta agradable.

—¿Y si yo creyera justo lo contrario, que trae buena suerte?

—¿Pero es que no ha escuchado nada de lo que le he dicho?

Aprieta aún más su mano en mi brazo y se acerca un poco más a mí.

—Puede que, en su caso, no le haya traído demasiada suerte, pero yo tengo que admitir que, en el mío, puede que haya evitado que cometiera el peor error de mi vida. Y, además, le veo otra gran ventaja...

—¿Cuál? —pregunto, resoplando.

—Se podría decir que desde que está en su posesión, no dejamos de cruzarnos. Y eso no es algo que me desagrade.

Me da un vuelco el corazón y, por un instante, nuestras miradas se entrelazan.

—¡Matthew!

La voz ahogada de Kathleen a través de la pared nos devuelve al presente. La magia del instante se ha roto.

—Debería ir. Ella lo espera.

Matt me escruta. Puede que me esté haciendo ilusiones, pero tengo la impresión de que le gustaría quedarse conmigo.

Le cojo la mano y le entrego el objeto de discordia.

—Por favor...

Son las únicas palabras que me autorizo a pronunciar para volver a intentar convencerlo. Me doy la vuelta y me alejo en dirección a la salida del hospital. Él no intenta detenerme. Cuando por fin llego al final del pasillo, echo un vistazo por encima de mi hombro y veo que sigue plantado en el mismo lugar, mirándome con intensidad.

Capítulo 24

Estoy satisfecha. Por primera vez en mucho tiempo, por fin he encontrado la inspiración.

Me he levantado esta mañana con un gran deseo de expresarme en un lienzo. Solo he tenido que sacar mis pinceles y mis pinturas... y mi imaginación ha hecho el resto. Ha sido como estar poseída por una fuerza exterior. Tenía que salir, que manifestar lo que sentía. No es la primera vez que tengo esa sensación, pero ya casi me resultaba extraña. La había olvidado y no era consciente de lo mucho que la echaba de menos. Y ni qué decir del alivio que he experimentado. Había llegado a pensar que jamás volvería a expresarme con mi pintura.

Pero aquí estoy, frente a un lienzo de una calidad que no me creía capaz de alcanzar. Es, sin lugar a dudas, mi mejor obra desde hacía mucho tiempo, por no decir de toda mi vida.

Cuando pinto, a veces me gusta mezclar colores al azar para ver qué sale de ahí. Eso me permite descubrir nuevos matices de naranja o de rosa, mientras que otras veces se convierte en un gris espantoso o en un marrón repulsivo. Como en la vida, hay buenas y malas sorpresas. Hoy estoy satisfecha. Puede ser que el hecho de saber que ya no tengo el anillo me haya ayudado inconscientemente a recuperar la inspiración.

Oigo algunos golpes en la puerta. Un escalofrío de angustia me oprime. ¿Será mi casera que viene a reclamarme el alquiler? Ni siquiera puedo pedirle a Grant que abra y finja que no estoy porque ha salido a hacer la compra. En realidad, me he librado de él porque verlo hacer el vago en el sofá mientras se come una bolsa de patatas fritas con gran estruendo malogra mi concentración.

Llaman una segunda vez. Tengo que tomar una decisión. ¿Podría negociar un aplazamiento en el pago? Después de todo, no hay motivo para que la suerte no me sonría de ahora en adelante.

Resulta tonto, pero desde que la joya ya no está en mi posesión, me siento más ligera. Tengo la impresión de que puedo volver a vivir mi vida plenamente si esperar que una desgracia me caiga encima sin previo aviso.

Me seco las manos con un paño y echo un vistazo rápido al espejo. Llevo el pelo recogido en la parte superior de la cabeza en algo que no se puede llamar un moño en estos momentos. Tengo pintura acrílica verde en la mejilla y roja en la camiseta. En cualquier caso, esté quien esté al otro lado de la puerta, se va a tener que conformar con mi *look* de pintora descuidada.

Abro sin echar un vistazo antes por la mirilla. Craso error, porque el que se encuentra en mi rellano es la última persona que esperaba ver allí.

Matthew Hewson.

En toda su gloria y su esplendor, vestido con un caro abrigo de cachemira y su media sonrisa en los labios.

Una vez superado el segundo de estupor, por fin consigo recuperar el uso de la palabra:

—¿Qué hace aquí?

—Buenos días a usted también —replica, burlón.

Al parecer, su aparición repentina en mi puerta me ha frito unas cuantas neuronas porque ni siquiera respondo. Me limito a mirarlo como una estúpida.

—¿Cree que podría dejarme entrar? Ya me he cruzado con uno de sus vecinos y, aunque no hemos hablado mucho, tengo la impresión de que no le gustan demasiado los extraños.

Debe de estar hablando de mi vecino de abajo, que ve en todo aquel que entra en el edificio una fuente potencial de peligro. A menos que se haya cruzado con una rata. Espero que no esté hablando de ratas...

Le hago señas para que entre y cierro la puerta detrás de él. Me da un poco de vergüenza recibirlo en mi casa. Si hubiera sabido que iba a visitarme, al menos habría intentado ordenar un poco, porque lo menos que puedo decir es que el orden no es lo mío. Me gusta fingir que no soy desordenada, decir que mi sistema de clasificación difiere de las convenciones impuestas por los demás, pero, si soy honesta conmigo misma, tengo que reconocer que estoy lejos de ser la perfecta ama de casa. En resumen, que todo está hecho un desastre. Entre mis cosas y las de Grant, no hay ni un solo mueble que no esté recubierto de cosas: ropa más o menos limpia, tubos de crema, pinceles, libros o gomas del pelo, nada en su sitio.

Sin embargo, mi mente olvida deprisa estas consideraciones domésticas y se centra en una cuestión mucho más terrenal:

—¿Cómo ha averiguado que vivo aquí?

—Dejó sus datos en el hospital cuando acompañó a Kathleen. Solo tuve que pedírselos a la recepcionista.

—¿Y se los han dado así de fácil? —me sorprendo ante la falta de respeto por la vida privada demostrada por los empleados del centro hospitalario.

Sabía que tenía que haber dado una dirección falsa.

—Le sorprendería saber lo mucho que se puede conseguir con una sonrisa.

—Una sonrisa, una cara bonita y la garantía de una cartera bien llena —gruño entre dientes, al parecer lo suficientemente fuerte como para que él oiga mi comentario.

185

—¿Está insinuando que las mujeres son corruptibles? Creo que tiene una visión muy negativa de sus congéneres.

—Es usted quien ha afirmado comprar la información con una sonrisa.

—Una sonrisa no cuesta nada.

—¡Qué más da!

Hago un gesto con la mano para poner fin al tema antes de continuar:

—¿Qué quiere y qué hace aquí?

Me vuelve a sonreír.

—Pues resulta que he pensado mucho en el asunto del anillo desde ayer.

—Pues yo lo había olvidado por completo —miento—. Gracias por volver a sacar el tema.

—He pensado que no era justo que se hubiera tomado tantas molestias sin recibir nada a cambio.

—No se preocupe, tampoco quiero nada. Solo quiero recuperar mi existencia y olvidar que el anillo un día formó parte mi vida.

Matt mira a su alrededor. Sé lo que está viendo: el papel desgastado de las paredes, las grietas del techo, la estantería a punto de caerse...

—Podría aceptar una recompensa de mi parte. Me ha devuelto un objeto de valor. Es lo que se suele hacer en estos casos.

Me cruzo de brazos y lo fulmino con la mirada.

—¿Qué está insinuando exactamente? ¿Que como no vivo en un palacio, tengo que aceptar su dinero para que usted se sienta mejor? ¡Ni hablar! Seguramente es lo que haría la mayoría, pero yo no soy como la mayoría. Si hubiera querido dinero, habría ido a vender el anillo en vez de buscarlo por toda la ciudad y, de paso, darme una vuelta en ambulancia con su ex histérica. Así que salgan de aquí, usted y sus supuestas buenas maneras.

Lo agarro por el brazo y lo acompaño hacia la puerta. Él se deja hacer unos pasos, pero luego se para de golpe. Suspiro, molesta.

—¿Y ahora qué?

—Si no es por el dinero de la recompensa, ¿por qué ha querido devolverme el anillo?

—Ya se lo he dicho, porque trae mala suerte —digo, irritada por tener que repetirlo.

—Entonces, ¿por qué no se ha limitado a deshacerse de él?

—No iba a pasarle la mala suerte a otra persona.

Se libera de mi agarre.

—¿Pero a mí sí?

—No es lo mismo. Usted es el propietario —afirmo.

—¿Y eso hace que no me afecte la desgracia?

Me encojo de hombros.

—No, pero es su problema, es usted quien lo ha comprado.

Puedo ver en su mirada que todo esto le resulta divertido.

—Pues podría haberse deshecho de él perfectamente tirándolo al mar, por ejemplo.

Agito la cabeza elevando la mirada al cielo.

—En realidad no sabe nada del mal karma, ¿verdad? ¿De verdad cree que es así de fácil deshacerse del mal de ojo?

—Reconozco que soy novato en el tema.

Tengo la impresión de que nuestra conversación le divierte y no sé si eso debería irritarme o no. Me molesta que esté aquí, con su físico perfecto y sus buenas maneras, dándome consejos sobre la forma en la que debería haber gestionado el problema. No consigo enfadarme con él, porque veo en el fondo de su mirada cierta bondad que llega al corazón sin resultar condescendiente.

—Bueno, debería saber que por el hecho de enterrar un problema no desaparecerá y seguirá ahí hasta que lo resuelva.

—Me encanta su sentido de la comparación. Entonces, si lo he comprendido bien, ¿la única forma de alejar el mal de ojo de su persona era devolver el anillo a su propietario?

—Sí y, para ser honesta, esperaba que perteneciera a una mujer, es decir, comprendo que sea un hombre quien lo haya comprado, pero me imaginaba que habría sido una mujer quien lo habría perdido.

—Siento mucho haberle decepcionado en ese punto. ¡Ah! Acabo de caer en su auténtica motivación. En el fondo, es una romántica incorregible y esperaba encontrarse una mujer desconsolada por haber perdido su anillo de compromiso...

Parece contento por su descubrimiento. Y me desafía con la mirada para que admita que tiene razón. Bajo ningún concepto pienso hacerlo, sobre todo porque se equivoca.

—Hace ya mucho tiempo que dejé de creer en los cuentos de hadas, pero si le hace ilusión pensar eso, no se prive. Si le satisface como explicación y lo deja más tranquilo, a mí también me vale.

Señalo en dirección a la puerta, pero no parece haber captado el mensaje. Por el contrario, se instala cómodamente en mi sofá. Eso me molesta sobremanera.

No, no estoy siendo del todo honesta. Una parte de mí piensa que queda estupendamente ahí, sentado en mi casa, con su pelo impecable y sus luminosos ojos azules. Y sin embargo desentona por completo con mi entorno. Pero solo soy una mujer y... él es un magnífico espécimen masculino.

—Entonces, Julia, dígame, ¿cómo puedo ayudarla? No quiere ninguna recompensa económica, pero ¿hay algo que pueda hacer por usted?

Estoy a punto de responderle que se puede ir al diablo, pero entonces oigo la llave girando en la cerradura. Un segundo después, el enorme cuerpo de mi hermano aparece bajo el marco de la puerta, con las bolsas de la compra en las manos.

Se para en seco en cuanto descubre que no estoy sola. Su mirada va de Matt a mí con expresión de desconcierto. Debe de estar preguntándose qué hace ese hombre con un traje más caro que el propio sofá en el que está sentado en mitad de nuestro salón.

—Matt, te presento a Grant. Grant, Matt —digo a forma de presentación.

Este último se levanta y le tiende la mano a mi hermano, que la estrecha con expresión de sospecha. Algo que, por supuesto, me exaspera sobremanera. Para empezar, soy yo la mayor y, después, todavía tengo derecho a recibir hombres en mi salón sin tener que pedirle permiso. Veo a Matt erguirse para intentar dar el pego y, seguramente, demostrar que, en una pelea de gallos, no se dejaría intimidar.

Grant se acerca a la encimera de la cocina para dejar los paquetes y lo observamos en silencio. Pero veo el momento en que su mente concibe lo que, en su opinión, es una idea maravillosa y, sin tiempo para intervenir y detener su acción estúpida y pueril, saca dos cajas rosas de una de las bolsas y las deja sobre la mesa.

—De hecho, Julia, te he traído lo que me has pedido que comprara en la farmacia —anuncia antes de huir al cuarto de baño.

Por supuesto, su respuesta atrae la mirada de Matt hacia los objetos y, por si los dos bebés sonrientes de la caja no le hubieran dado ya una pista, escrito en letras grandes se puede leer: prueba de embarazo.

Veo como los ojos de Matt se abren como platos y van de las cajas al cuarto de baño y a mí. Se levanta deprisa.

—Bueno, creo que están algo ocupados, así que será mejor que les deje tranquilos.

Sin darme tiempo a decir nada, abre la puerta. Hace como diez minutos que estoy intentando deshacerme de él y la simple visión de dos pruebas de embarazo bastan para conseguirlo en menos de diez segundos.

Todos los hombres son unos desgraciados, empezando por mi hermano.

Capítulo 25

—¡Grant, sal de ahí ahora mismo! Tengo un par de cosas que decirte.

Ha hecho bien parapetándose en la única habitación del apartamento que tiene cerrojo, porque tengo pulsiones asesinas.

Oigo el agua correr. Estoy segura de que ir a hacer la compra en pleno mes de noviembre no te hace sudar hasta el punto de que necesites ducharte. Solo está evitándome, lo que me enfada todavía más. Seguramente debe pensar que si deja pasar unos minutos, se me olvidará su acto pueril y me sentiré menos inclinada a saltarle al cuello.

La paciencia no es mi fuerte, pero como no tengo nada mejor que hacer, voy a esperar a que salga. No voy a seguir pintando: el lienzo en el que estoy trabajando es bastante alegre y, ahora, no tengo el estado mental adecuado. En absoluto.

Cuando por fin sale del cuarto de baño, la expresión de su cara me indica que esperaba que ya se me hubiera pasado.

—¿Me puedes explicar a qué ha venido ese numerito?

Agacha la mirada. Al menos, es consciente de haberla cagado.

—Grant... —insisto.

—Para empezar, ¿quién es ese tipo?

¡Vamos, lo que me faltaba!

—¿Y eso a ti qué te importa? Recibo a quien quiero, cuando quiero. ¡No es un motivo para restregarle por la cara mi vida privada! Que yo sepa, podría haber sido... ¡Qué sé yo! ¡Mi banquero, mi casero, mi vecino!

Me responde con un aplomo que me enfurece aún más:

—Seguro que tu banquero no hace visitas a domicilio, tu casera es una mujer y conozco a todos tus vecinos.

Me pellizco el puente de la nariz para no explotar.

—¡Y qué más da! ¡No tenías derecho a hacer lo que has hecho! *¡En el nombre de una multa por exceso de velocidad!*

—Lo siento, lo he hecho sin pensar. Cuando he visto la forma en que te miraba cuando he entrado...

—¿A qué te refieres con la forma en la que me miraba?

—Lo sabes perfectamente —maldice mientras se dirige a la cocina.

—No, no lo sé —replico, cortándole el paso.

Se para de repente y casi me choco con él.

—¡Le gustas, Julia! Eso se ve a simple vista.

Entrecierro los ojos.

—¿Y has llegado a esa conclusión después de observarnos menos de dos minutos?

—Pffff. Vale, tengo que reconocer que he actuado un poco sin pensar. Pero si lo he hecho es para que supiera a qué atenerse.

—¿A qué te refieres?

—¿Lo haces a propósito o qué? ¡Puede que estés embarazada! Y, a juzgar por su aspecto, ¡no creo que sea el acróbata de la Europa del Este, padre de tu bebé! Así que tiene derecho a saber que no tiene ninguna posibilidad.

—Para empezar, estamos hablando de mi potencial futuro bebé y aquí, potencial es la palabra clave. En segundo lugar, te aseguro que no está para nada interesado en mí. Es el propietario del anillo.

No hace ni dos días que nos conocemos y apenas nos soportamos. En tercer lugar, ¡déjame que lleve mi vida amorosa o mi falta de vida amorosa como a mí me dé la gana!

—¡Oh! ¡Venga ya! ¡Al menos podrías agradecerme que haya ido a comprarte tus pruebas! Me he sentido como la primera vez que compré condones. ¡Más embarazoso, imposible!

—Estoy casi segura de que ni siquiera te compraste tus primeros condones. Si no recuerdo mal, los robaste en la tienda de la señora Sánchez.

Me fulmina con la mirada, lo que confirma mis sospechas.

—Eso no quita que lo he hecho porque eres mi hermana y te quiero, porque no lo habría hecho por nadie más —gruñe.

Seguramente os estaréis preguntando cómo es que se me ha ocurrido enviar a mi hermano a comprarme las pruebas de embarazo. No lo he puesto en la lista de la compra como si fuera un kilo de zanahorias o una botella de zumo. En realidad, ha sido él quien se ha ofrecido a hacerlo. Vale, inicialmente creo que su idea era acompañarme a comprarlas, pero como soy una auténtica cobarde, le he tocado la fibra sensible y lo he manipulado para que fuera solo. Bueno, tampoco ha sido tan complicado: solo he tenido que hacerlo sentir culpable con una leve alusión a todo lo que he tenido que hacer por él durante estas últimas semanas. ¿Qué dice eso de mí? Pues nada bueno, supongo. Pero, llegados a este punto, me da igual.

¿Y cómo es que he terminado confesándole a Grant que cabía la posibilidad de que estuviera embarazada? Desde luego no fue una elección deliberada por mi parte. Honestamente, ¿quién en su sano juicio le diría a su hermano que está preocupada porque no le ha venido la regla? Yo no. Es el tipo de tema del que no suelo hablar con él. De la misma forma que no me gustaría conocer los detalles de su vida sexual. De hecho, creo que habría prescindido con gusto de esa información, pero me pilló por una simple salsa de tomate.

Sí, lo sé, la relación no está tan clara.

A pesar de haber tenido una infancia más parecida a la de Oliver Twist que a la de las hijas Ingalls en *La casa de la pradera*, no hay nadie que haya contribuido más a transformar ciertos momentos de pena en recuerdos felices que nuestra vecina, la señora Scheffield. Cuando mi madre desaparecía sin más, la señora Scheffield solía quedarse con nosotros al menos unas horas, el tiempo necesario para prepararnos un buen plato caliente. La especialidad de esa mujer de mediana edad, que soñaba con viajar cuando había pasado la mayor parte de su vida en su caravana de Massachusetts, era la pasta con salsa de tomate. Era un plato que yo adoraba por su sabor único, pero, sobre todo, porque era sinónimo de un momento de bienestar en nuestra existencia a veces difícil.

Lo que no sabía es que la señora Scheffield había aceptado compartir la receta con mi hermano y, este mediodía, él había decidido prepárarmelo. En cuanto me metí el primer trozo en la boca, reconocí de inmediato el sabor incomparable del plato de mi infancia. Según Grant, el truco estaba en una buena dosis de aceite de oliva y orégano. Hacía años que no comía y, tras tres bocados, me invadió una oleada incontrolable de melancolía y me eché a llorar.

Tras un primer momento de desconcierto, mi hermano se me quedó mirando, paralizado por mi repentino cambio de humor. Hasta ahí, nada sorprendente. Como hombre que es, ver a una mujer llorando le suele hacer entrar en pánico. A continuación, como muchos habrían hecho en su lugar, sacó una conclusión puramente masculina: sin duda, esa emotividad se debía a un fenómeno misterioso totalmente femenino. Por supuesto, entonces me hizo la pregunta que sirvió de gota para colmar mi vaso: «¿Te va a venir la regla?».

En vista de mi situación actual, los sollozos se duplicaron en volumen y, entre dos hipos, terminé confesándole que mi visita de todos los meses se estaba haciendo de rogar y que era eso lo que me preocupaba. Se quedó atónito unos segundos, digiriendo la información. Abrió la boca varias veces, como si quisiera decir algo, pero la volvió a cerrar. Cuando por fin consiguió articular palabra, me hizo la pregunta que cabía esperar:

—¿Quién es el padre?

Me quedé observándolo unos instantes a través de mi mirada borrosa y luego le conté todo: Dimitri, el malentendido con el anillo, la sucesión de malas noticias, etcétera. Durante mi relato, pasó sucesivamente del estado de hermano mayor alfa *punto cero* con ganas de partirle la cara al progenitor de mi potencial feto, a un estado de duda cuando le expliqué la relación entre el diamante y mi mal karma. Al final se puso en plan moralista cuando le confesé que todavía no me había hecho la prueba de embarazo.

Y así es como terminé enviando a mi hermano a una misión que jamás habría pensado confiarle, ni él aceptar, supongo.

—Bueno, ¿te vas a hacer esa prueba? No he pasado la vergüenza de mi vida en la farmacia para que la caja se quede en la encimera de la cocina.

Sus palabras me sacan de los pensamientos en los que andaba perdida.

—Quizá podría esperar...

—Julia... —gruñe con tono inapelable—. Ya te has puesto todas las excusas del mundo para no hacerlo. No sirve de nada seguir así. Solo estás retrasando lo inevitable. Y creía que tu argumento principal era que no querías hacerte la prueba mientras el anillo estuviera en tu posesión. Aunque dudo mucho que un pedrusco pueda influir en la aparición de una línea azul, ya no te queda ninguna excusa ahora que no lo tienes.

Suspiro y agarro la caja que hay frente a mí. Miro fijamente al bebé regordete y sonriente impreso en ella.

—Voy a ser una madre horrible.

—Te las apañarás, estoy seguro. ¿Sabes por qué?

—No —admito.

—Porque has sido como una madre para mí cuando tenías más bien la edad de jugar a las muñecas. Jamás me faltó amor gracias a ti.

Sus palabras hacen que los ojos se me llenen de lágrimas. Esta emotividad excesiva debería asustarme aún más, pero ni le presto atención a mi reacción, porque es la primera vez que escucho las palabras que acaba de pronunciar. Me acerco a él y me rodea con sus brazos. Gimoteo contra su pecho mientras me acaricia la cabeza. Me siento en lugar seguro y eso es justamente lo que necesitaba. Nos quedamos unos minutos así, tiempo suficiente para empapar su camiseta. Al final, se aleja un poco y me dice:

—Venga, vamos, ve a hacerte la prueba.

Asiento con la cabeza y desaparezco en el cuarto de baño. Unos segundos después, salgo con un nudo en el estómago.

—Tengo que esperar unos minutos para ver el resultado —anuncio.

Grant me dedica una pequeña sonrisa reconfortante y me da un chocolate caliente que acaba de preparar. Coge el suyo y me hace señas para que lo siga al salón. Se instala en el sofá y yo hago lo mismo.

—Entonces, ¿para qué te quería el propietario del anillo? —me pregunta, seguramente con la única intención de darme conversación.

No le respondo porque mis ojos se han quedado fijos en algo.

¡No me puedo creer que haya sido capaz de hacerme algo así!

En la mesa baja, entre una revista femenina y un paquete de galletas vacío, se encuentra un objeto que no debería estar ahí. Debido a la mala iluminación del salón y al desorden, podría haber pasado totalmente desapercibido. Y, sin embargo, ahora que lo he visto, no puedo dejar de mirarlo.

—Oh, oh, ¿Julia?

Apenas oigo a mi hermano interpelarme. Siento que me tiembla el labio y un sudor frío sube por mi columna vertebral. Elevo un dedo acusador en dirección al objeto que me hace temblar de angustia. Allí, sobre la mesa baja del salón, se encuentra el anillo maldito.

Capítulo 26

Mis pasos golpean el suelo a intervalos regulares. Los pulmones me arden por culpa del esfuerzo, pero, sobre todo, por el frío glacial que reina en las calles a estas horas. Me gusta esa sensación y ese bienestar que sentiré cuando vuelva a casa, después de una buena ducha. He echado de menos correr por mi barrio. No es que no apreciara el barrio de Noah, pero me gusta volver a mi rutina.

Soy un hombre de costumbres. Siempre me levanto a la misma hora, corro tres veces a la semana y vuelvo a casa. Luego me ducho y desayuno un café solo y huevos revueltos mientras leo el periódico de la mañana. Entonces me voy a trabajar. El único cambio es que ya no trabajo en el mismo sitio. Desde hace unos días, soy el nuevo socio de Jack. Y otro cambio es que ahora vivo solo. Ya no tengo novia que me pida que no haga ruido por la mañana porque ella está durmiendo. Ni mejor amigo que me unte la mermelada en las tostadas y mucho mejor, porque estaba empezando a irritarme.

Por fin he recuperado mi casa después de que Kathleen se rompiera la pierna. En efecto, no me resultó demasiado difícil convencerla de que el apartamento de sus padres estaba mucho más adaptado que mi casa, con todas esas escaleras.

Me acerco a mi calle y, cuando por fin puedo ver la entrada de mi casa, algo atrae mi atención. Parece que hay alguien delante de mi puerta. No la distingo bien debido a la oscuridad que todavía no se ha disipado del todo a estas horas de la mañana. Acelero el paso. La silueta parece femenina, pero lleva gorro, así que me cuesta confirmarlo a esta distancia. Su brazo se eleva para pulsar el timbre. Unos segundos más tarde, seguramente debido a la falta de respuesta, sus hombros se hunden y se gira hacia la calle. Es entonces cuando veo de quién se trata.

Julia.

¿Qué hace tan pronto llamando a mi puerta?

Le hago señas para que comprenda que estoy llegando. La veo cambiar de expresión cuando me reconoce. Acelero el ritmo para recorrer los últimos metros que me separan de ella.

—Buenos días —digo, con respiración errática por culpa del esfuerzo.

A diferencia de mí, ella no parece alegrarse mucho de verme. En ese caso, ¿qué hace aquí?

Tiene las mejillas sonrosadas por el frío y parece cansada. Círculos negros rodean sus ojos. Me acerco a la puerta y saco la llave del bolsillo. Julia me sigue en silencio.

—No esperaba verte —declaro para iniciar la conversación.

Ella se ríe sarcásticamente.

—¿De verdad que no?

No se equivoca. Sabía que vendría a verme tarde o temprano, pero desde luego no a las siete de la mañana. Su comentario me confirma el motivo de su visita: el anillo.

—Entra, he dejado la cafetera funcionando antes de salir, así que debería haber café recién hecho.

Me dirijo hacia la cocina mientras me quito los guantes. En circunstancias normales, le habría pedido que me esperara en el salón.

Al menos, eso es lo que habría hecho para contentar a Kathleen. Hay que recibir siempre a los invitados en el salón. Pero en este caso, no creo que a Julia le importe que hablemos en la cocina y, extrañamente, eso me agrada. De alguna manera, es más íntimo.

Saco dos tazas del armario y sirvo dos cafés solos en ellas. Con el rabillo del ojo, me doy cuenta de que está observando el entorno. Se ha sentado en el taburete de la barra. Se desabrocha los botones del abrigo, pero no se quita el gorro de lana fucsia de punto grueso que aprisiona su pelo rubio. Siempre va vestida con colores vivos.

Dejo la taza frente a ella, así como la leche y el azúcar. Algo me dice que no es de las que bebe café solo. Mi instinto no me ha engañado porque añade ambas cosas a su bebida.

—¿Por qué me dejaste el anillo ayer, Matt?

Es una muy buena pregunta para la que ni yo mismo tengo respuesta.

—Fui para darte las gracias por haberme devuelto el anillo.

Frunce el ceño y veo que mi declaración no le satisface en absoluto.

—Ya te he dicho que no quiero ninguna recompensa y eso no explica por qué dejaste el diamante en la mesa baja. Sabes muy bien que intentaría devolvértelo otra vez.

Me dan ganas de confesarle el auténtico motivo por el que lo hice: para volver a verla. Pero eso fue antes de comprender que seguramente ese no sería su caso.

Rebusca en su bolsillo y tiende la mano sobre la mesa. Deja con cuidado el objeto de nuestra discordia.

—Tienes que quedártelo, Matt. Yo no puedo hacerlo —dice con voz suave mientras me acerca la joya.

Miro el solitario abandonado en la mesa y tengo la impresión de que, al rechazarlo, es de mí de quien acaba de deshacerse.

—Ahora es cuando me dices que te ha seguido trayendo mala suerte durante las pocas horas que lo has tenido en tu posesión.

Mi tono es amargo y parece sorprendida por mi reacción.

—¿Qué te ha pasado esta vez? ¿Han atropellado a tu gato? ¿Tu vecino le ha metido fuego al edificio? ¿Tu novio te ha dejado cuando le has dicho que estabas embarazada?

Sus facciones se paralizan y la dureza de su mirada me hace lamentar de inmediato mis palabras. ¿Y si es eso justo lo que ha pasado? En ese caso, debe de estar pasándolo bastante mal y no era necesario añadir ni aumentar su pena. Reconozco que ver las pruebas de embarazo ayer me desestabilizó bastante. Si lo pienso, no he pasado mucho tiempo en su compañía y no sé prácticamente nada de ella. A pesar de todo, creía haber percibido algún tipo de atracción entre nosotros. Una química un poco particular. Pero, al parecer, no era más que fruto de mi imaginación y la llegada de su novio puso fin a ese bonito sueño. Cuando estaba con Kathleen, siempre creí que no debía cruzar la línea. Tener aunque solo fuera un pensamiento infiel era, en cierta forma, serlo. Así que, ¿cabía la posibilidad de que mi nuevo cerebro de soltero hubiera malinterpretado unas señales que no eran reales? Después de todo, Julia puede que solo sea la primera mujer con la que he tenido la ocasión de hablar desde mi ruptura. De hecho, ¿no es un poco temprano para tener este tipo de pensamientos?

Julia suspira y me habla sin ni siquiera mirarme.

—Escucha, Matt, da igual cuáles sean los motivos que me impulsan a no querer ese anillo. No lo quiero y eso es todo. ¿Puedes entenderlo? Mi vida ya es bastante complicada en estos momentos y no necesito eso además. No es un juego para mí.

La entonación de su voz es de súplica y eso toca algo en mi interior. Agarro el anillo y lo guardo en mi puño.

—Vale —me limito a decir.

Me dedica una sonrisa tímida y yo se la devuelvo. Guardamos un silencio cómodo durante unos segundos, saboreando nuestro café. Veo que ella evita mirarme, así que decido reactivar la conversación.

—¿Siempre te levantas tan temprano?

—Honestamente, no. Levantarme así de pronto es casi una tortura.

Hace una pequeña mueca graciosa.

—Pero me ha costado dormir esta noche. Y, además, supuse que tendrías que irte a trabajar temprano, así que quería ver si te encontrabas en casa...

—¿A qué te dedicas?

En cuanto hago la pregunta, me dan ganas de abofetearme. Ella ya me ha dicho que ha perdido dos trabajos. A nadie le gusta reconocer que está en el paro. De hecho, suspira, pero para mi gran sorpresa, responde:

—Soy pintora —admite, bajando la mirada.

—¿Pintora? ¿Por qué lo dices como si fuera algo vergonzoso o incómodo?

—Porque no es una profesión útil ni noble como ser abogado, por ejemplo.

Frunzo el ceño. No me gusta que la gente me vea como una especie de ser proveniente de una casta superior simplemente por mi profesión.

—Al contrario, creo que todas las profesiones artísticas son muy útiles, son las que aportan algo de belleza a este mundo, en ocasiones tan feo. Y, créeme, sé de qué estoy hablando cuando afirmo que los hombres pueden hacer cosas particularmente horribles. En cuanto a mi profesión, aunque su fundamento debería ser proteger a los que lo necesitan, la realidad suele ser bastante distinta. Hasta el momento, he defendido principalmente a aquellos que tenían la suerte de tener una cartera bien llena.

—Lo dices como si eso fuera a cambiar.

—Sí, me he despedido del bufete en el que trabajaba. He decidido unirme al de un amigo que trabaja en casos mucho más modestos, pero que se ajustan mejor a mi forma de ver mi trabajo.

—¡Guau, cuántos cambios en tu vida!

Justo después de pronunciar esas palabras, se muerde el labio.

—Perdón, no quería... —se disculpa.

—No, tienes razón. Con decirte que trabajaba para el padre de Kathleen… Nuestra ruptura quizá me ayudara a abrir los ojos ante el hecho de que no era realmente feliz en mi trabajo. Estaba harto de ser su esclavo y ya no tenía ninguna razón para seguir mintiéndome.

Se vuelve a hacer el silencio unos segundos, pero no resulta incómodo.

—¿Ha sido difícil?

—¿Haber dejado mi trabajo? No, hasta ahora solo le veo ventajas...

—No —me interrumpe—. Me refiero a tu ruptura con Kathleen. Ibas a pedirle que se casara contigo...

Sus ojos marrones están clavados en mí y en ellos puedo ver compasión. Su pregunta no responde a una curiosidad malsana y, para mi sorpresa, le respondo con franqueza.

—¿Que si ha sido difícil? A veces. Con frecuencia me pregunto por qué me engañó, qué había hecho para merecerlo. Por supuesto, habría preferido que viniera a hablar conmigo, que me dijera que ya no era feliz. Muy al contrario, siempre dio a entender que quería pasar el resto de su vida conmigo. Y luego, en ocasiones, me siento aliviado. Me doy cuenta de que no la echo de menos de verdad. Y eso resulta todavía más extraño si cabe.

Comprendo entonces que algo en su forma de escucharme me da ganas de confiarme por completo, de decir en voz alta lo que jamás había osado verbalizar.

—Al final, he llegado a la conclusión de que, quizá, no estuviera enamorado de ella. Que, en realidad, lo que me gustaba era la idea de estar enamorado, de tener alguien con quien compartir mi vida. No recuerdo realmente ningún momento en qué la mirara y me dijera a mí mismo que no podría vivir sin ella.

Me río con amargura.

—Es patético, ¿no? Iba a pedirle que se casara conmigo.

Julia posa su mano en la mía y me sobresalto ante ese contacto inesperado.

—No es patético. Cuesta ver las cosas con perspectiva cuando estamos en una relación. Bueno, eso creo —duda—. No tengo demasiada experiencia en ese tema.

—¿Hace poco que estás con tu novio?

Abre los ojos como platos y parpadea varias veces.

—¿Mi novio?

—El que estaba ayer en tu casa.

Un destello de lucidez cruza su rostro y se transforma de inmediato en una mueca de asco.

—¡No es mi novio! ¡Es mi hermano!

—¿Tu hermano?

No entiendo nada. ¿Qué hacía ayer en su casa? ¿Y por qué le había comprado pruebas de embarazo?

—Sí, vive en mi casa temporalmente porque está teniendo problemas con la justicia.

Eso responde a mi primera pregunta.

—¿Y va a comprarte pruebas de embarazo?

Mi pregunta es totalmente indiscreta y, de hecho, Julia se sonroja.

—¿Por qué, señor abogado? ¿Acaso la ley prohíbe a los hermanos prestar esa clase de servicios?

—Yo... Yo no lo creo, pero puedo informarme. En cualquier caso, resulta un poco extraño.

Venga, Matt, sigue hundiéndote. ¿A ti qué te importa?

—Tienes razón, pero era mi mejor opción en ese momento.

—¿Ningún novio que pudiera ir en su lugar?

Inclina la cabeza y me observa, con expresión burlona.

—¿Debería considerar tu pregunta como un primer grado o es una forma algo desviada de averiguar si tengo pareja?

—Como lo veas —respondo, encogiéndome de hombros, algo molesto por haber sido desenmascarado con tanta facilidad.

—No, Matt, no tengo novio.

Capítulo 27

Me tocaba a mí recibir a mis amigas para nuestra reunión habitual, pero como mi apartamento tiene el tamaño de una caja de zapatos, sugerí que nos trasladáramos al exterior. Además, mi hermano sigue apalancado en el sofá, así que habría tenido que echarlo y no tenía corazón para hacerlo.

Se supone que Maddie se va a pasar por mi casa para recogerme y así hacer el camino juntas. Cuando llama a la puerta, como siempre, voy con retraso y todavía estoy en el baño terminando de prepararme. Oigo a Grant levantándose para abrirle y, cuando salgo al salón, me los encuentro el uno frente al otro mirándose fijamente. Mi hermano tiene todavía la mano en el pomo de la puerta y no veo su expresión, pero Maddie, que sí está en mi campo de visión, parece bastante sorprendida. Tiene los ojos como platos y su boca forma una *o* de sorpresa. Al final, balbucea un buenos días y Grant gruñe algo inaudible. Se aparta para dejarla pasar y, cuando pensaba que iba a cerrar la puerta, coge su abrigo y sus llaves y se va del apartamento sin ni siquiera despedirse.

Pasado el segundo de estupor, me disculpo con mi amiga:

—Te habría presentado a mi hermano, pero como has podido constatar, ni me ha dado tiempo. Lo siento mucho, no sé qué mosca le ha picado.

Maddie esboza una sonrisa forzada y me responde:

—Ya conozco a tu hermano Grant, Julia. Su jefe trabaja con mi empresa de contabilidad y me lo he cruzado algunas veces en nuestras oficinas, pero no sabía que era tu hermano. Solo es eso.

Grant le hacía de chófer a su jefe con bastante frecuencia y seguro que se cruzó con Maddie alguna de las veces que lo acompañó. No obstante, lo que no explica es por qué se ha dado a la fuga y por qué mi amiga se ha puesto roja como un tomate muy maduro.

—¿Y por qué se ha fugado como si fueras el diablo en persona?

—Pues de eso no tengo ni idea.

Sé que está mintiendo, pero prefiero no insistir. No quiero que se sienta incómoda. Si quiere contármelo, ya lo hará.

Nos ponemos en marcha para reunirnos con mis amigas en un nuevo bar de Back Bay. Una vez más, ha sido Zoey quien lo ha descubierto y todas confiamos en su criterio para estas cosas.

Cuando llegamos, Libby, Amy, Zoey y Maura ya están allí. Nos hacen señas para que nos unamos a ellas desde el sofá en el que se han instalado. Hacía tiempo que no nos veíamos las seis, así que se respira emoción en el aire. Hablamos todas al mismo tiempo de un modo que, para alguien externo al grupo, esa cacofonía sería, sin lugar a dudas, insoportable. Pero muy deprisa, Amy se convierte en el centro de nuestras preguntas. Todas queremos saber más sobre sus peripecias de los últimos días, pero, sobre todo, la que acaba de poner fin a su muy prolongada soltería. En cierta forma, es un acontecimiento importante en nuestro grupo, ya que todas estamos más o menos solas. Aparte de Libby, que está casada con el mismo hombre desde hace ya un decenio —y que solo por eso forma parte, desde mi punto de vista, de una especie en vías de extinción—, ninguna de nosotras ha tenido una relación estable desde... Vale, el tiempo suficiente como para que ni me acuerde.

Sin embargo, no todas tenemos el mismo estado de ánimo. Cuando todavía estaba sola para calentar las sábanas, habría clasificado a Amy en la misma categoría que a Maura, la categoría de las mujeres solteras a las que no les importa serlo, al menos en apariencia. Tienen una carrera profesional que va tan viento en popa que suscita la admiración —o los celos— del género masculino. No parecen necesitar los músculos de un hombre para abrirles las latas de conserva —quizá les baste no comprar esas latas— y mucho menos para reparar su ordenador, sobre todo Maura. En resumen, están solteras y orgullosas de estarlo.

Maddie es una categoría en sí misma. Sé que, a escondidas, sueña discretamente con su príncipe azul, tiene su lado sentimental. Estoy segura de que está enamorada de alguien, pero nunca se lo ha dicho a nadie y mucho menos al principal interesado. También me he dado cuenta de que los hombres suelen desconcertarse mucho debido a su extraordinaria inteligencia. Es una auténtica fuente de sabiduría y a algunos les cuesta aceptar a una mujer que les supera por mucho en el plano intelectual. Si a eso le añades su gran timidez, mi amiga está lejos de casarse.

Y luego estamos Zoey y yo. Las dos somos fóbicas al compromiso —no necesariamente por los mismos motivos— y preferimos ir de flor en flor sin posarnos en ninguna. Zoey parte del principio de que pasar toda la vida con un solo par de zapatos pudiendo comprar varios es una locura y, además, si siempre nos ponemos los mismos, se acabarán desgastando antes. Para ella, con los hombres, es lo mismo. Yo no veo las cosas igual que ella, pero, puestos a mantener la metáfora zapatera, yo diría que todavía no he encontrado mi par fetiche, ese par que me dé ganas de olvidar a todos los demás. Pero, mientras espero, ¿por qué privarse de probarse zapatos? Hasta el día que encuentre unos adecuados para mis pies.

—Entonces, ¿Julia? ¿Por fin te has deshecho del anillo?

Perdida en mis reflexiones sobre la vida amorosa de mis amigas, no me he dado cuenta de que ellas han dejado de someter a Amy al tercer grado y que, al parecer, soy la siguiente en su lista. Entonces les cuento mi búsqueda del propietario del anillo y las diferentes peripecias que la han acompañado.

—¡Esa historia es una locura! —exclama Maddie—. ¡No parabas de cruzártelo sin saberlo mientras lo buscabas! ¡Como en una comedia romántica!

¿Ahora veis por qué digo que es la más sentimental de todas? Ella cree que la vida es una película de Hugh Grant.

—A mí lo que me parece una locura es que no quisiera recuperar el anillo y que ni siquiera haya intentado que le devuelvan el dinero —comenta Zoey.

—No, lo que es una auténtica locura es que estuvieras intentando contactar con Matthew cuando, si me lo hubieras dicho, yo habría podido indicarte dónde estaba.

Todas las cabezas se giran hacia Amy, autora de esta declaración.

—¿Y qué quieres decir con eso? —pregunto, curiosa por saber adónde quiere llegar.

—La madre de Matthew es la mejor amiga de la mía. No nos vemos mucho, pero nos conocemos desde que éramos niños.

Pasan unos cuantos segundos de silencio durante los cuales cada una analiza la frase a su manera.

—Todas estas coincidencias son un poco flipantes —constata Libby—. Voy a terminar creyendo yo también que ese anillo tiene poderes sobrenaturales.

—Tiene poderes sobrenaturales —afirmo—. Estoy totalmente segura desde hace tiempo.

—¡Ah! ¿Crees que es el anillo el que os reúne de vez en cuando? —pregunta Maddie.

—Creía que eras una persona muy científica, Maddie. Admitir que un anillo pudiera tener ese poder es algo que jamás me esperaría de ti —comenta Zoey, elevando la mirada al cielo.

—El amor es una de las pocas cosas que no tiene nada de cartesiano —replica la interesada.

—¡Guau, guau, guau! ¡Mejor nos calmamos, chicas! No hay nada entre Matt y yo. Nos hemos cruzado un par de veces por casualidad, eso es todo —insisto—. Nos hemos vuelto a ver para decidir qué vamos a hacer con el anillo. Ahora lo tiene él. Fin de la historia.

—Entonces, ¿crees en la influencia de una joya en tu vida en general, pero, cuando se trata de tu vida sentimental, ya no hay karma que valga? —señala Libby.

Suspiro. Por supuesto que, en algún lugar remoto de mi mente, he pensado en esa posibilidad, pero hay por lo menos dos docenas de razones por las que también estoy segura de que no pasará o no debería pasar nada entre Matt y yo.

Una, somos demasiado diferentes: nuestros estilos de vida, nuestras profesiones, nuestra forma de vestirnos, nuestras familias. Bueno, vale, no conozco a su familia, pero al ser yo descendiente de una larga estirpe de delincuentes y al ser él abogado... Bueno, os podéis imaginar la conclusión. Incluso nuestros gustos en términos de café son diferentes: él lo toma solo mientras que yo soy incapaz de tragármelo sin leche y, por lo menos, dos azucarillos.

Dos, acaba de salir de una ruptura. ¿Cuánto tiempo hace que se ha separado? ¿Dos horas? De una mujer con la que quería casarse. Así que dudo que esté disponible desde el punto de vista emocional. Y, además, no es bueno ser la relación rebote. Cualquier revista femenina que consultes en la sala de espera del médico, por antigua que sea, así te lo confirmará.

Tres, es demasiado guapo. Sí, eso es un problema. Los hombres que son demasiado guapos tienen algún vicio oculto. ¡Mira los actores de Hollywood, perfectos sobre el papel y, en cuanto una mujer pasa algo de tiempo con ellos, pum! Se acabó. La razón: vicio oculto.

Suspiro y fijo mi atención en la sala frente a mí. El bar está hasta arriba, algo nada extraño para un viernes por la noche. Pero lo que no me esperaba cuando la puerta se abre para que entren nuevos clientes es verlo allí.

Está allí, seguido de cerca de su amigo Noah, con el que estaba en el *pub* la última vez. Y no ha dado ni dos pasos cuando su mirada se posa en mí. Puedo ver la sorpresa en su cara un segundo antes de volverse neutra, excepto por la leve sonrisa de sus labios. Se me queda mirando, sin moverse, a pesar de que con ello su amigo casi tropieza con él. Aunque no puedo oír lo que dice, estoy segura de que Noah está maldiciendo, pero eso no parece afectar a Matt, que sigue sin moverse. Noah termina girando la cabeza en nuestra dirección, seguramente para ver qué es lo que tanto atrae la atención de Matt. Aprovecho para romper el contacto visual y volver a la conversación de mis amigas que, al no recibir respuesta por mi parte, por suerte ha derivado a un tema completamente diferente, pero da igual porque unos segundos después escucho:

—Hola.

Elevo la mirada, ya sé que es él. Intento refrenar la sonrisa bobalicona que está a punto de dibujarse en mi cara.

—¡Matty!

Giro la cabeza hacia Amy, autora de tal exclamación. Matt se acerca a ella para saludarla, pero su mirada no tarda en fijarse en mí.

Mis amigas no parecen prestar atención a ese hecho, porque su amigo, alias el ginecólogo de Zoey, se está presentando. Parece más un número de seducción que otra cosa, así que mis amigas ya solo tienen ojos para él.

—¿Matty? —pregunto al interesado con cierto tono burlón en la voz.

Mi pregunta le hace sonreír.

—Así me llama mi madre o, por lo visto, la gente que me conoció antes de que cambiara la voz.

Antes de que pudiera comentar esa información, me interroga:

—¿Puedo invitarte a algo?

Espera unos segundos y añade:

—¿Un zumo, por ejemplo?

Me sorprende su propuesta, pero comprendo de inmediato por qué lo ha hecho.

—No, preferiría un margarita.

Veo lo que parece ser alivio en su mirada. No tengo el coraje de tratar el tema de forma más directa. Supongo que él solo ha sacado las conclusiones que debía sacar. A menos que crea que soy una irresponsable, claro.

Cuando vuelve con nuestras copas, me pregunta si puede sentarse a mi lado. Se desliza en la banqueta aledaña y nuestros muslos se rozan. Mis amigas se ríen con una historia que les está contando Noah desde la otra punta de la mesa. Yo soy incapaz de escuchar una sola palabra.

—Se podría decir que el anillo ha vuelto a hacer de las suyas... —dice Matt con voz tan baja que apenas puedo escucharlo.

—¿A qué te refieres?

Sé muy bien qué está insinuando.

—Otra vez nos volvemos a ver por casualidad.

—¿Crees que es por culpa del anillo que nos vemos sin parar? ¿Y quién dice que no ha sido Zoey, que ha avisado a Noah? Después de todo, los dos se conocen.

—No ha sido ni Zoey ni Noah. Ha sido idea mía venir aquí y no tenía ni idea de que estarías.

—Entonces vuelve a ser el mal karma del anillo —suspiro.

—No hablas en serio.

Tiene razón, no lo digo en serio, porque estoy contenta de verlo, pero no lo confesaré nunca. Pienso un segundo y, entonces, de repente, declaro girándome hacia él:

—¿Sabes lo que creo?

Me responde negando con la cabeza. Una vez más, su atención está totalmente centrada en mí.

—Deberíamos deshacernos del anillo los dos juntos.

No responde. Gira su mirada hacia su cerveza, posada en la mesa. Tiene las manos apoyadas a ambos lados. Se ha remangado las mangas de la camisa, dejando ver unos antebrazos musculados en su justa medida. No me resisto a la tentación de apoyar mis manos en ellos para captar su atención.

Su mirada se fija en mi mano y luego en mis ojos. Parece contrariado.

—Creía que no era posible «deshacerse» del anillo.

—Yo no puedo, pero tú sí. Puedo ayudarte si quieres. Podemos hacerlo juntos.

Me observa un instante, al parecer considerando los pros y los contras, y entonces declara:

—Si es eso lo que quieres, deshagámonos juntos del anillo.

Capítulo 28

Ayer por la noche, Matt se cerró como una ostra cuando le propuse deshacernos juntos del anillo. Después de eso, fingió escuchar la conversación de la mesa, pero sin prestarme especial atención. Incluso evitó a propósito hablar conmigo.

Poco tiempo después, me disculpé con el pretexto de que estaba cansada. No es que fuera del todo mentira. Entonces me miró como si fuera la última vez que nos fuéramos a ver, algo que, por supuesto, es falso porque le he prometido que nos volveremos a ver mañana para ocuparnos de la joya. Tengo una idea para deshacernos de ella que, en mi opinión, le gustará y que no debería causarnos problemas.

He quedado con él en el centro, cerca de la joyería. Cuando llego, él ya está allí, nada sorprendente dado que llego tarde. Me acerco y su media sonrisa aparece. No sabía cómo me recibiría teniendo en cuenta cómo nos separamos ayer y que nuestro intercambio de mensajes de esta mañana ha sido más bien lacónico. Me he dado cuenta de que nunca sonríe del todo, como si no se diera permiso para ser totalmente feliz.

Me sorprende ver cómo se me acerca para darme un beso en la mejilla. Los efluvios de su colonia me embriagan y tardo unos segundos en recomponerme.

—Imagino que sabes por qué estamos aquí.

—Teniendo en cuenta que hemos quedado frente a una joyería y que ayer me dijiste que querías deshacerte del anillo, sí, me hago una idea.

Finjo ignorar su cinismo y pongo rumbo a la tienda.

Un vigilante nos recibe frente a la puerta. Una vez más, tengo la impresión de que puede leer en mi cara todos los delitos que cometí en mi infancia. Nada grave comparados con los perpetrados por mi familia, os lo aseguro. A Matt solo le dedica un rápido vistazo.

En cuanto ponemos un pie en el interior de la tienda, el mismo vendedor de la última vez se nos acerca, con el rictus en los labios de alguien que acaba de ganar la lotería.

¡En el nombre de un tornillo oxidado! Tenía que ser él.

—¡Señor Hewson! ¡Qué placer recibirlo acompañado de su prometida! Déjeme adivinar. ¿Han venido a escoger las alianzas?

Matt lo mira con una expresión que oscila entre el enfado y la vergüenza. Antes de que pudiera responderle, el vendedor se gira hacia mí y me dedica una sonrisa tan falsa como los pechos de Pamela Anderson.

—Siéntese, señorita, no es bueno que pase demasiado tiempo de pie en su estado.

Necesito unos instantes para comprender a qué se refiere y entonces recuerdo la mentira que se inventó Zoey.

—No estoy… —empiezo a decir.

—¿Todavía tiene problemas de retención de líquidos? —me pregunta el vendedor en voz baja.

Me dan ganas de responderle que se ocupe de sus asuntos, empezando por el palo que lleva metido en el culo. De hecho, ¿desde cuándo el empleado de una joyería se puede permitir el lujo de hablar con sus clientes de sus problemas de piernas hinchadas? Estoy a punto de recordarle que soy amiga de la hija de su jefe cuando un ruido a su lado me interrumpe.

Me giro y ¡me encuentro a Matt muerto de la risa! El chico no se ríe nunca ¡y ahora se parte a mi costa! Le lanzo una mirada asesina y él finge recuperar la compostura, pero sus ojos le traicionan. En lo que respecta al empleado, ya se ha ido a la esquina en la que ha decidido que debo instalarme, así que dejo de prestar atención a las risas de mi cómplice.

—¡Tendrías que haber visto la cara que has puesto cuando ha insinuado que estabas embarazada!

—Pues yo no le veo la gracia. ¿Qué cara habrías puesto en mi lugar?

Mi réplica le devuelve la seriedad.

—Lo siento, no quería burlarme de ti. Entonces, si no me equivoco, ya has venido aquí y te inventaste un embarazo. ¿Con qué objetivo exactamente?

—Fue para averiguar tu nombre, Sherlock. Y, para empezar, fue Zoey la que se inventó la historia del embarazo, no yo.

No pregunta nada, pero sé que está pensando en las pruebas de embarazo que vio el otro día en mi casa.

Nos acercamos al empleado de la joyería y nos instalamos en la zona que nos había preparado.

—¿Sigue sin querer que le ajustemos el tamaño del anillo a su dedo?

Abro la boca, pero, de repente, Matt posa su mano en la mía y se lanza a una improvisación de la que no le habría creído capaz.

—De hecho, es justo por eso por lo que hemos venido a verle. Le presento a Julia, mi prometida, que no se siente demasiado cómoda llevando una joya como esta. Hemos hablado mucho sobre el tema y hemos decidido que nos gustaría devolver el anillo.

El vendedor no oculta su sorpresa y nos mira por turnos, seguramente para comprobar que no se trataba de una broma, antes de decir:

—Lo comprendo. Puedo mostrarles otros modelos que se ajusten más a su gusto y...

—No, no queremos otro anillo. Nos gustaría que nos devolviera el dinero, simplemente —lo interrumpo.

Esta vez se queda completamente pálido y empieza a balbucear:

—Lo siento mucho, pero no será posible devolverles el precio de venta.

—Díganos una cantidad y veamos —anuncia Matt con determinación.

El joyero se levanta para ir a la trastienda y me giro hacia Matt.

—Nunca imaginé que te gustara hacer teatro...

—Yo tampoco, pero he pensado que no había ninguna razón por la que tú tuvieras que ser la única que se inventara historias.

—Fue Zoey la que se inventó todo.

—¡Qué más da! ¿Estás segura de que es esto lo que quieres hacer, Julia? —continúa, serio.

Sus iris azules me cuestionan y muestran cierta melancolía.

—Estoy segura, Matt. De hecho, espero que me puedas dedicar algo de tiempo esta tarde porque todavía no he acabado contigo.

—Ah, ¿sí?

—Sí, tenemos que gastarnos ese dinero...

No digo nada más porque el empleado de la joyería ya ha vuelto. Siento la mirada de Matt fija en mí. Acuerdan un precio de compra del anillo y casi me desmayo cuando oigo la cifra. Al parecer, ser abogado criminalista en Boston está muy bien pagado.

—¿Puedes explicarme que hacemos delante de una iglesia?

—Podría decirte que es por la belleza de su arquitectura, pero sería mentira.

Matt me mira como si hubiera perdido la razón.

—¿Entonces?

—¿Entonces? ¿Todavía no tienes ni idea?

Ante su silencio, yo misma respondo a la pregunta.

—Abogado Hewson, va a hacer un donativo más que generoso a la parroquia.

—Cuando me has dicho que querías gastarte el dinero del anillo, esperaba algo más divertido, como una tarde de compras o algo así.

Parece contrariado por mi idea.

—¿Crees que esto es *Pretty Woman*? ¿Nos imaginabas recorriendo las calles, yo visitando todos los probadores y tú llevando mis bolsas? Siento mucho haberte decepcionado, pero no haría eso ni por todo el oro del mundo. Si lo que te gusta es mirar escaparates, llama a Zoey. Yo te propongo que ayudes a los más necesitados con ese dinero que ni tú ni yo queremos.

—Tú no quieres el dinero porque crees que está maldito, pero no te importa dárselo a los pobres. No sabía que fueras tan generosa —bromea.

Ahora que lo dice en voz alta, sí, lo confieso, lo he pensado, pero no creo que Dios pueda ser así de cruel. Si es que existe, claro. Dejé de creer en él el día que comprendí que no había reciprocidad alguna.

—La iglesia necesita un tejado nuevo.

—¿Lees la revista de la parroquia?

—No, me lo ha dicho la abuela de Amy.

—¡Dios mío! ¡Conoces a la abuela de Amy! ¡Prométeme que no es con ella con la que nos vamos a reunir!

Su terror es impostado, pero sé que hay una pizca de verdad en él. Creedme, la abuela de Amy es terrible.

—No sé nada de beaterías, pero estoy casi segura de que no se debe blasfemar a menos de cincuenta metros de un lugar de culto ni criticar a una de sus discípulas más fieles.

Me responde con una media sonrisa marca de la casa y me coge de la mano para arrastrarme hasta la iglesia, lo que me hace entrar en el edificio religioso con pensamientos nada castos. Como, por ejemplo, que sus manos son bastante grandes y que me gusta sentir su calor en mi mano congelada por el frío de principios de diciembre.

Subimos entre las hileras de bancos de madera blanca y nos recibe una mujer menuda que parece irradiar felicidad ante la idea de poder ayudarnos. Y eso que todavía no conoce la cantidad escrita en el cheque ni que vamos a hacer un donativo. Si la iglesia tuviera un director de *marketing*, podría utilizar sin problemas a esta mujer para reclutar nuevos fieles. Parece tan feliz que te dan ganas de probar la misma droga que ella.

Nos pide que nos sentemos en un pequeño despacho situado en la parte de atrás del edificio y nos ofrece un té.

—Déjenme adivinar, ¿vienen para organizar una boda?

Matt y yo intercambiamos miradas. No se nos escapa la ironía de la situación. Si los planes de Matt se hubieran desarrollado como debían, sería aquí o en algún sitio similar donde estaría para, efectivamente, organizar su boda.

—No estamos... —comienza.

—A Matthew le gustaría hacer un donativo a su parroquia.

—Nos gustaría hacer un donativo —corrige, haciendo especial énfasis en el «Nos».

—¿Un donativo?

La mujer parece decepcionada y feliz a partes iguales. No sé cómo lo consigue, pero es así.

Aunque yo había planificado el inicio de nuestra tarde juntos, fue Matt quien tomó el relevo después de que saliésemos de la iglesia. Lo que ninguno de los dos había previsto es que la amable parroquiana se sintiera mal al ver el importe del cheque.

Ahora estamos en pleno mercadillo navideño. Hacía años que no ponía un pie en un sitio así. Las fiestas de fin de año se celebran en familia y no puedo decir que la mía tuviera demasiado apego a las tradiciones. Yo suelo limitarme a preparar un pequeño regalo casero para todas mis amigas, pero no voy ni a los grandes centros comerciales ni a los lugares donde se suele congregar la gente.

Pero aquí estoy. Matthew no ha tenido siquiera que convencerme porque, en cuanto me propuso ir a comer *ginger breads*[6] acompañados de un vaso de *eggnog*,[7] estuve de acuerdo.

Unos minutos después de nuestra llegada, siento haber evitado este tipo de lugares durante tanto tiempo. Reina una atmósfera particular que, según yo lo veo, te impide ser infeliz. ¿O puede que se deba a la persona que me acompaña? Hoy tengo la impresión de que hemos pasado al siguiente nivel. Matt está relajado y es divertido. Ya no es el abogado que vive en una bonita casa de Beacon Hill. Es solo Matt, un tipo simpático y muy guapo que podría ser amigo mío, aunque lleve un abrigo de cachemira.

—¿De qué acusan a tu hermano?

—¿Perdón?

He escuchado muy bien la pregunta, pero desde luego no me la esperaba ahora. ¿Tengo derecho a pensar que su sentido de la oportunidad da asco?

—Tu hermano, me has dicho que lo arrestaron y que dentro de poco irá a juicio, ¿no? ¿Por qué?

—¿Y por qué te interesa?

Suspira y se encoge de hombros.

—No lo sé, quizá sea por deformación profesional y puede que porque me interesa tu vida y, por lo tanto, la de tus allegados.

Veo que lo he molestado y me odio un poco por ello. No puedo reprocharle que muestre interés por mis problemas. Eso es lo que hacen los amigos y tengo la impresión de que, a partir de hoy,

---

6   Galletas de jengibre, en general con forma de muñeco.
7   Ponche de huevo: bebida compuesta por leche, nata, yema de huevo y nuez moscada, con o sin alcohol, que los norteamericanos suelen beber durante el periodo navideño.

nuestra relación podría evolucionar a una amistad. Así que le cuento todos los hechos de los que se acusa a Grant. Matt escucha atentamente y me hace algunas preguntas. Me doy cuenta de que me gusta que se interese por la historia y hablar con él me tranquiliza. Ya he hablado del tema con mis amigas, pero es diferente. Hablo sin parar y, cuando termino mi discurso, me doy cuenta de que le he contado todo a prácticamente un desconocido.

—Siento mucho haberte aburrido con todos los detalles.

—Para nada.

Me observa y veo que quiere preguntarme algo pero que no se atreve.

—¿Qué? —acabo diciéndole.

—Quiero proponerte algo, pero no sé cómo te lo vas a tomar.

—¿A qué te refieres?

—Hum... Digamos que tengo la impresión de que no te gusta aceptar la ayuda de nadie.

—¡En absoluto! —exclamo ofuscada—. ¡Yo no soy así!

Adopta un rictus que me indica que no me cree en absoluto.

—Entonces, ¿no dirías nada si llamara a tu hermano para ayudarlo a encontrar un buen abogado defensor?

—¿Y por qué harías eso?

—Pues porque puedo —dice, como si fuera totalmente evidente.

—¿Solo porque puedes?

Me cuesta creer que no haya ningún motivo oculto. La experiencia siempre me ha demostrado que la gente nunca hace nada sin segundas intenciones, pero, al mismo tiempo, no puedo rechazar lo que me propone. No si de verdad me preocupa mi hermano y su futuro.

—Vale, puedes llamarlo.

Me dan ganas de decirle que, a la menor tontería, lo estrangulo yo misma, pero creo que eso ya lo sabe.

Capítulo 29

Escucho dos golpes en la puerta de mi despacho. Aparto la mirada del informe que estoy consultando y veo la cara de Stuart a través del resquicio. Me interroga con la mirada y le doy la aprobación silenciosa que estaba esperando para entrar en el despacho. Me sorprende que no haya utilizado el interfono. Stuart sabe que no me gusta que me interrumpan cuando trabajo en un caso, así que si se ha molestado en venir hasta aquí, será porque es importante.

Para mi sorpresa, me llamó algunos días después para saber si la oferta de empleo que le hice sobre la marcha cuando me fui de Becker & Associates seguía en pie. Al parecer, la pérdida de salario era menos importante a sus ojos que verse forzado a trabajar rodeado de Kristal, Kristin, Kimberly o cualquier otra rubia descerebrada consagrada al culto del gran Charles Becker. No le han hecho falta más de cuarenta y ocho horas para presentar su carta de dimisión a mi exjefe y exsuegro tras confirmarle que, por supuesto, estaría encantado de tenerlo conmigo.

—Perdón por molestarle, pero hay una joven que quiere verle ahora mismo. Le he sugerido que acuerde una cita, pero se ha negado y ha dicho que usted la conoce personalmente. Es por un caso en curso.

El pobre parece completamente desamparado. En Becker & Associates había una recepcionista que se encargaba de la gente que se presentaba sin cita. Aquí el bufete es mucho más modesto, así que ahora Stuart está en primera línea frente a los clientes.

—Tengo que prevenirle que parece furiosa y que me ha amenazado con una muñeca vudú con mi cara si no venía a buscarlo de inmediato.

Hace una mueca que me permite adivinar que la visitante misteriosa ha conseguido impresionarlo de verdad. Por mi parte, solo conozco a una persona capaz de utilizar semejante amenaza en serio y esa idea me hace sonreír.

—Déjeme adivinar. ¿Es rubia, de mediana estatura y ojos marrones que parecen metralletas cuando se enfada? ¿Con un estilo algo bohemio y un bolso lo suficientemente grande como para meter un niño dentro?

—Pues sí. ¿La conoce? —pregunta, abriendo los ojos como platos ante la sorpresa.

Debe de estar pensando que este nuevo trabajo no va a ser para nada tranquilo.

—Dígale a Julia que puede entrar.

Stuart desaparece y, en menos de cinco segundos, entra Julia en tromba en mi despacho, cerrando la puerta de un portazo tras de sí. Aunque dudo mucho que las paredes estén insonorizadas, al menos nos habremos esforzado para que el resto de la oficina no tenga que soportar nuestra discusión.

—¿Cómo has podido?

Me señala con un dedo acusador. Transpira cólera por cada curva de su cuerpo.

Me levanto tranquilamente de mi sillón, me quito las gafas y las dejo sobre la mesa. Me acerco a ella y me planto justo delante de su índice, con las manos en los bolsillos. Entonces, pregunto, como con desgana:

—¿Cómo he podido hacer qué?

Sé exactamente lo que me está reprochando, pero disfruto fingiendo ignorancia. Ya me esperaba que apareciera y me montara un numerito. De hecho, lo que me sorprende es que haya decidido hacerlo en mi despacho. Creía que me la encontraría en la entrada de mi casa, una noche, al volver del trabajo, por ejemplo, pero la idea de que haya venido a enfrentarse a mí aquí me gusta más.

El hecho de estar de pie frente a ella y tranquilo parece desestabilizarla. Traga saliva, al parecer buscando las palabras adecuadas. *Todavía mejor.*

—¡Mi hermano! ¡Dijiste que lo ayudarías a buscar un abogado! ¡Pero no dijiste que ese abogado serías tú! —arremete.

—Te dije que le encontraría un buen abogado, lo hablé con él y decidí que el mejor abogado que conocía para defenderlo era yo mismo —digo, con calma, para destacar la evidencia.

—¡Nada más y nada menos! ¡El mejor! ¿Y es porque eres el mejor y orgulloso de serlo que también has decidido defenderlo *pro bono*?

—Lo defiendo *pro bono* porque he decidido dedicar una parte de mi tiempo de trabajo a casos de este tipo y porque tu hermano se corresponde por completo al tipo de personas que, desde mi punto de vista, tiene derecho a tener una defensa de calidad sin tener que pagar por ello.

Y porque también me apetecía darle el gusto a su hermana, aunque parece que he conseguido justo lo contrario.

—¿Cuánto te debo? —me pregunta con tono seco.

Tiene los brazos cruzados y taconea con impaciencia en el suelo. Sus ojos me evitan y sé que es por pudor. Tiene miedo de que capte su vulnerabilidad.

—Acabo de decirte que lo hago de forma gratuita.

—No necesitamos tu caridad. Dime cuánto cobrarías normalmente por defenderlo. No te prometo que te lo pague todo de aquí a un mes, pero pronto debería vender otro cuadro y Grant...

Apoyo mis manos en sus hombros. Parece sorprendida por esta repentina proximidad, pero no hace nada para soltarse. Por mi parte, tengo ganas de acercarla a mí y abrazarla. Pero empiezo a conocerla un poco mejor y sé que no lo aceptaría y que aprovecharía para poner distancia entre nosotros, así que me contento con este contacto fugaz. Oler su suave perfume de lavanda, observar las largas pestañas que bordean sus ojos y su piel delicada son ya suficientes privilegios.

—Julia, no quiero tu dinero ni el de tu hermano.

—Entonces, ¿qué quieres? —me pregunta con un tenue hilo de voz.

¿Invitarte a cenar? ¿Besarte?

Estudio su mirada y su enfado ya se ha disipado, pero ¿estaría dispuesta a no saltarme al cuello si le confesara mis auténticas intenciones? ¿Y yo? ¿Estaría dispuesto a abrir mi corazón?

—¿Tanto te sorprende que simplemente quiera ayudaros?

Me responde que la gente siempre espera una contrapartida por los servicios prestados y que no quiere deberle nada a nadie. En realidad, yo ya no la escucho. Mis ojos se han deslizado hasta su boca, con sus labios rojos sin ningún artificio. Me pregunto a qué sabrán. Ella los entreabre, ¿puede que esté teniendo la misma idea que yo?

Pero el sonido estridente de mi teléfono móvil me saca de mi ensoñación. Julia se aparta y se pasa nerviosamente la mano por el pelo. Evita mi mirada cuando pregunta:

—¿No piensas responder?

Por un instante había olvidado que eso es lo que se suele hacer con uno de esos aparatos cuando se pone a vibrar. Sea quien sea quien llame, puede esperar.

—No.

Julia se acerca a la biblioteca que hay detrás de mi mesa y escruta los títulos escritos en el lomo de los libros allí colocados. La mayoría de ellos, libros de Derecho.

—¿Por qué quieres ocuparte del caso de mi hermano a cualquier precio?

¿Acaso habrá asumido ya la idea de que trabaje para Grant? Si es así, no es el momento de declararle que ella es, en buena parte, la razón de esa decisión. De hecho, es posible que ni yo esté preparado para confesármelo a mí mismo. Por eso decido soltarle la excusa que me he inventado para persuadirme yo mismo de que la idea era buena, más allá del hecho de complacer a cierta rubia con los ojos marrones:

—Por una razón algo personal y egoísta, debo admitirlo.

Por fin gira la cabeza en mi dirección. Decido continuar:

—Sé que su jefe, Kovasevic, va a estar representado por uno de mis antiguos colegas en Becker & Associates y que también es amigo de mi antiguo jefe, así que me parece una buena forma de reírme en su cara de paso.

—Si ganas.

—Yo siempre gano, Julia.

Sé que mis palabras y mi actitud me hacen parecer alguien pretencioso y pedante, pero, cuando se trata de mi trabajo, tengo una fe en mí inquebrantable. Una pena que no sea así en mi vida personal.

Mi teléfono vuelve a sonar. Lo saco del bolsillo para ver el nombre de la persona que llama.

Kathleen.

Dejo el aparato sobre la mesa sin pensarlo. Craso error, porque ahora Julia también puede ver su nombre en la pantalla. De hecho, me doy cuenta de que no ha perdido ni un segundo porque la veo fruncir el ceño.

—Supongo que no puedo impedir que mi hermano te acepte como abogado si eso es lo que quiere, ¿no?

—Dado que es mayor de edad y mentalmente competente, efectivamente, tiene todo el derecho a escoger quién quiere que lo represente.

Suspira.

—Pues sí que tienes el síndrome del caballero andante, ¿sabías?

—Teniendo en cuenta que acabo de confesarte que acepto el caso para satisfacer una venganza personal, no veo yo la relación. Diría más bien que es justo lo contrario.

—Dices representar a mi hermano de forma gratuita porque eso te permite tener tu venganza, pero estoy segura de que habría otras formas de hacerlo sin tener que ir de justiciero.

—Noah dice que no estoy contento si no cubro mi cuota de buenas acciones al día.

—No me sorprendería nada. Apuesto que eras el típico niño que protegía a los más débiles en el recreo.

Hago una mueca al recordar esos años no demasiado gloriosos.

—No, estaba enclenque, usaba gafas y ceceaba, así que era más bien el que se llevaba todas las tortas.

—Lo que explica esa necesidad de acudir en ayuda de los más débiles y de los oprimidos ahora que eres alto, musculado y fuerte.

Mi ego de macho aprecia que me describa de esa forma, a pesar de que no ha hecho más que constatar que me he convertido en adulto.

—Estoy seguro de que tú eras de las que salía en defensa de los blancos de las burlas. Te veo como justiciera del patio del recreo.

Me imagino una mini Julia con trenzas y ropa de colores.

Se encoge de hombros.

—Solo si era para proteger a mi hermano. La mayor parte del tiempo me quedaba en mi sitio, evitando los problemas. Pero Grant no era para nada como yo. Sabía muy bien defenderse solo de los niños de su edad, pero es con los adultos con los que necesita mi ayuda. Siempre ha sabido mejor hablar con los puños que con la cabeza.

Esta vez suena el teléfono del despacho. Es Stuart quien llama. Lo descuelgo mientras hago señas a Julia para que espere un segundo.

Mi asistente me anuncia que Kathleen está al aparato. Mi primer reflejo es decirle que la mande al diablo, pero insiste en pasármela porque, según él, se trata de una urgencia. Unos segundos después, tengo a Kathleen al teléfono hecha un mar de lágrimas.

En cuanto pronuncio el nombre de mi ex, veo que Julia se tensa. Entre dos sollozos, la mujer con la que, hasta hace unas cuantas semanas, quería pasar el resto de mi vida me anuncia que su perra Tinkerbell ha desaparecido. Aunque me dan ganas de decirle que ese no es mi problema y más teniendo en cuenta la relación tensa que teníamos el bicho y yo, intento calmarla. Una pérdida de tiempo teniendo en cuenta el apego que Kathleen le tiene a esa minúscula bola de pelo. Movido por la pena cuando me explica que ni siquiera puede salir a buscarla por culpa de la pierna escayolada, me ofrezco a ayudarla. Cuando por fin consigo colgar con la promesa de ir a su casa lo antes posible, levanto la cabeza y Julia ya no está.

Cojo mi abrigo de la percha y repaso la conversación que acabo de tener con la guapa rubia que se ha escapado. No he sido honesto con ella. Cuando me dijo que quería deshacerse del anillo, no me sentó nada bien. Me dio la impresión de que, de paso, también quería deshacerse de mí.

Yo no suelo ser supersticioso. Me dan igual todas esas historias de gatos negros, pasos por debajo de escaleras o espejos rotos, pero, en este caso, no sabría qué decir. He conseguido convencerme a mí mismo de que el anillo podría haber influido en el curso de mi existencia. Hasta hace unos días, si alguien me hubiera dicho que un objeto podría tener la misión de reunir a dos personas, me habría reído en su cara, pero ahora...

Durante todo el tiempo que he pasado con Julia, solo he tenido una idea en la cabeza: si ya no había anillo, no volvería a verla. Al principio, cuando le pregunté por su hermano, fue sin otras intenciones, solo porque me interesaba por ella, pero cuando supe un poco más, vi otra señal del destino. ¿Qué posibilidades había de que Grant Moore fuera empleado de Kovasevic y que justamente lo hubieran inculpado en el marco del proceso que Becker había intentado pasarme? Ínfimas. Incluso antes de tener todos los elementos delante, ya sabía que tenía que ocuparme del caso. Era el karma que, una vez más, me sonreía. Tenía una ocasión de oro para volver a verla. La historia de vengarme de mi antiguo bufete no es más que una pequeña gratificación extra.

Vale, sí, soy consciente de que no voy a defender a Julia, sino más bien a una versión más masculina que comparte el mismo ADN que ella. Para volver a verla, solo habría tenido que proponerle que nos fuéramos a tomar algo juntos, por ejemplo, pero estoy casi seguro de que no habría aceptado. Aunque Julia sea mucho más proclive que yo a ver las señales del destino, tengo la sensación de que quiere hacer desaparecer de su vida todo lo que tuviera que ver, de lejos o de cerca, con el anillo y, por desgracia, soy un elemento esencial de esta historia. Por otra parte, por el medio del que viene, tengo la impresión de que Julia desconfía de mí debido a mi profesión. Me gustaría que pudiera confiar en mí y representar a su hermano es la forma que he encontrado de conseguirlo. Por lo poco que me ha contado de su pasado, parece que la gente de su entorno la ha decepcionado con demasiada frecuencia. Seguramente sea por eso por lo que le cuesta aceptar la ayuda. Voy a demostrarle que soy capaz de no decepcionarla.

La última razón por la que he decidido defender este caso son mis propias incertidumbres. No dejo de pensar en lo que Noah me dijo sobre las relaciones «rebote», sobre el hecho de que si me interesa Julia es únicamente porque es la primera mujer con la que me cruzo después de mi ruptura. Quizá tenga razón y esa idea me horroriza, porque, por las razones que acabo de enumerar, no puedo decepcionar a Julia. Eso sería matar la poca confianza que pudiera tener en los demás. Ocuparme del caso de Grant supone una buena forma de sumergirme en el trabajo sin perder la conexión con ella. Espero, cuando acabe el proceso, tener una idea más precisa de lo que quiero.

Capítulo 30

Ha llegado el día del juicio de Grant.

Esta mañana, cuando le he ayudado a hacerse el nudo de la corbata, intentaba mantener la compostura, pero, en el fondo de mí, estoy muerta de miedo. Intento no pensar que esta noche, quizá, vuelva a casa sola, pero, sobre todo, no quiero mostrarle mi angustia. Tengo que ser fuerte por mi hermano. Una vez más, me toca ser su roca, pero esta vez sé que ha cambiado y que estará ahí para mí cuando lo necesite. Al menos eso espero.

Estas últimas semanas, se ha encerrado con Matt día y noche para pulir su defensa. Me he mantenido al margen de todo, ese no era mi sitio. De hecho, ni siquiera he asistido a los primeros días del juicio, más que nada porque había varios acusados y es bastante largo. A decir verdad, ni siquiera he vuelto a ver a Matt desde el día que me planté en su despacho. Me costó aceptar que se ocupara de la defensa de Grant. Al principio, creí que lo hacía para impresionarme o por pena. Habría detestado que fuera la segunda razón. Pero cuando me explicó que, para él, era una forma de vengarse de su antiguo bufete, comprendí sus motivaciones. Y cuando sonó su teléfono y pude constatar que era su ex la que intentaba hablar con él, me quedó claro que simplemente me estaba montando una película al sospechar que hubiera querido impresionarme. A ella sí que la he vuelto a ver, perfecta, en la entrada de su casa. Aunque se hayan separado, es el tipo de mujer que le interesan a los tíos como Matt. No las pintoras fracasadas con hermanos exconvictos. Esta especie de atracción que he creído percibir entre nosotros no era más que el fruto de mi imaginación. De hecho, cuando me fui de su despacho, oí que Matt tenía la intención de ir a reunirse con ella.

He pintado mucho estos últimos días. Pintar me impide pensar en ello. La inspiración está ahí, presente y viva. He pintado varios cuadros dignos de interés. Ayer le llevé uno al viejo galerista que vendió el anterior. Parece que le ha gustado mucho y me ha prometido llamar al cliente que había preguntado si había pintado algo más.

Grant y yo recorremos los pocos metros que nos separan del palacio de justicia evitando las miradas. El juicio ha llamado la atención de la prensa y es mejor mantener un perfil bajo. No es el único acusado y algunos son figuras conocidas. Los periodistas se amontonan delante del edificio como buitres sedientos de sangre. Como hoy debería ser el último día, sus ansias de primicias se han exacerbado aún más.

Una vez que hemos cruzado las puertas, respiro un poco mejor, pero dura poco. El hecho de encontrarse allí hace que las cosas resulten mucho más reales. El juicio de mi hermano se va a celebrar ya.

Matt está en el vestíbulo, charlando con otro hombre. Cuando nos ve, pone fin a su conversación y se dirige hacia nosotros. Lleva puestas las gafas. ¿Os he hablado ya de sus gafas? Con su gruesa montura negra, le dan un aire serio e irresistible, sobre todo cuando se las pone con ese traje gris un poco ajustado. Un Clark Kent ultrasexi. Y teniendo en cuenta que la última persona que lo interpretó fue Henry Cavill, pues ya os podéis imaginar el regalo para la vista.

Intercambia un apretón de manos viril con Grant. Los dos parecen preocupados. Teniendo en cuenta las circunstancias, su actitud es de lo más normal, pero a mí me da miedo. Matt se gira hacia mí y me hace una señal con la cabeza algo impersonal, pero en su mirada percibo algo que me reconforta. Sabe que me angustia la idea de que mi hermano pueda ser declarado culpable y parece querer decirme que todo irá bien.

Nos dirigimos hacia la sala de vistas. Matt y Grant hablan entre ellos, yo avanzo confusa. Ambos van a sentarse en la primera fila, yo me quedo en un asiento en la otra punta de la sala, un poco más atrás. Desde donde estoy, los veo de perfil. Grant parece nervioso, pero Matt aparenta estar totalmente tranquilo. Saca metódicamente todas sus carpetas del maletín y las deja en la mesa frente a él. Un hombre se le acerca y se saludan con un apretón de manos amistoso. Supongo que es el abogado de otro de los acusados. Hablan un instante y luego parecen interrumpir su conversación cuando un hombre un poco más mayor hace su entrada en la sala de vistas. Tiene ese aspecto de suficiencia de las personas importantes o que creen que lo son. Estudia la estancia con la mirada y se detiene en el abogado de mi hermano, con un leve rictus en los labios. En ese momento me doy cuenta de que va acompañado de una rubia que no me resulta del todo extraña.

Kathleen, la ex de Matthew.

Vista la edad del señor en cuestión, deduzco que debe de ser su padre. Veo que la mandíbula de Matt se tensa un segundo y luego vuelve a una expresión neutra cuando el hombre se acerca a él. Se saludan con un apretón de manos, aunque el ambiente es glacial. El padre de Kathleen le dice algo y se aleja para sentarse y veo que esta vez a Matt le cuesta ocultar su descontento. Kathleen se acerca y le da un beso en la mejilla, con la mano apoyada en su antebrazo, y no la retira mientras charla con él. ¿Volverán a estar juntos? Los veo charlar y me digo que hacen muy buena pareja, muy compenetrada. Siento algo de celos. Intento refrenarlos diciéndome que no tengo ningún derecho. Pienso en la última vez que Matt me habló de su ex, cuando me confesó que su separación había supuesto un gran alivio. ¿Habrá cambiado de opinión?

Todo el mundo ocupa su lugar en la sala de vistas, que ahora está hasta arriba de gente. Se anuncia la entrada del juez, que se sienta tras su mesa. El fiscal empieza con la acusación y expone los hechos que se imputan a mi hermano. A continuación, declaran varios testigos, muchos son los policías que participaron en su arresto. Reconozco al teniente McGarrett, el agente que me recibió en la comisaría y que Amy conoce bien. Cuando el juez anuncia una pausa, estoy totalmente convencida de que mi hermano va a terminar en prisión. Estoy tan abatida ante esa posibilidad que me quedo sentada mientras se vacía la sala. Incluso me llego a preguntar si Matt lo sabe también. Parece estar muy tranquilo, demasiado tranquilo.

—¿Julia?

Matt está justo frente a mí.

—No hay ninguna posibilidad, ¿verdad?

Mi voz es débil y no me atrevo a mirarlo a los ojos. Se sienta junto a mí en el banco.

—Julia. Es normal que presenten a tu hermano como un criminal peligroso esta mañana. Después de todo, lo han inculpado y las personas que han testificado hasta ahora están aquí para explicar por qué es culpable desde el punto de vista de la acusación. Ahora mi trabajo consistirá en demostrar que se equivocan.

—¿Y si no puedes?

Levanto la cabeza y me encuentro con su mirada azul profundo fija en mí. Y me responde, con total sinceridad:

—Puedo. Te lo prometo.

Me río y, con amargura, declaro:

—Si supieras la de veces que me han prometido algo que jamás se ha realizado...

—Ten confianza, Julia, lo vamos a conseguir.

Me aprieta la mano un instante, la suelta y se levanta.

—Tengo que ir a ver a Grant. Ahora nos vemos cuando siga la vista.

Asiento con la cabeza y lo miro mientras se aleja intentando aferrarme a sus palabras. Tengo que confiar.

Por la tarde, le toca a la defensa tomar la palabra y, de repente, Matt entra en acción. Parece tan seguro de sí mismo que estoy casi celosa. Envidio su capacidad para hacer creer a todo el mundo que tiene todo bajo control. A menos que no sea así, en cuyo caso sería genial. Mi hermano es llamado al estrado y Matt pasa bastante tiempo interrogándolo para que exponga su versión de los hechos. Solo dice cosas que ya sabía, pero la forma en que las explica es diferente, más madura, más calculada. Supongo que Matt lo ha preparado para ganarse el corazón del jurado. Consigue parecer más una víctima que un culpable. Al menos, eso creo yo y espero que el jurado lo vea de la misma forma. Por supuesto, el abogado de la parte contraria intenta hacerle caer en la trampa haciéndole muchas preguntas. Grant y Matt han debido prepararse bien porque las respuestas son prudentes y no se percibe ni un ápice de duda en su voz. Matt mantiene la calma y pocas veces pronuncia el famoso «Protesto».

Después de la declaración de mi hermano, llega el turno de los testigos de la defensa. Cuando descubro la identidad de la primera persona llamada a declarar, casi me caigo del banco: *¡En el nombre de un niño revoltoso!* ¡Es Maddie!

Ya me había confesado que conocía a Grant, pero no sabía que estaría allí y mucho menos que sería testigo en su juicio. Me molesta que no me dijera nada.

Se acerca tímidamente al banco de los testigos. Lleva un traje gris, el pelo recogido en un moño como cada vez que tiene una cita profesional importante y unos zapatos de tacón azul eléctrico, su pequeño placer oculto. Matt le dedica una sonrisa de ánimo y me siento algo celosa porque sé que no sonríe con facilidad. Mi hermano permanece impasible, pero sus ojos no se apartan de mi amiga ni un solo segundo.

Matt comienza el interrogatorio preguntándole si conoce a Grant. Ella explica que sí y, pregunta tras pregunta, va describiendo cómo se conocieron. No cuenta nada que no me hubiera dicho ya antes o que no hubiera supuesto. Grant acompañaba con regularidad a su jefe a sus citas y, por este motivo, se cruzó con mi amiga en varias ocasiones.

Matt le pregunta entonces si Grant había ido a la gestoría en la que trabaja Maddie por otros motivos, aparte de llevar a su jefe. Maddie responde que sí y describe la vez que mi hermano acudió para rellenar papeles relacionados con asuntos propios como firmar su contrato de trabajo. Al parecer, lo hizo delante de Maddie.

Matt presenta al juez los documentos que le acaban de entregar y llama a un grafólogo.

Os ahorro los destalles técnicos, pero el grafólogo acaba por demostrar, después de una larga exposición de los hechos, que los papeles presentados al contable y los firmados en el banco para la apertura de la cuenta a la que se transfirió el dinero por la venta de las drogas no habían sido firmados por la misma persona. Al final de su exposición, estoy casi segura de que ha creado una duda razonable en la cabeza del jurado.

Pero Matt no se detiene ahí y, por cada argumento de la policía o de los representantes del antiguo jefe de Grant, aporta un argumento que, si bien no exculpa a mi hermano, sí que pone en cuestión su culpabilidad.

Aunque estoy allí para asistir al juicio que determinará la suerte de mi hermano, no puedo evitar analizar a su abogado. Desde hace unos minutos, el fatalismo ha dado paso a la esperanza y me puedo permitir otros pensamientos más livianos.

Si antes ya me parecía guapo, verlo ante un tribunal es directamente muy sexi. Se muestra seguro de sí mismo y la forma en la que modula la voz durante su alegato acaba de seducirme tanto a mí como a las tres cuartas partes de la audiencia femenina, estoy segura.

Cuando se dirige al jurado, pondría la mano en el fuego por asegurar que varios de sus miembros femeninos están embelesados por su presencia y he sorprendido a una mirándole el culo cuando se ha girado.

A medida que van pasando las horas, más confiada me siento. En el receso de la tarde, estoy intranquila. El jurado se ha retirado a deliberar. Esperamos tener una respuesta hoy mismo. Veo a Grant y a Matt en el vestíbulo del palacio de justicia. El primero parece nervioso, no para de ir y venir por la entrada mientras el segundo sigue igual de tranquilo que un lago suizo. Me acerco, pero alguien grita a mis espaldas. Es Maddie, incómoda.

—Cuando me dijiste que conocías a mi hermano, se te olvidó comentarme que ibas a testificar en su juicio.

Mi comentario parece un poco amargo y apenas me he molestado en saludarla antes de atacarla por ese tema. Se sobresalta y adopta una expresión de culpabilidad.

—Lo siento, Julia. Matthew todavía no se había puesto en contacto conmigo cuando te confesé que conocía a Grant y, luego, me pidió que fuera discreta. No es que quisiera ocultártelo, sino que lo he pasado un poco mal en el trabajo por culpa de esta historia.

Me dispongo a responderle que, al menos, podría haberme dicho que se estaba tramando algo positivo. Eso me habría tranquilizado. Pero comprendo que mi amiga no ha dudado en poner en peligro su carrera para apoyar a mi hermano y solo puedo estar agradecida por ello. Desde luego se ha comportado como una auténtica amiga. Así que, en vez de saltarle al cuello como ella parecía esperar, la abrazo. Suelta un pequeño grito ahogado de estupor y luego se relaja.

—Gracias, Maddie.

—De nada, cariño.

Veo que su mirada se desliza hacia el lugar en el que se encontraba mi hermano hacía unos minutos y me apresuro a proponerle que vayamos juntas a verlos, pero entonces suena el timbre que anuncia que se reinicia la sesión.

Capítulo 31

Aquí estamos.

En unos segundos, el miembro del jurado encargado de anunciar el veredicto se va a pronunciar sobre la suerte de mi cliente.

Es el momento que más me gusta de un juicio. Esos pocos segundos de adrenalina antes de caer en la euforia o la decepción. Por suerte para mí, en la mayoría de las ocasiones, he sentido más la primera que la segunda.

Si alguien me observara, seguramente no vería ninguna emoción, pero, por dentro, soy una auténtica olla a presión. Mi corazón palpita errático y tengo las manos húmedas. Por lo general, no suelo estar tan estresado al final de un caso. Sobre todo, cuando estoy seguro de haberlo dado todo.

Grant es un buen tío y, aunque tiene un pasado que no habla precisamente a su favor, merece que le reconozcan su inocencia. Pero, aunque no quiera reconocerlo, sé cuál es la causa de mi nerviosismo.

Julia.

Si condenan a su hermano, se quedará destrozada y no quiero que eso pase. Se merece algo mejor. Y también sé que, si así fuera, se enfadaría mucho conmigo. Le he pedido que confíe en mí y no quiero decepcionarla. Sobre todo, quiero demostrarle que ha hecho bien haciéndolo.

A pesar de la distancia entre nosotros de estos últimos días, no hay ni una sola hora en que no piense en ella. He intentado convencerme de que era porque estaba dedicando mucho tiempo al caso de su hermano, pero, en el fondo, sé que no es así. Me obsesiona y la idea de volver a verla en el juicio me ha puesto más nervioso que el propio caso.

Quiero que esté orgullosa de mí y eso solo será posible si gano.

Pero, sobre todo, la pregunta que me inquieta desde hace algunos minutos es: ¿y ahora qué? Una vez que se haya producido el veredicto, siempre y cuando sea positivo, ¿qué debería hacer? Tengo la impresión de ser un adolescente que debe enfrentarse a una chica que le gusta y que no sabe demasiado bien cómo hacerlo. Jamás había dudado tanto en mi vida, pero Julia no tiene nada que ver con las mujeres que he frecuentado hasta ahora. Es imprevisible y única, lo que me fascina y me da miedo a partes iguales.

«No culpable». Estas dos pequeñas palabras resuenan y necesito unos segundos para procesarlas. Cuando vuelvo a la realidad, Julia ya ha cruzado el pasillo para lanzarse a los brazos de su hermano, que se echa a reír. Ella llora y Grant le susurra algo al oído y se une a él en su ataque de risa. Le da un golpecito en el hombro y se libera de su agarre para girarse hacia mí.

—Hemos ganado —digo.

Sé que como réplica es bastante mala, pero es como si le anunciaran por segunda vez el veredicto. Duda un segundo y se me lanza al cuello. Da igual los convencionalismos, acepto su entusiasmo con alegría.

Deslizo mis manos por su espalda y no me resisto a la tentación de acariciarla con delicadeza entre los omóplatos. Soy consciente de que tengo el torso pegado contra su pecho. Huele demasiado bien para alguien que acaba de pasar un día entero y estresante en un lugar excesivamente caldeado. Su pelo acaricia mis manos. De repente, no me apetece nada soltarla. Ella tampoco hace nada por apartarse. Hasta que un carraspeo nos devuelve a la realidad. Es Grant, que nos observa con el ceño fruncido.

—Deberíamos salir de aquí, ¿no? —dice.

Pero tengo la impresión de que el hecho de que permanezcamos allí cuando la mayoría de los congregados ya se han dispersado es la menor de sus preocupaciones.

Suelto a su hermana muy a mi pesar porque no tengo ganas de poner a prueba su susceptibilidad de hermano.

—¿Y si nos vamos a beber algo para celebrar esta victoria? —propongo.

En circunstancias normales, habría saludado a mi cliente con un fuerte apretón de manos y me habría ido lo antes posible a mi casa, pero, teniendo la posibilidad de rascar algunas horas más en su compañía, no quiero que Julia se vaya...

Ella parece encantada con la idea, pero su hermano quizá no tanto. Y entonces Julia sugiere:

—Podría pedirle a Maddie que se venga con nosotros. Todavía debe de andar por aquí, se ha quedado para oír el veredicto.

En cuanto encontramos a Maddie, Grant deja de decir que quiere volver a casa.

De camino al bar, respondo a todos los mensajes que me han enviado mis allegados. Todos sabían que era una jornada importante para mi carrera. Propongo a Noah, Jack y Stuart que se unan a nosotros. Julia, por su parte, parece hacer lo mismo con sus amigas. No será la velada a solas con la que soñaba, pero me encanta verla así de feliz. A lo largo de todo el proceso, he sentido su mirada fija en mí y tengo que reconocer que me ha costado mucho no girarme todo el tiempo para poder disfrutar observándola. Siempre lucho por ganar todos mis casos, pero esta vez tengo la impresión de que ha sido más personal. Tenía que ganar. Para que se sintiera satisfecha, para hacerla feliz. No habría podido soportar la decepción en sus ojos. Pero tengo que reconocer que mis motivaciones también eran algo egoístas: quería que estuviera orgullosa de mí.

Julia cuenta, por lo menos por segunda vez, el juicio a sus amigas. Ellas son todo oídos a pesar de que supongo que, a estas alturas, ya deben sabérselo de memoria. Con ellas y con mis amigos recién llegados, formamos un grupo algo ruidoso. Solo Cole, el novio de Amy, parece más tranquilo. Se ha hablado mucho de él en el mundillo judicial estas últimas semanas. Me siento tentado a hacerle algunas preguntas, pero parece tan concentrado en su pequeña pelirroja que no creo que le apetezca centrar su atención en otro asunto.

Dejo un margarita frente a Julia, que eleva la mirada, sorprendida.

—Me he permitido pedirte otro.

—¿Y si quisiera otra cosa?

Sé que me responde así solo por llevarme la contraria.

—Mentirosa, solo bebes eso.

Me siento en la banqueta que hay junto a ella y me acerco la cerveza a los labios. Siento su mirada fija en mí.

—¿Estás seguro de que solo bebo margaritas porque me has visto dos veces en un bar?

—Te olvidas de la vez que tropezaste conmigo al salir del baño.

—¡Había pedido un zumo de naranja!

—Porque creías que podrías estar embarazada, pero estoy seguro de que, si no hubiera sido así, habrías pedido un margarita.

Se debe de estar preguntando cómo es que sé todo eso. Jamás le confesaré que su hermano, una noche, tras una larga sesión de trabajo, me contó algunas cosas sobre el miedo que había pasado cuando creía que podía estar embarazada.

Finge estar enfadada porque sabe que tengo razón. Me parece adorable. Me acerco con cuidado a ella, fingiendo que mi movimiento es totalmente accidental. Nuestros muslos están el uno junto al otro y su pelo me acaricia el brazo.

Al cabo de unos minutos, deslizo mi mano sobre su pierna. Ella no hace nada para apartarla. Simplemente interrumpe un segundo su conversación, pero luego sigue sin decir nada. La acaricio suavemente con el pulgar aprovechando que la mesa nos oculta de nuestros amigos.

Poco a poco, todos se van yendo. Al fin y al cabo, es un día entre semana y es lógico que la velada no se prolongue demasiado. Cuando Grant le propone a su hermana que se vayan juntos, tengo que contenerme para no retenerla conmigo por la fuerza. Pero Julia le responde que todavía quiere quedarse un poco más y yo me comprometo a acompañarla a casa para que no se preocupe. No estoy muy seguro de que a Grant le guste la idea. Mantenemos una conversación silenciosa en la que me deja claro que, por desgracia, no puede ir en contra de las decisiones de su hermana mayor, pero que no dudará en destriparme minuciosamente si le hago lo más mínimo. Y lo gracioso es que sé que es capaz. Grant Moore no es un tío con el que se pueda bromear.

Solo quedamos Zoey, Noah, Julia y yo para terminar la velada. Somos los últimos y la camarera prácticamente nos echa. Una vez en la acera, tomamos la decisión de no eternizarnos. Aunque faltan pocos días para Navidad y las iluminadas calles de Boston tienen algo mágico, la temperatura no lo es tanto. Noah y Zoey se despiden de nosotros y agarro a Julia por la cintura para llevarla a mi coche.

—Quizá esta sea la última vez que nos veamos —dice ella.

No si de mí dependiera, claro, aunque me lo guardo.

—Vamos a tomarnos una última copa a mi casa.

Veo que su sonrisa se desvanece un poco. Soy consciente de que lo que acabo de proponerle se parece bastante a una invitación para terminar la velada en mi cama. La idea no me desagrada en absoluto, pero no quiero que sea algo de una sola noche. Por lo que he creído comprender, Julia está acostumbrada a ese tipo de relaciones, pero quiero demostrarle que esta vez es diferente.

Así que añado, con bastante torpeza:

—Dentro del respeto, por supuesto.

Emite una risa nerviosa y me dan ganas de abofetearme por lo mal que se me dan estas cosas. De repente, me sorprende aceptando mi propuesta.

Durante el trayecto a mi casa, hablamos de esto y aquello, como dos amigos que conversan sin más, pero no nos sentimos ni nos comportamos como se sentirían dos amigos. Evitamos mirarnos. Una vez aparcado el coche en la calle, me digo que tengo que esforzarme más. Le doy la vuelta al vehículo para abrirle la puerta y le tiendo la mano para ayudarla a bajar. Me he dado cuenta de que le gustan ese tipo de galanterías, por lo que me recompensa con una maravillosa sonrisa. No le suelto la mano hasta encontrarnos frente a la puerta, para sacar las llaves.

—¿Qué quieres beber? No creo tener los ingredientes para preparar margaritas, pero puedo...

No puedo terminar la frase porque Julia tira de mi brazo para que me gire hacia ella. Está muy cerca, demasiado cerca como para que pueda pensar en el contenido de mi bar. Sus ojos marrones brillan en la semioscuridad de mi entrada. Sus manos se deslizan por mis antebrazos y, en este punto, soy incapaz de tener un solo pensamiento coherente.

—Si esta va a ser la última vez que nos veamos, mejor aprovechar.

Y entonces aprieta sus labios contra los míos. Pasado el segundo de sorpresa, respondo a su beso. Sus labios, que conozco visualmente de memoria de tanto haberlos observado, son todavía más dulces de lo que me había imaginado. Sus manos se aferran a mi abrigo y yo poso las mías en su cintura. Me deja deslizar mi lengua contra la suya y nuestro abrazo se vuelve apasionado. Se le escapa un suspiro en respuesta al ruido sordo que sale de mi garganta.

Me aparto un instante y ella me mira con furia. No tengo tiempo de preguntarle si es eso lo que de verdad quiere. Me ataca de nuevo de la forma más sensual posible y no puedo resistirme. Este segundo asalto libera algo en mí y, esta vez, una de mis manos se desliza hasta su nuca y se pierde en su pelo, mientras que la otra se aferra a su trasero. La empujo contra el muro de la entrada, oigo un estruendo y ella gime levemente, nada nos detiene a ninguno de los dos.

Me quita el abrigo y tengo que contenerme para no arrancarle la ropa en tiempo récord. Quiero prolongar el placer de desnudarla y no precipitarme como un niño el día de Navidad con sus regalos.

El camino hasta la habitación de invitados, que ocupo ahora en el primer piso, me parece demasiado largo, así que decido que el sofá del salón es mejor opción. La llevo paso a paso en esa dirección, algo nada fácil porque Julia se afana en hacer saltar todos los botones de mi camisa uno a uno. Cuando por fin consigue abrirla por completo, solo tiene que empujar mi torso con sus manos para hacer que me siente. Apenas me da tiempo a comprender qué me está pasando antes de que ella se siente sobre mis piernas. Si ya había percibido en ella un carácter espontáneo y algo de fogosidad en circunstancias normales, esto me demuestra que también lo aplica en la cama o, en este caso, en el sofá del salón.

Me digo que va demasiado bien vestida para mi gusto, así que tiro de su top para quitárselo. Después, casi me atraganto al ver su pecho perfecto contenido milagrosamente en su sujetador de colores vivos. Siempre he tenido debilidad por esa parte de la anatomía femenina y el pecho de Julia está lejos de dejarme indiferente. No necesito más de cinco segundos para liberarlo de su yugo de encaje. Sus senos, generosos, me fascinan y mis manos se apoderan de ellos de inmediato. Mi pulgar se concentra en su aureola antes de que mi boca le tome el relevo. Julia aprovecha para deslizar la camisa por mis hombros. Sus manos, que acarician mi piel desnuda, son un regalo para los sentidos.

El resto de nuestra ropa no tarda en desaparecer. Se apodera de nosotros un frenesí que, según creo, jamás había sentido. Hay decenas de lugares de su cuerpo que me encantaría explorar, besar, y por eso sé que no bastará una sola vez.

Busco el preservativo que llevo en la cartera. Julia me lo quita de las manos y abre el embalaje con los dientes. A continuación, sus pequeñas y delicadas manos se posan en mi sexo, fuertemente erguido, y lo recubre de látex. Solo acabamos de empezar y yo ya estoy a punto de explotar. Su mirada se clava en la mía, sus pupilas están dilatadas, no me cabe la menor duda de que desea ir más allá y supongo que yo debo dar la misma impresión. Así que, sin dudarlo, la agarro por las caderas y me adentro en ella.

Capítulo 32

Me despierto con la sensación de haber dormido poco.

Estoy completamente desorientada. Lo que se supone que es el techo no se parece en nada al que veo inevitablemente cada mañana. Es mucho más alto, tiene molduras y, desde luego, no tiene ninguna grieta.

No estoy en casa.

Mi mirada se desliza por las sábanas, un tejido suave y caro de color gris perla. Por supuesto que no son las mías.

Giro la cabeza y entonces comprendo que no estoy sola en la cama.

Matt.

Las imágenes de ayer por la noche o, más bien, de esta mañana me vuelven a la mente. Su propuesta de una última copa que yo acepto. Las señales contradictorias que me envió durante toda la jornada como acariciarme el muslo en el bar, para luego ignorarme en el coche. Mi decisión de aprovechar la noche. Después de todo, ya no tenemos ninguna razón para seguir viéndonos, así que mejor arriesgar el todo por el todo y llevarse un bonito recuerdo. Y todo lo que vino después: el sofá, las escaleras, la cama. Si no hubiéramos tenido un día agotador, habríamos recorrido toda la casa. Y yo no me habría negado.

Si hasta ahora había creído conocer algunos compañeros bien dotados, no son nada en comparación con lo que Matt me hizo vivir ayer. Ha sido atento, fogoso en algunos momentos y dulce en otros. Supo coger las riendas, pero también someterse a mis deseos. Jamás había estado con un hombre con el que tuviera tanta simbiosis. Pero, sobre todo, jamás antes un hombre me había mirado como él lo ha hecho, como si fuera la cosa más maravillosa que hubiera visto en su vida.

Y ahora está ahí, a unos centímetros de mí, profundamente dormido. Me esperaba un poco que durmiera como trabaja, con expresión seria, pero no, muy al contrario, su rostro refleja relajación, casi inocencia. Sus largas pestañas negras contrastan con su piel más pálida. La boca que tanto placer me dio anoche está levemente entreabierta.

Mis ojos se deslizan sobre las partes de su cuerpo que las sábanas no cubren. Su torso es el propio de quien trabaja en un despacho pero que practica deporte con cierta regularidad. Está tapado con un edredón negro que se abomba bajo su ombligo para mostrar el camino hacia una parte de su anatomía algo más al sur y que, para mi gran desesperación, no está visible en estos momentos.

Intento memorizar esta escena en mi cabeza porque sé que, de aquí a unos minutos, solo será un bonito recuerdo. Matt acaba de salir de una relación que terminó de una forma bastante horrible y comprendo que no quiera lanzarse de inmediato a otra. Por ese motivo, anoche me convencí a mí misma de que tenía que disfrutar del instante porque no habría otra ocasión. A plena luz del día, no estoy muy segura de que haya sido una buena idea. Tengo miedo de que me haya quitado las ganas de estar con otros hombres. No me refiero solo a sus cualidades como amante, sino también a todo lo demás. Su amabilidad, esa parte suya de caballero un poco anticuado que tanto me gusta. Sus medias sonrisas, su forma de mortificarme. Su carisma y su presencia ante el tribunal.

Me permito dos minutos más para disfrutar de su presencia. Incluso dormido, irradia algo que desencadena un enjambre de mariposas en mi estómago. Cuando decido levantarme, lo hago en silencio. Sé que irme sin decir nada no es demasiado elegante, pero así evito una confrontación extraña y una conversación incómoda. Es mejor así. Al menos se despertará solo con buenos recuerdos. O eso espero.

Antes de cruzar la puerta, le echo un último vistazo. Se gira, extiende la mano hacia el lugar en el que yo estaba acostada hace unos instantes y parece buscar instintivamente algo. Agito la cabeza. Me estoy montando una película. Y, además, Matt ha compartido su cama durante años con otra y seguro que no es a mí a quien busca después de solo unas horas pasadas en mi compañía.

Cierro con suavidad la puerta a mis espaldas para evitar hacer ruido. Bajo las escaleras y busco la ropa que me dejé ayer abandonada en alguna parte del salón. Gracias a ella, puedo rastrear el itinerario de nuestros juegos, pero, por desgracia, no encuentro mis bragas. La idea de pasearme por ahí con el culo al aire no me gusta demasiado, pero después de varios minutos de búsquedas infructuosas, tengo que rendirme a la evidencia: las he perdido. Solo espero que Matt no sea de esos tíos que te roban la ropa interior a modo de trofeo de su conquista. No veo en qué momento podría haberlo hecho, pero nunca se sabe, puede que se haya levantado después de que me durmiera para cometer el hurto.

Decido ir a beber un vaso de agua antes de irme porque tengo la garganta más seca que el valle de la muerte. Me siento tentada a visitar el resto de habitaciones de la casa, pero no lo hago. Podría levantarse y encontrarme husmeando en sus cosas, algo que no creo que le hiciera mucha gracia.

Así que después de un último vistazo al salón, abro la puerta y me doy a la fuga sin mirar atrás.

Hace frío. Solo faltan unos días para Navidad y la nieve recubre ya una parte de la ciudad. Por suerte para mí, encuentro un taxi deprisa. No tengo ánimo para enfrentarme al transporte público. Cuando el taxista me deja frente a mi casa, estoy en trance. Subo las escaleras visualizando mi cama, en la que me gustaría meterme para no salir jamás, pero, cuando cruzo la puerta, me encuentro con un comité de bienvenida inesperado.

¡En el nombre de una quemadura de sol! Grant, Zoey y Maddie están en mi salón y lo menos que puedo decir es que parecen aliviados de verme. O quizá enfadados.

—¡Aquí está! —exclama Maddie—. ¡Madre mía, Julia, nos has dado un buen susto!

Me abraza y estoy confusa unos instantes. Luego comprendo lo que está pasando. Ayer por la noche le dije a mi hermano que volvería pronto y... no lo he hecho. También olvidé avisarle y, a juzgar por su forma de fulminarme con la mirada, no ha debido de dormir demasiado bien.

Como si no estuviera ya suficientemente avergonzada, Zoey anuncia:

—¡Sé de alguien que ha tenido sexo esta noche!

Grant refunfuña y yo lo comprendo. En su lugar, no me apetecería que me recordaran que mi hermana tiene vida sexual. Evidentemente, no hay que ser un genio para adivinar con quién ha sido.

—¿Es que nunca respondes al teléfono?

Mi móvil debió de quedarse en modo silencioso desde el juicio y, a la hora que es, lo más seguro es que ni tenga batería.

—Le debes una y bien gorda a Maddie, querida. Ella sola ha sido capaz de convencer a tu hermanito de que tirar abajo la puerta de su abogado en plena noche no era una buena idea.

Maddie se sonroja y balbucea algo incomprensible mientras evita la mirada de Grant.

No es que yo esté tampoco muy orgullosa, no había pensado ni por un segundo que pudiera inquietarse si no volvía.

—Bueno, vale, ahora cuenta, ¿qué tal el abogado? Estoy segura de que es de los que te susurran cochinadas al oído durante el acto, ¿verdad?

—¡Zoey! —exclamamos Grant, Maddie y yo al unísono.

Ella eleva la mirada al cielo.

—¡Vale! ¡Todo porque está tu hermano delante! ¡Menuda censura!

No le preciso que soy yo la mayor, pero preferiría cambiar de tema.

—¿Habláis de esas cosas entre vosotras? —pregunta el interesado, en parte por curiosidad, en parte asqueado ante esa idea.

—¿A ti qué te parece? ¿Acaso crees que solo los tíos habláis de vuestras experiencias sexuales? ¡Tendrías que haber asistido a alguna de nuestras veladas!

—No, y mejor así, sobre todo si es para hablar de la vida sexual de mi hermana —responde Grant al instante.

Zoey exagera un poco. No somos mucho de dar detalles sobre nuestras noches locas. Ni siquiera ella, que desde luego es la más liberada de todas, nos cuenta demasiado. Tampoco voy a mentir y decir que el tema jamás ha surgido, pero, extrañamente, hablamos mucho más de nuestras malas experiencias que de las buenas.

—¿Vas a volver a verlo? —me interroga Maddie.

Su pregunta me provoca el mismo efecto que una mano comprimiéndome el corazón. No, no lo voy a volver a ver y esa idea me da ganas de llorar. Esbozo una sonrisa enigmática para que ella vea lo quiera ver.

—Espero por su bien que la vuelva a ver —gruñe Grant—. A mi hermana no la puedes tirar como un par de calcetines viejos después de usarlos.

—¡Oh, oh! ¡Cálmate, señor Testosterona! Guárdate tus demostraciones de hombre de las cavernas para otro. No estoy de humor esta mañana.

Me voy a mi dormitorio y cierro la puerta tras de mí. Soy consciente de que me estoy comportando como una niña malcriada caprichosa e ingrata, pero, por el momento, solo quiero vaciar la cabeza y no pensar en Matt ni en otra noche ni en el futuro. Así que hago lo que es mejor en estos casos: saco mis pinceles y mis pinturas y me pongo a trabajar.

Capítulo 33

Un ruido estridente y altamente desagradable me despierta. Todavía algo somnoliento, necesito unos segundos para comprender que lo que suena de forma repetitiva es el timbre de la puerta. ¿Quién puede insistir de esa forma a estas horas? Echo un vistazo a los números luminosos de mi radio-despertador. *¡9:17!* ¡Hacía años que no dormía tanto entre semana!

En cuanto me siento en la cama y me desperezo, los recuerdos de la noche anterior me vienen a la cabeza. Giro la cara hacia el otro lado de la cama y está vacío. El lugar en el que Julia se quedó dormida apenas conserva los rastros de su paso sobre la almohada y ya está frío. ¿Estará en la planta de abajo? ¿O puede que sea ella? ¿Acaso se le ha cerrado la puerta estando fuera y ahora intenta despertarme llamando al timbre como una loca?

Estoy completamente desnudo, así que me pongo la ropa interior y una camiseta que encuentro a toda prisa en el armario. Bajo las escaleras de cuatro en cuatro a pesar de mi estado semicomatoso. Visto el frío polar que hace estos días en Boston, si Julia se ha quedado fuera, se va a quedar congelada. Pienso en el final de la noche anterior y las imágenes que me vienen me dibujan una sonrisa en la cara. Jamás habría imaginado, ni en mis sueños más locos, que pudiera haber semejante química entre los dos. Estoy deseando volver a sentirla. Digamos, de aquí a un minuto. Al diablo el trabajo que me espera, tengo una chica que seguramente se muere de frío que calentar. Abro la puerta y mi fogosidad se enfría en cuestión de segundos. Y no es precisamente por el viento glacial que sopla esta mañana. No, es más bien debido a la reina del hielo que me fulmina en la entrada.

Kathleen.

—¿Alguna vez respondes al teléfono?

Buenos días a ti también...

—No te esperaba esta mañana. ¿Qué quieres?

—Vengo a recoger el resto de cosas, como habíamos acordado.

Efectivamente, había olvidado ese detalle. Me había dicho que pasaría hoy con los empleados de la mudanza para llevarse principalmente el sofá. Sofá del que casi me da pena deshacerme desde que Julia y yo lo bautizáramos anoche como es debido. Me aparto para dejarla entrar en la casa seguida de dos fortachones que, imagino, están ahí para cargar los muebles. No sé si Julia está todavía en la casa. Y lo que es más importante, supongo que el salón sigue en el mismo estado en el que lo dejamos ayer.

Sigo a Kathleen y suspiro de alivio al ver mi ropa cuidadosamente doblada sobre el sofá. Supongo que ha sido Julia y le doy las gracias en silencio. No me apetece tener que explicarle a Kathleen por qué, de repente, sentí la necesidad de desnudarme en el salón. Tampoco es que le importe. De hecho, según creo, ni ella ni yo hemos hecho el amor en otra habitación de la casa que no fuera el dormitorio. Al principio de nuestra relación, éramos un poco más osados, pero Kathleen no tardó en circunscribir ese tipo de actividades a nuestro dormitorio. Y, al parecer, no solo conmigo. Tampoco voy a echarle toda la culpa. Tengo que reconocer que suelo caer rápido en la rutina y jamás cuestioné esa decisión. Incluso soy de esos hombres a los que les molesta encontrar ropa tirada por ahí.

Kathleen da instrucciones a los dos armarios roperos sobre las cosas que deben llevarse. Deciden empezar por el famoso sofá.

Lo levantan como si no pesara más que una almohada de plumas. Avanzan un par de pasos en dirección a la salida cuando un trozo de tela colorida cae al suelo. Kathleen se acerca y declara:

—Esas, desde luego, no son mías...

Solo necesito un segundo para comprender que el trozo de tela es... ¡Las bragas que llevaba Julia ayer por la noche!

Las que estuve a punto de arrancarle para que se las quitara más deprisa. Percibo la mirada de Kathleen fija en mí y me siento igual de avergonzado que si tuviera dieciséis años y mi madre acabara de encontrar una revista porno bajo mi colchón.

—Bueno, ya veo que algunos no han perdido el tiempo.

Su réplica me irrita y me dispongo a recordarle que mi vida privada no es asunto suyo, pero entonces veo que parece estar de broma...

—¡Relájate, Matt! Eres ya mayor y no me debes ninguna explicación. Y luego esa Julia parece buena persona, aunque tenga un gusto dudoso en materia de lencería.

—¿Y cómo sabes que ha sido con Julia?

—¡Oh! ¡Por favor! ¿Acaso crees que no he visto la forma en la que os devorabais con la mirada durante todo el juicio? Tanto ella como tú. De hecho, resulta bastante curioso porque tengo la impresión de que ninguno de los dos erais conscientes de ello. No me digas que acabaste la noche con otra, que no te creo.

Estoy un poco desconcertado por lo que acaba de decir. Sé que Julia me gustó desde el primer momento, pero jamás habría pensado que fuera tan evidente. Y mucho menos que fuera recíproco.

Kathleen añade con un tono impregnado de tristeza:

—No recuerdo que me miraras así ni una sola vez.

A pesar de lo enfadado que estoy con ella, siento compasión al oírlo, porque soy consciente de que tiene razón. Apenas conozco a Julia, pero sé que lo que siento por ella supera ya todo lo que pude sentir por Kathleen.

—Lo siento mucho, Kat.

Sonríe cuando pronuncio el apelativo que solía utilizar en la intimidad. Es una sonrisa triste y nostálgica.

—No lo sientas. Lo nuestro no estaba hecho para durar. Los dos nos aferramos a esa relación sin ni siquiera ser conscientes de que no éramos realmente felices. Yo tengo tanta culpa como tú, sino más. Debería habértelo dicho. No te merecías lo que pasó. Imagino que ha debido de ser muy duro para ti.

No la contradigo porque, efectivamente, no me merecía descubrir a mi novia en la cama con otro. De hecho, me pregunto si sería la primera vez, pero no me atrevo a hacerle esa pregunta. Después de todo, ¿de qué serviría?

—Fue la única vez —murmura como si pudiera leer mis pensamientos—. No fue algo premeditado, simplemente pasó y creo que, inconscientemente, quería que nos sorprendieras para que me dejaras. Eso me evitaba tener que hacerlo yo. Sabía que estaba mal y me sentí culpable al instante. Pero cuando comprendí que no lucharías por salvar nuestra relación, me sentí traicionada, herida. Es por eso por lo que me encerré en la casa. Quería hacerte sufrir aunque fuera un poco. Si no podía ser por nuestra separación, que al menos lo fuera porque no pudieras volver a tu casa.

Ni siquiera intento comprender su razonamiento rebuscado. Seguro que es la conclusión a la que su psicólogo de precio prohibitivo ha debido llegar tras analizar su comportamiento y yo no soy quién para contradecirlo.

—¿Sabes de lo que me he dado cuenta? —pregunta.

—No.

—Hasta ayer, jamás te había visto litigar ante un tribunal. No deja de ser triste que haya esperado a que ya no estuviéramos juntos para descubrir al Matt abogado, cuando tu trabajo es tan importante para ti.

—¿Y cómo es que decidiste ir?

Se encoge de hombros.

—Por curiosidad y también porque mi padre no paraba de repetir que ibas a estrellarte. No me lo creía, aunque, como acabo de confesar, jamás te hubiera visto litigar. Pensé que quizá necesitaras a alguien de tu parte, así que decidí ir. Sé que eso podía parecer raro considerando que no estamos en nuestro mejor momento. De todas formas, no tardé en darme cuenta de que no me necesitabas porque ya la tenías a ella.

—¿Es por eso por lo que te fuiste antes del veredicto?

Su mirada se ilumina. Sé que le alegra que notara su ausencia. Si hay algo que Kathleen detesta es pasar inadvertida.

—Sí. Y también estaba segura de que ibas a ganar. Has hecho un estupendo trabajo, Matt. Mi padre estaba furioso. Jamás vendrá a buscarte porque es demasiado orgulloso, pero si un día llamas a su puerta, estoy segura de que te contrataría.

—Eso no va a pasar.

Antes termino de abogado de oficio que volver a trabajar para Charles Becker.

—¿Sabes que mi madre le ha pedido el divorcio?

—No, no tenía ni idea.

Me sorprende esa noticia. Jamás me habría imaginado que la madre de Kathleen acabaría renunciando a su tren de vida a pesar de todos los engaños de su marido. Añado:

—Lo siento mucho. No debe de ser fácil para ti.

—No es como si tuviera cinco años y mis padres se fueran a separar. De hecho, he sido yo la que ha animado a mi madre a dar el paso. No se merece que la trate de esa forma.

Baja la mirada y dice:

—No es que yo sea un modelo en ese aspecto.

Siento que tengo que liberarla un poco de su culpabilidad. En el fondo, sé que lo que ha hecho es imperdonable, pero también sé que tengo que hacer algo para atenuar sus remordimientos. Al fin y al cabo, yo he pasado página y lo menos que puedo desearle es que ella haga lo mismo. Y bueno, puestos a creer en esas historias del karma como Julia, tengo que decir que la rueda ha girado más bien a mi favor porque, sin su infidelidad, estaríamos prometidos y no habría conocido a Julia.

—Mejor dejemos de hablar sobre lo que pasó. Tú cometiste un error, pero yo tampoco he sido el novio perfecto. Estoy seguro de que encontrarás el hombre adecuado para ti. Desde luego, no era yo.

—Espero que tengas razón. ¿Y tú con Julia? ¿Crees que es la adecuada?

Es raro tener este tipo de conversación con ella, más teniendo en cuenta que, hace una hora, me la habría imaginado más clavándome un cuchillo en la espalda.

—Todavía no lo sé, es un poco pronto para decirlo.

Y, además, ni siquiera sé dónde está ni si quiere volver a verme.

—Se ha fugado esta mañana, ¿verdad?

—¿Cómo lo sabes? —me sorprende—. ¿Te la has cruzado?

—No, pero está claro que te he despertado cuando he llegado, sé que has pasado la noche con ella y, desde hace una hora, no paras de inspeccionar cada rincón de la casa para determinar si va a plantarse aquí de un momento a otro, preguntándote si resultaría molesto o no teniendo en cuenta que estoy aquí.

Me incomoda que todo sea tan evidente, pero Kathleen rompe a reír.

—¡Deberías verte la cara! Bueno, voy a simplificarte la tarea. Recojo las pocas cosas que me quedan y me voy. Tú, llama a tu chica, que estoy segura de que lo está esperando.

—¿Cómo puedes estar segura?

Ella eleva la mirada al cielo.

—¡Dios mío, Matt! ¡Es que tengo que decirlo todo! Esa chica está loca por ti, eso es algo que se ve. No sé qué le has dicho o qué se te ha olvidado decirle para que salga corriendo esta mañana. Llámala y ábrele tu corazón. ¿Acaso no has aprendido nada de nuestra historia? La comunicación es la base de la pareja. Julia es una buena chica, pero si no se lo dices, jamás sabrá lo que piensas.

—¿Y cómo lo sabes?

—Cualquiera que sea capaz de subirse en una ambulancia conmigo sin ni siquiera conocerme cuando acabo de romperme una pierna tiene que ser una buena persona. Eso sí, jamás reconoceré que lo he dicho. Lo negaré todo rotundamente. Tengo que mantener mi reputación de grano en el culo.

Me guiña un ojo y sale cojeando. Me quedo un poco atónito por la conversación surrealista que acabamos de tener. Por primera vez desde hace semanas, nos hemos comportado como adultos y eso es algo agradable. No digo que quiera ser amigo de Kathleen, pero si nuestra relación puede mantenerse dentro de la cordialidad, mucho mejor. Sobre todo porque nos movemos en los mismos círculos y quizá estemos condenados a volver a vernos.

Ella tiene razón, no he sido claro con Julia. Le he demostrado que la deseaba, pero en ningún momento he hablado de la posibilidad de que esto fuera algo más que para una noche.

Confieso que desde que la conozco, me da un poco de miedo esa idea. Acababa de separarme de Kathleen y no me apetecía volver a meterme de lleno en otra relación. De hecho, ni siquiera estoy seguro de que ella quiera algo más que un polvo de una noche, pero tengo que intentarlo. No quiero pasarme el resto de mis días preguntándome qué habría podido pasar. No quiero esperar a que el karma, un anillo o lo que sea la vuelvan a cruzar en mi vida. Voy a asumir el control de mi destino y quiero asegurarme de que ella también quiera hacer una parte del camino conmigo. Pero antes, tengo que hacer una llamada.

Capítulo 34

Suena mi teléfono y me siento tentada a dejar que salte el buzón de voz, pero, como soy muy curiosa, no puedo evitar echar un vistazo a la pantalla.

Quizá sea él...

Sí, claro, en mis mejores sueños. No sé nada de Matt desde ayer por la mañana cuando me escapé de su cama. Una parte de mí esperaba que me llamara, pero, en el fondo, sabía que no lo haría, así que, para evitar pensar demasiado, me he sumergido en el trabajo.

Estoy en mi dormitorio, que también me sirve de taller porque no tengo espacio para pintar en ningún otro sitio. Mi hermano debería mudarse pronto. De hecho, ahora está visitando apartamentos, lo que hace que me sienta más cómoda. Estoy en bragas con una camiseta grande que me llega hasta los muslos cubierta de pintura.

Reconozco el número que aparece. Es el de la galería a la que les he confiado mi último cuadro. Me seco deprisa las manos para no manchar el teléfono y respondo. No puedo evitar que se me acelere el corazón; si me llaman tan pronto es que tienen un comprador potencial.

El viejo galerista se aclara la garganta al otro lado del teléfono.

—Julia, soy Donald Shepherd. Tengo una buena noticia. Uno de mis clientes está interesado en su cuadro.

—¿En serio?

Tengo el corazón desbocado.

—Sí, pero tiene una petición algo particular. Espero que no le moleste.

Me contengo para no confesarle que, en estos momentos, estaría dispuesta a satisfacer cualquiera de sus deseos siempre que no sean sexuales ni artísticos.

—Mi cliente quiere conocerla en persona.

Huelga decir que no voy a oponerme a ese tipo de deseo. Incluso me parece un honor que quiera conocerme.

—Va a venir a la galería esta tarde. Sé que es un poco precipitado, pero ¿podría venir a conocerlo? A mi cliente le gustaría hacerlo lo antes posible.

Miro el reloj y calculo cuánto tiempo necesitaría para darme una ducha y ponerme algo presentable para la cita.

—Sí, podría estar allí en una hora, supongo.

—¡Perfecto! ¡Hasta ahora, Julia!

Estoy eufórica y aterrorizada al mismo tiempo. Saber que mi trabajo gusta es el mejor de los regalos. Ni qué decir que, además, así ganaré un poco de dinero. La idea de que alguien aprecie tanto mi obra hasta el punto de querer colgarla en sus paredes es una sensación magnífica. Siento una punzada en el corazón porque eso también significa que tendré que separarme de ese cuadro, sobre todo teniendo en cuenta lo que representa, pero mejor ni lo pienso. Ya debería estar en la ducha.

Llego sin aliento a la galería. Está bastante lejos de mi casa y los medios de transporte estaban hasta arriba. El señor Shepherd me recibe y me pide que le siga porque, al parecer, el comprador ya está allí. Nos dirigimos a la sala en la que está expuesto mi cuadro.

Distingo la silueta de un hombre, de espaldas, con las manos en los bolsillos, que contempla mi cuadro. Al oírnos llegar, se da la vuelta, pero incluso antes de que lo haga, no tengo la más mínima duda sobre la identidad del misterioso comprador.

Matt.

De repente, dejo de respirar. No puedo avanzar. No sé si mi reacción es consecuencia de la sorpresa, la decepción o la alegría. Centenares de pensamientos entrechocan en mi cerebro. ¿Cómo lo ha sabido? ¿Por qué está aquí? ¿Por qué le interesa mi cuadro?

¿Debería enfadarme? ¿Debería sentirme halagada porque se interese por mi trabajo? ¿De verdad que es mi cuadro el que le ha atraído aquí?

Él me sonríe y, seguramente porque yo sigo paralizada, se acerca a mí, con su media sonrisa en los labios. Cualquiera diría que él tampoco sabe muy bien cómo reaccionar, que está esperando que diga algo. Soy incapaz, así que, al final, es él el que empieza:

—Estoy contento de volver a verte, Julia.

Agito la cabeza, pero no digo nada.

—El cuadro es magnífico. Estoy...

—¡No! —lo interrumpo.

Está claramente sorprendido por mi reacción y veo que el señor Shepherd, a sus espaldas, también lo está.

—¡No puedes comprar mi cuadro! —grito—. ¡Sé por qué quieres hacerlo! Crees que, de esa forma, me estás haciendo un favor, pero no, no quiero que compres mi cuadro. ¡No quiero tu caridad! ¡No necesito que me ayudes, Matt! ¡No soy un caso desesperado!

Me observa con calma. Casi tengo la impresión de tener frente a mí al Matt de la sala de vistas, el seguro de sí mismo y arrogante, el que sabe que va a ganar, y me dan ganas de abofetearlo por eso.

—No puedes hacerlo —añado con un pequeño hilo de voz que se rompe al final.

Se acerca un poco más a mí y me agarra por los hombros. Su gesto me recuerda al de hace unas semanas en su despacho.

—Mírame, Julia.

Obedezco y, cuando me cruzo con sus ojos azules, me doy cuenta de que lo que he tomado por seguridad es, en realidad, una fachada. Sus pupilas reflejan tormento, mi reacción le ha afectado más de lo que le gustaría dejar entrever.

—¿Confías en mí?

¿Acaso soy capaz de confiar en él? Buena pregunta. No me fío de la gente. La vida me ha demostrado que las personas en las que confiamos pueden traicionarnos. Pero estas últimas semanas, he podido constatar que puede que haya excepciones: mis amigas, en primer lugar, pero también Grant, que a pesar de todas las veces que me ha podido decepcionar en el pasado, ha sabido apoyarme y evolucionar en la buena dirección. Y luego está Matt. Él más que nadie ha cumplido todas las promesas que me ha hecho. Así que si tengo que confiar en alguien, ¿no debería ser en él?

Asiento con la cabeza, incapaz de articular palabra.

—Vale, pues sígueme.

Saluda brevemente al galerista, le pide que le envíe el cuadro a su casa y salimos del local. Para un taxi y me coge de la mano para que me suba con él. Le da su dirección al taxista y no intercambiamos una sola palabra en el corto recorrido hasta su casa de Beacon Hill. Se limita a acariciarme la mano.

Una vez pagada la carrera y tras abrir la puerta de su casa, me lleva hasta una habitación en la que no había estado antes y que supongo que es su despacho.

En cuanto cruzamos la puerta, comprendo por qué Matt ha querido llevarme hasta allí.

En la pared, frente a su mesa de trabajo, se encuentra un lienzo que conozco muy bien. Soy yo su autora.

Se trata de la famosa obra que vendí hace unos meses, esa que según el señor Shepherd había fascinado a su comprador.

Necesito unos instantes para digerir el descubrimiento y entonces le pregunto a Matt, que está a mi lado:

—¿Cuánto tiempo hace que lo sabes?

No necesito precisar la pregunta porque él la entiende de inmediato.

—Tuve un presentimiento cuando conocí tu nombre y la total certeza cuando supe tu apellido. Mucho antes de que me confesaras que eras pintora.

—Podría haber sido de otra pintora con el mismo nombre.

—Imposible.

Niega con la cabeza y señala el cuadro con el mentón.

—Esa pintura eres tú.

Me pregunto durante un instante si lo dice solo para afirmar que ha reconocido mi estilo o si lo hace porque ha comprendido el sentido de mi obra. Jamás pongo título a mis cuadros. Prefiero dejar que la persona que lo mira tenga su propia interpretación. Me guardo su significado solo para mí. Lo que busco crear en la persona que lo observa es una emoción. Da igual que el lienzo le recuerde el paisaje de sus últimas vacaciones o a su abuelita adorada. Lo que importa es que sienta algo.

—Es un autorretrato, ¿verdad?

Estoy asombrada de que haya llegado a esa conclusión. Y, de repente, tengo la impresión de estar desnuda frente a él. No en el sentido literal de la palabra, sino por sentir que ve mi alma.

Como sigo sin decir nada, continúa:

—Veo tu espontaneidad y tu frescura. Tu generosidad y esa forma que tienes de protegerte para que no te decepcionen. También está tu originalidad en esas notas de color. Y el conjunto forma algo muy bonito.

Su análisis me deja atónita. Me sorprende que haya captado lo que el cuadro representa, pero, sobre todo, la forma en la que me describe. ¿De verdad me ve así?

—¿Por qué no me has dicho nada?

—No lo sé. En un primer momento, porque quería estar seguro y luego, porque quería saber qué más nos tenía reservado el destino: el cuadro, el anillo...

—Pensaba que no creías en ese tipo de cosas...

—En realidad, no mucho, pero, ante la evidencia, solo los idiotas no cambiarían de opinión. Interprétalo como quieras: karma, destino, alineamiento de las estrellas... Creo que estábamos hechos para encontrarnos. Julia, atrévete a decirme que no estábamos hechos para encontrarnos...

Me coge la mano y su gesto me perturba. Una sola noche no me ha saciado, sino más bien lo contrario, quiero más, mucho más. Necesito mucho más. Y es algo inédito para mí.

Hasta ahora, me había contentado con aventuras sin futuro, con relaciones con fecha de caducidad. Solo he frecuentado hombres con los que estaba segura de que no sucumbiría. *Sin amor, no hay decepción* era un poco mi credo. Y, sabiendo eso, ¿por qué ahora tengo la necesidad de tirarme a la piscina?

Porque esta vez tengo la impresión de que puede ser diferente. Él tiene razón, teníamos que encontrarnos y no solo para que pudiéramos intercambiar algunos momentos fugaces en un hospital o una sala de vistas. Estaba escrito. ¿Por qué? No lo sé, pero quiero averiguarlo.

—¡No soy Kathleen!

Suelto estas palabras de golpe sin ni siquiera reflexionar. Incluso yo estoy sorprendida de haberlas pronunciado y veo que Matt parpadea bajo el efecto de la sorpresa.

—Sé que no eres Kathleen...

—No —lo interrumpo—. Lo que quería decir es que jamás podré parecerme a ella. No estoy segura de que yo sea lo que tú necesitas y, de hecho, ni siquiera tengo claro que realmente me quieras, incluso es posible que esté haciendo el ridículo en estos mismos instantes y será mejor que me calle.

Matt abre la boca para decir algo, pero le hago señas para que no diga nada.

—Déjame terminar. Lo que quiero decir es que sí que quiero pasar más tiempo contigo, hablar contigo, pasear contigo y, quizá, ir a exposiciones juntos, si es que eso te apetece. También quiero pasar tiempo contigo desnuda, como la otra noche. Pero no quiero solo eso y eso es algo que me aterroriza. Lo que no sé es si me aprecias más allá de la enorme química que hay entre nosotros. Y también porque no sé tener una relación con un hombre. En resumen, que no soy Kathleen. Soy desordenada y eso es un enorme problema para algunas personas y siempre llego tarde. Cuando trabajo en un cuadro, soy capaz de olvidar comer o dormir. No soy buena cocinera y tampoco soy organizada. No me fío de la gente. Y tú, sé que a ti te encanta ayudar a la gente y eso, eso puede llegar a ser un auténtico problema para mí. Y luego, también sé que acabas de salir de una relación larga y que seguramente no querrás volver a meterte en otra tan deprisa.

Se cruza de brazos.

—¿Eso es todo? ¿Ya has acabado tu lista?

—No. Por el contrario, lo que sí sé es que si alguna vez nos diéramos una oportunidad y funcionara, sería honesta contigo. Jamás me liaría con el jardinero a tus espaldas.

—He despedido al jardinero.

—Mejor. Si contratas a otro, siempre que no sea Bradley Cooper, te juro que sabré comportarme.

—Porque si es Bradley Cooper, ¿no estás segura? —pregunta, muerto de la risa.

—No te garantizo nada, pero creo que ahora mismo tiene dos o tres proyectos en Hollywood que no incluyen venir a Boston para trabajar de jardinero.

—Eso me deja más tranquilo, pero me mantendré atento a su agenda —dice, con tono serio—. Y, volviendo al tema que nos ocupa, yo también tengo algunas cosas que decirte.

Acorta aún más la distancia entre nosotros y me agarra por la cintura.

—Julia, lo último que desearía es que te parecieras a Kathleen. Lo que más me gusta de ti es que eres única, tú eres tú y lo asumes por completo. Me has ayudado a comprender que no estaba enamorado de ella, porque, de haberlo estado, no sería capaz de mirarte ahora a los ojos y sentir todo lo que siento. He sido un idiota por no haberlo dicho antes, por haber dejado que las cosas se aceleraran entre nosotros sin explicarte lo que pensaba, lo que quería de ti. Pero tengo que confesar que tenía algo de miedo. He llegado a pensar que me sentía atraído por ti porque eres la primera mujer con la que me cruzaba después de mi ruptura. Que era porque eres lo opuesto a todo lo que había conocido hasta ahora. Me he puesto excusas diciéndome que no quería hacerte daño utilizándote solo para olvidar a Kathleen. La otra noche, cuando acabamos la velada juntos, solo quería pasar algo más de tiempo contigo y, cuando me saltaste encima, fui un cobarde, no te dije nada y solo me dejé llevar por el momento. Debería haberte dicho lo que de verdad quería. Perdóname.

—Estás perdonado —murmuro, incapaz de añadir algo más porque su declaración me ha dejado sin aliento.

—¿Me ayudarías entonces a decidir dónde vamos a colgar el nuevo cuadro? Y, luego, ¿podríamos acordar una auténtica cita? ¿Una en la que te lleve a comer a un restaurante, te acompañe a tu casa y te dé un beso en la puerta?

—Me encantaría.

—Vale, ¿y puedo besarte ahora mismo?

No le dejo tiempo para responder y le planto mis labios en los suyos. Pongo en ese beso todas las emociones que siento. Jamás había besado a alguien así. Me aferro a su cuello y siento que sus manos me acarician la espalda. No sé cuánto tiempo pasamos besándonos porque diría que ni el uno ni el otro somos capaces de parar, motivo por el cual, cuando retomo la palabra, estoy sin aliento:

—¿Has comprendido el significado del nuevo cuadro?

—Soy yo, ¿verdad?

—Eres tú —confirmo.

—Tú y yo, el uno frente al otro, en este despacho. Me gusta.

—De esa forma, pensarás en mí incluso en el trabajo.

—Me va a costar mucho concentrarme.

A modo de respuesta, lo vuelvo a besar.

Epílogo

JULIA

Matt y yo colgamos el cuadro en la pared y, desde entonces seguimos juntos, al igual que los dos lienzos.

Efectivamente, me llevó a un restaurante, pero jamás me acompañó a mi casa. De hecho, me secuestró en su cama y yo no es que haya pedido que me libere. Al principio, me limité a llevarme algunas cosas para dormir en su casa, pero acabó convenciéndome para que instalara mis lienzos y mis pinceles en su antiguo dormitorio con el argumento de que allí estaría mucho más cómoda que en mi apartamento y que la luz era excepcional. Unos días después, celebramos la Navidad y me regaló las llaves de su casa. Grant, en vista de que solo dormía allí de forma ocasional, aprovechó para mudarse del sofá a mi dormitorio y ha terminado haciéndose cargo del alquiler con el dinero que gana en su nuevo trabajo. Entonces me convertí en alguien sin domicilio fijo, hecho que aprovechó Matt para hacerme ceder a su propuesta de mudarme con él oficialmente. Aunque, en la práctica, tengo que reconocerlo, ya vivíamos juntos.

Al principio tuvimos que hacer algunos ajustes. Matt es muy ordenado, meticuloso y organizado y yo soy... todo lo contrario. Hemos discutido alguna que otra vez y supongo que discutiremos muchas veces más, pero las reconciliaciones han sido espectaculares. He descubierto que detrás de su máscara de impasibilidad, Matt puede ser muy apasionado bajo el influjo de la cólera. Y eso no es algo que me disguste, de hecho, a veces lo provoco por puro placer.

Nuestra relación ha evolucionado mucho y aprendemos cada día a confiar el uno en el otro un poco más. Por mi parte, aprecio mucho sus pequeños detalles y le dejo que se ocupe de mí, porque sé que, además de hacerme feliz a mí, también le hace feliz a él.

Una vez más, las predicciones de la señora Chang han terminado siendo correctas. Matt ha sido la persona que me ha devuelto la vida. En cuanto a esa supuesta vida a tres, os tranquilizo: se reduce a Matt, yo y... ¡el gato Warhol! Al parecer, mi pequeño desarreglo se debía a un exceso de estrés... ¡No me digáis que el anillo no estaba maldito!

La felicidad en la que nado ha sido muy beneficiosa para mi trabajo. He pintado una serie de cuadros que ha tenido bastante éxito y una galería conocida del centro me ha propuesto hacer una exposición el mes que viene. Aunque eso signifique que voy a tener muchísimo trabajo en las próximas semanas, estoy muy emocionada. Además, cabe la posibilidad de que, después del evento, me lleguen nuevos pedidos.

Matt, por su parte, ya se ha adaptado a su nuevo bufete. Su notoriedad le ha permitido hacerse con algunos casos importantes y ya están pensando en contratar a otro colaborador. Sin embargo, quiere seguir defendiendo a los más modestos y consagrar una parte de su tiempo a clientes que no pueden permitirse pagar un abogado. Lo admiro mucho por su dedicación a todos ellos.

Aunque ya no viva en Bay Village, sigo viendo a mis amigas con regularidad y suelo ir a tomarme una café a la cafetería de Amy.

Y, hablando de Amy, ahora mismo la tengo a unos metros con un bonito vestido blanco que no oculta demasiado el pequeño habitante que tiene bajo el ombligo.

Amy y Cole decidieron oficializar su unión antes de que llegara el pequeñín. En buena parte porque el futuro papá no quería esperar mucho más. La abuela católica practicante de Amy casi se desmaya cuando le anunciaron que no pensaban casarse en la iglesia que había seleccionado para ellos incluso antes de que se conocieran. Desde que llegó ayer, no para de echar pestes, entre la ceremonia en una playa de las Bahamas y la novia embarazada de cinco meses, está lejos de dejar de refunfuñar. Sin embargo, estoy totalmente convencida de que, cuando mira a su nieta a escondidas, está orgullosa de verla comenzar una nueva vida de familia.

Así que aquí estamos, en la *suite* nupcial, Libby, Zoey, Maddie, Maura y yo, con nuestros vestidos de damas de honor, bebiendo champán junto a la novia que, por su parte, se conforma con agua con gas. Los primeros invitados deben de estar colocándose en sus respectivos sitios en la playa de arena blanca cerca de Nassau que los novios han escogido para sellar su unión. Se oyen algunos golpes en la puerta y, como soy la que está más cerca, me levanto para abrir.

Creía que sería el padre de Amy, pero es otra persona la que me encuentro al otro lado: Tom McGarrett.

No es que le tenga demasiado cariño al teniente de policía. No se me olvida que fue él quien detuvo a mi hermano, pero estos últimos meses me lo he cruzado varias veces y sé que no es mal tío. Aunque estuvo cortejando a Amy durante un tiempo, ahora parecen tener una auténtica amistad y, por alguna razón que se me escapa, Cole lo tolera. Todavía lo percibo algo tenso cuando el teniente sexi, como lo llama Zoey, está cerca, pero no le ha pedido que deje de verlo.

—¿Qué quieres? —le pregunto, frunciendo el ceño.

Duda un poco, seguramente algo desconcertado por mi tono no demasiado amistoso.

—Solo quería saludar a la novia antes de que camine hacia el altar...

—Solo las damas de honor pueden ver a la novia antes de que aparezca con su padre y, como no llevas ningún vestido a juego con el mío, deduzco que no eres una de nosotras.

Prueba con su sonrisa encantadora con la esperanza de convencerme, pero no pienso dejarme liar.

—Lo siento, chico. No puedo hacer nada por ti.

Y le cierro la puerta en las narices.

De nuevo, oigo tres golpes en la puerta. La abro sobre la marcha.

—¿Qué quieres otra vez?

—¡En serio, la abuela de Amy está intentando casarme con su prima desde hace un rato y yo ya no sé dónde esconderme! Me encuentra siempre.

Suspiro y, llevada por la compasión, le respondo:

—Llama a la puerta de la 210. Matt está atrincherado allí y se las ha arreglado para que el servicio de habitaciones le suministre alcohol. Te acogerá con sumo gusto.

McGarrett me sonríe y parte en la dirección que le he indicado. A modo de advertencia, le grito:

—Haced lo que queráis, pero está absolutamente prohibido presentarse en la ceremonia borrachos, ¿vale?

Me responde con un pequeño saludo militar que me indica que ha entendido el mensaje. Cierro la puerta y me dispongo a sentarme cuando oigo más golpes en la puerta.

—¡*En el nombre de una cacerola colgada!* McGarrett no puedes arreglártelas tú...

Me paro en seco porque no es McGarrett, sino Cole quien está en el umbral de la puerta y me observa con mirada glacial.

—¿Me puedes explicar por qué esperabas que fuera McGarrett quien estuviera al otro lado de la puerta?

—Buscaba a Matt y ha venido a preguntarme el número de habitación. ¿Y tú qué quieres?

—Venía a ver a mi prometida.

—¡Oh, no! ¡Eso no es posible! ¿Jamás has oído hablar de las tradiciones? El novio y la novia no pueden verse antes de la ceremonia, ¿te suena de algo?

Resopla.

—Es una larga historia. Solo quiero verla un minuto y luego prometo que me voy.

Me sonríe para intentar convencerme, pero veo que está mucho menos entrenado en esta técnica que el teniente sexi y si piensa que me va a liar así...

—¡Ni hablar! Queda menos de una hora para la ceremonia y estoy segura de que un chico fornido como tú conseguirá sobrevivir hasta entonces. Si quieres, vete a la habitación 210 con Matt y McGarrett, así evitarás tener que pasar todo ese tiempo con la abuela de Amy.

Pone los ojos como platos y hace una pequeña mueca graciosa que jamás habría imaginado ver en su cara. No se puede decir que el chico sea un gran cómico.

—Intenta convencerme de que llamemos al niño Archibald porque era el nombre de su marido. No puedo ponerle ese nombre a mi hijo. Era el nombre del matón de mi colegio que me aterrorizaba cuando era pequeño.

De repente, me gustaría conocer a ese tal Archibald, aunque solo sea para saber cómo pudo intimidar a Cole, el más temible de los chicos duros, pero eso será ya en otra ocasión. Vuelvo a cerrar la puerta con cuidado de no darle en la cara: tendrá que posar en las fotos en unos minutos.

Recupero mi copa de champán, pero no me da tiempo a disfrutar demasiado de ella porque, una vez más, alguien llama a la puerta. La abro y me topo de frente con Matt. Me gustaría ponerme seria con él como lo he hecho hasta ahora, pero no puedo. Está guapísimo con su traje claro y su camisa blanca abierta a la altura del cuello que deja entrever un trozo de piel bronceada tras nuestra escapada a la playa de ayer. Lleva el pelo algo más despeinado que de costumbre y su forma de devorarme con la mirada me hace pensar que le gusta lo que ve.

—¿No estás en la habitación con McGarrett y Cole?

—Los dos son muy simpáticos, pero cuando me han confesado que han podido verte antes de la ceremonia, he pensado que no había ninguna razón por la que no pudiera hacer lo mismo.

—No puedes estar aquí.

—La tradición dice que no se puede ver a la novia, pero no dice nada de las damas de honor.

Se acerca peligrosamente. Todavía tengo la mano en el pomo de la puerta, pero no me muevo ni un centímetro.

—Estás preciosa —me susurra al oído, lo que desencadena un escalofrío que me recorre de arriba abajo.

—Tú tampoco estás nada mal —respondo con el mismo tono.

Escuchamos un carraspeo detrás de nosotros.

—¿Se puede saber qué estáis haciendo?

Es Zoey, que nos observa con expresión de reprobación. Matt le sonríe, pero ella, a diferencia de mí, es completamente insensible a su encanto.

—Hewson, vuelve con los demás invitados ahora mismo. Ya tendrás tiempo de disfrutar de tu chica más tarde.

Ante su tono inapelable, Matt coopera y se va después de darme un beso en los labios. Zoey eleva la mirada al cielo. Sé que tanto amor a su alrededor le debe de estar dando urticaria. Odia las bodas.

MATT

Observo a Julia contoneándose en la pista, se ríe y siento su risa en lo más profundo de mi pecho. Cuando la he visto en la puerta de la habitación de la novia, me han dado ganas de agarrarla, echármela al hombro y fugarme con ella para que solo fuera mía.

El vestido de dama de honor que Zoey ha diseñado para ella destaca cada una de sus curvas de una forma maravillosa. No estoy acostumbrado a verla con los hombros descubiertos, ya que en Boston apenas si ha empezado la primavera y todavía no hemos tenido tiempo de ponernos ropa más ligera. No os confundáis, claro que la he visto ya muchas veces como Dios la trajo al mundo, pero ahora parece un ángel. Y, desde que ha empezado la ceremonia, ya se me han ocurrido varias formas de quitarle el vestido que, creedme, tienen poco de angelicales.

Cuando ha caminado hacia el altar delante de la novia, nuestras miradas se han cruzado y no he podido despegar la mía de su silueta. No he escuchado nada de lo que se han dicho los novios; solo he sentido el instante a través de sus reacciones: sus risas, sus lágrimas en los momentos más emotivos. Y, por supuesto, no he podido evitar pensar en el día en el que nos toque a nosotros dar el paso, porque estoy decidido a convertir a Julia en mi esposa. Cuando imagino mi futuro, me la imagino a mi lado.

Sigue bailando y gira la cabeza en mi dirección. Cuando me encuentra, me envía un beso.

Todavía no he tenido tiempo de responder cuando alguien se sienta a mi lado. Se trata de Zoey, su mejor amiga.

—¿Y todo este derroche de flores, volantes y reuniones familiares no te hacen cambiar de opinión? —pregunta la morena.

—Para nada. Lo estoy deseando —admito sin dudarlo.

Espero que me responda con una crítica displicente sobre el compromiso matrimonial; Zoey odia las bodas. No sé muy bien por qué, me lo repite mucho últimamente.

—Va a ser muy feliz —dice con emoción en la voz.

La observo, sorprendido de que haya dejado entrever sus sentimientos.

—¿Cuándo tienes previsto pedírselo? —encadena, seguramente para recuperar su característica contención.

—Después de la inauguración de la exposición.

—Por favor, dime que no tienes pensado ponerte de rodillas delante de todo el mundo en mitad de la galería.

Me echo a reír, tanto por la idea como por la cara de consternación de Zoey.

—No, a ella no le gustaría nada. Lo haré cuando estemos los dos solos, llegado el momento. No lo he planificado demasiado, quiero que sea espontáneo.

Zoey asiente con la cabeza.

—Tienes razón, es lo mejor.

Ahora los dos miramos a Julia mientras baila. Ella nos hace señas para que nos unamos. Zoey se levanta y me dice antes de irse:

—Te dirá que sí, Matt. De todas formas, con semejante anillo, es imposible que no te diga que sí.

Le doy las gracias con un movimiento de cabeza y pienso en el estuche que llevo escondido en la maleta. Aunque no voy a declararme hoy mismo, no voy a ninguna parte sin él. Zoey es la única que conoce mi plan, porque necesité su ayuda para escoger el anillo. En vez de comprar un solitario sin alma, preferí pedirle a mi madre un colgante que había pertenecido a mi abuela. Es una bonita esmeralda que he pedido que monten en un anillo de platino y ha sido en esta etapa en la que me ha ayudado Zoey presentándome al mejor joyero que trabaja para la familia Montgomery. Mi abuela también era pintora y fue ella la que me enseñó a apreciar el arte. Mi abuelo le regaló la joya con motivo de su primera exposición y me ha parecido bastante simbólico. Estoy convencido de que le aportará un buen karma. Mi abuela era una mujer excepcional que tuvo una vida feliz y estoy seguro de que a Julia le gustará ese detalle.

Pero antes de poder llamarla mi prometida, tengo que seguir demostrándole que soy el yin de su yang, el negro de su blanco, el agua de su fuego y todo lo que ella quiera que yo sea. Así que me levanto y me uno a ella en la pista de baile.

Agradecimientos

A mis betalectoras: Aurélia, Charlotte y Rachel por sus sabios consejos.

A las blogueras que, en algunos casos, me siguen desde el principio o que me han descubierto hace poco: muchas gracias por presentar mis libros a vuestros lectores.

A Emilyne, mi editora, por su trabajo y sus consejos.

Muchas gracias a July y Marcello por su valiosa —nunca mejor dicho— información.

Manu, Bast, Alex, Loac, Dj Funder, Juju, Nath, Laure, Élise y Chloé, gracias por hacerme reír, sois mi primera fuente de inspiración.

Gracias a mis padres por su apoyo incondicional. A Olivier por todas las horas pasadas en cajones de arena buscando tesoros.

A mi marido y mis tres retoños, gracias por hacer que mi vida sea feliz y mi pluma ligera.

Por último, a vosotros, lectores, que habéis escogido este libro. Espero que hayáis pasado un buen rato. No dudéis en escribirme; me encanta recibir vuestros mensajes.

Podéis encontrarme en:
www.tamaraballiana.com
tamara.balliana@gmail.com
https://www.facebook.com/tamaraballiana/
https://twitter.com/TamaraBalliana
https://www.instagram.com/tamaraballiana/

Índice